LA PIERRE NOIRE

ROBYN YOUNG

LA PIERRE NOIRE

L'Âme du Temple, volume 2

Traduit de l'anglais (Royaume-Uni)
par Maxime Berrée

ÉDITIONS FRANCE LOISIRS

Titre original : *Crusade*
First published in Great Britain in 2007 by Hodder & Stoughton
A division of Hodder Headline

Édition du Club France Loisirs,
avec l'autorisation des Éditions Fleuve Noir.

Éditions France Loisirs,
123, boulevard de Grenelle, Paris.
www .franceloisirs.com

ISBN : 978-2-298-03056-3

REMERCIEMENTS

Une nouvelle fois, je suis redevable à un grand nombre de gens sans qui ce livre n'aurait pu voir le jour – ou alors au détriment de ma santé mentale.

Je remercie mes parents pour leurs encouragements constants et leur soutien inconditionnel. Je vous aime. Merci aussi à Sue et Dave pour leur foyer accueillant et les fêtes auxquelles ils savent toujours trouver des prétextes.

Une pensée émue pour tous les amis avec qui j'ai pu partager cette incroyable aventure. Je voudrais remercier en particulier Jo, Niall, Mark, Bridie, Clare, Liz, Monica, Patrik, Becky et Charley pour leur amitié généreuse et leur aide durant le processus créatif. Chapeau bas également à Ali, qui est une star.

Ma gratitude va à Danny Boyle pour ses excellentes suggestions de lecteur, et je me dois de le créditer aussi pour le fantastique chapitre sur Acre dans son livre, *Blondel's Song*, qui m'a donné un vrai aperçu de la ville. Merci à l'équipe du département des langues de la British Library pour son aide à propos du « code », et à Charles Davies pour avoir contrôlé ce point. Mes sincères remerciements au Docteur Mark Philpott, du Centre for Medieval & Renaissance Studies et du Keble College à Oxford, pour avoir lu d'un œil expert mon manuscrit.

Toutes les erreurs qui y resteraient sont bien sûr de mon fait.

Un énorme merci à mon agent, Rupert Heath, de manière générale parce qu'il est une superstar, et parce qu'il m'évite de me perdre à chaque coin de rue.

Je dois également beaucoup à tous les gens de Hodder & Stoughton, à leur admirable soutien et à leur implication. Un merci particulier à mon éditeur, Nick Sayers, pour la sagesse qu'il distille, et à son assistante, Anne Clarke, qui veille à ce que tout se passe dans la sérénité, ainsi qu'à Emma Knight, Kelly Edgson-Wright, Antonia Lance et Lucy Hale. Il en reste beaucoup d'autres, à l'atelier graphique, aux droits étrangers, au commercial, au marketing et à la presse, et je ne peux pas tous les citer ici, mais leur travail lui aussi est inestimable à mes yeux.

Un gros merci aussi à mes éditeurs américains chez Dutton, notamment Julie Doughty, pour ses remarques pénétrantes.

Pour finir, mais en aucun cas parce qu'il est le dernier dans mon cœur, tout mon amour pour Lee. Sans lui, rien de tout cela n'aurait été possible… ou alors, ça n'aurait pas été aussi amusant.

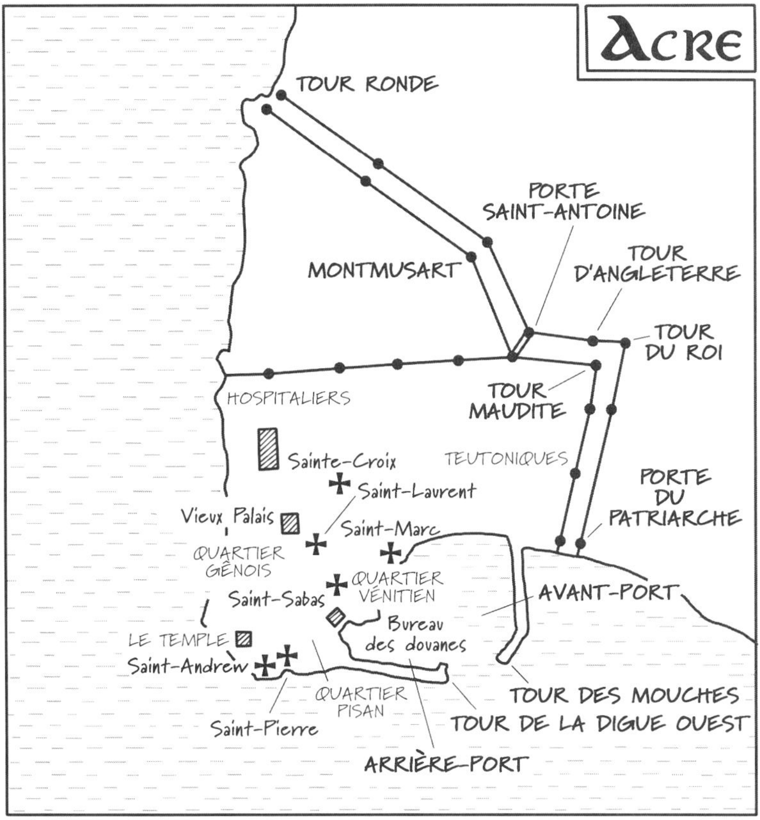
ACRE
TOUR RONDE
PORTE SAINT-ANTOINE
MONTMUSART
TOUR D'ANGLETERRE
TOUR DU ROI
HOSPITALIERS
TOUR MAUDITE
Sainte-Croix
TEUTONIQUES
Saint-Laurent
PORTE DU PATRIARCHE
Vieux Palais
Saint-Marc
QUARTIER GÊNOIS
QUARTIER VÉNITIEN
AVANT-PORT
Saint-Sabas
Bureau des douanes
LE TEMPLE
Saint-Andrew
TOUR DES MOUCHES
QUARTIER PISAN
TOUR DE LA DIGUE OUEST
Saint-Pierre
ARRIÈRE-PORT

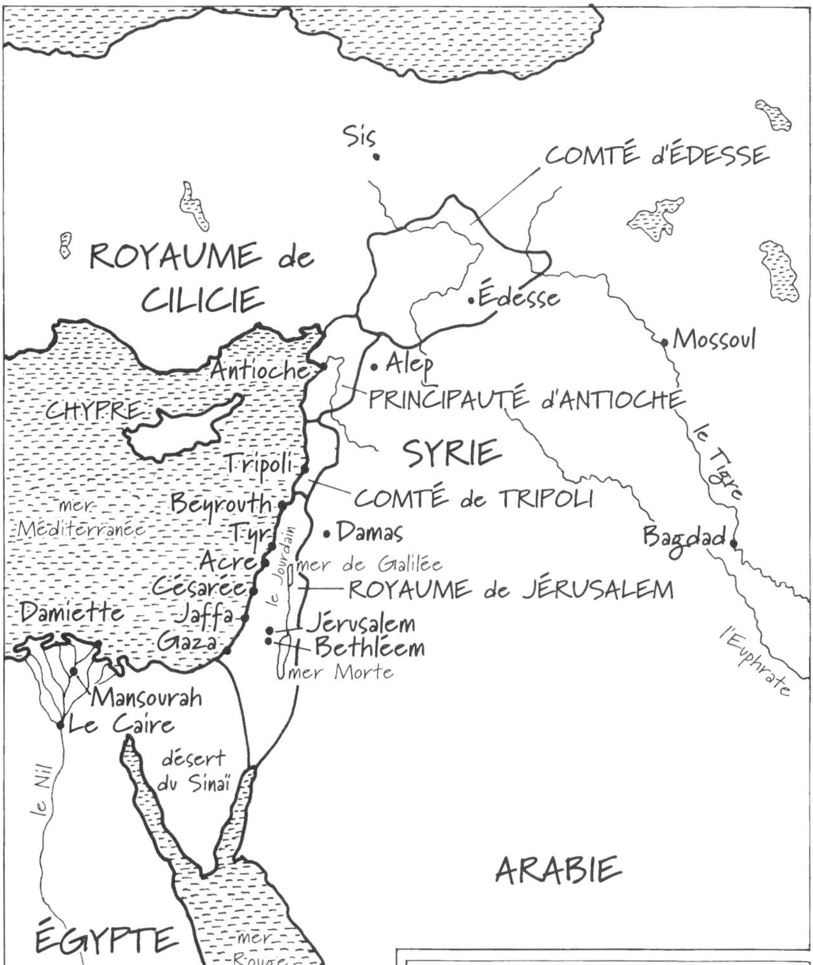

La Terre sainte
en l'an du Seigneur 1260

PREMIÈRE PARTIE

1

Le quartier vénitien, Acre
royaume de Jérusalem

28 septembre 1274 après J.-C.

Les épées décrivirent un arc de cercle avant de s'entrechoquer, acier contre acier. Le bruit métallique résonna brutalement et se répéta en gagnant en intensité. Les coups se succédaient, portés avec de plus en plus de violence, et leur force menaçait presque d'arracher les armes des mains des combattants. Le soleil rendait brûlants les pavés de la cour couverts d'une fine poussière rouge et frappait durement les crânes des deux hommes qui s'époumonaient à botter et à parer.

Le plus petit des deux suait à grosses gouttes, ses cheveux blancs plaqués sur le front, les lèvres retroussées en une attitude concentrée. Sa chemise trempée lui collait au dos. Ni lui ni son adversaire ne portaient d'armures. Il prenait l'initiative de la plupart des attaques, faisant soudain un pas en avant après des séries de parades circulaires d'une grande rapidité. Mais ses coups commençaient à être désespérés. Il y mettait puissance et précision, mais chacun d'entre eux semblait près d'être le dernier, comme s'il pensait n'avoir plus la force d'en donner d'autres. Il ne pourrait plus tenir bien longtemps à un tel rythme. Il était épuisé et son adversaire, plus grand et plus athlétique que lui, continuait à lui faire barrage avec une facilité déconcertante. Et plus les attaques du petit devenaient désordonnées et vaines, plus le sourire de l'autre s'élargissait. Plutôt qu'un sourire, d'ailleurs, c'était une grimace semblable à celle d'une gueule de requin sur le point de se refermer sur sa proie. Le rictus était un peu forcé, la mâchoire crispée, mais il était clair qu'Angelo Vitturi s'amusait.

Il continua à repousser les attaques suivantes par de brusques parades, puis il commença à s'ennuyer. Il faisait chaud et il sentait une ampoule se former dans le creux de sa paume, là où sa peau frottait sur la poignée en cuir de sa lame effilée, au-dessus du gros morceau de cristal translucide qui faisait office de pommeau. Le petit homme se fendit une fois de plus et Angelo fit un pas de côté, l'attrapa par le poignet et lui tordit brutalement le bras tout en pointant le bout de sa lame contre sa gorge. L'homme poussa un glapissement dû autant à la frustration qu'à la douleur qui lui parcourut le bras.

Le visage d'Angelo, qui transpirait et débordait d'une joie infantile, se figea dans une expression méprisante.

— Va-t'en ! lança-t-il.

Lâchant le poignet de l'homme, il baissa son épée et la reposa contre le muret qui entourait le carré d'herbe.

L'homme aux cheveux blancs se tint là, bouche bée, la sueur lui dégoulinant du nez tandis qu'Angelo s'approchait d'un domestique à l'attitude aussi rigide que les statues qui ornaient la cour du palais. Ce dernier tendit à son maître un plateau en argent sur lequel était posée une coupe de vin mélangé d'eau. Angelo l'avala d'un trait et se retourna vers son adversaire défait :

— Je t'ai dit de partir.

L'homme parut se ressaisir.

— Mon argent, monsieur ?

— Ton argent ?

— Pour la leçon, monsieur, dit l'homme sans oser croiser l'impérieux regard noir d'Angelo.

Celui-ci éclata de rire.

— Et pourquoi devrais-je donc te payer ? Quelles nouvelles techniques m'as-tu apprises aujourd'hui ? Cette leçon m'a-t-elle enseigné quoi que ce soit qui vaille le moindre sequin ?

Il leva un sourcil amusé.

— Pour le divertissement, peut-être ? ironisa-t-il en reposant la coupe sur le plateau. Pars avant que je ne décide de finir le duel. Dans le cas contraire, tu perdrais bien plus que tes émoluments.

Tournant le dos à son instructeur, il prit sur le muret où elle était étalée une cape de velours noir ornée de sable et la jeta sur l'épaule.

Complètement vaincu, l'instructeur s'empara de la sienne et traversa la cour, le visage empourpré.

Angelo attachait la ceinture d'anneaux en argent autour de sa taille lorsqu'une fille apparut sur le seuil d'une des portes du grand bâtiment derrière lui. Comme toutes les esclaves de la maison, elle portait une robe blanche presque transparente nouée à la taille par un galon d'or raide. Une coiffe couvrait ses cheveux. Elle aperçut Angelo et s'approcha, les yeux baissés, en prenant soin de ne rien laisser paraître de son appréhension.

— Maître demande prévenir vous les invités arrivent.

Sa prononciation la rendait difficile à comprendre, elle déformait les mots à force de s'appliquer à reproduire les sonorités de cette langue qui lui était toujours étrangère.

— Il demande vous le rejoindre, monsieur.

D'un coup sec qui fit sursauter la fille, Angelo rengaina son épée dans le fourreau pendu à sa ceinture. Sans prêter aucune attention au mouvement de frayeur qu'elle eut quand il passa devant elle, Angelo se dirigea vers le palais.

Âgé de vingt-huit ans, le fils aîné de Venerio Vitturi était l'héritier de l'affaire familiale établie avant la troisième croisade par son grand-père Vittorio. Angelo était souvent présent sur le marché aux esclaves d'Acre, où il vendait le surplus accumulé par son père avant d'aider à l'expédition du gros de la marchandise à Venise. À l'époque où le commerce était au plus haut, quand les Vénitiens contrôlaient les échanges autour de la mer Noire, la famille Vitturi dominait le commerce des esclaves aux frontières de l'Empire mongol, livrant les plus belles filles aux nobles occidentaux d'Outre-mer et de Venise, et les garçons les plus vaillants à l'armée mamelouke en Égypte. Jusqu'à ce que Gênes, le deuxième des trois États marchands d'Italie, s'empare des routes de la mer Noire. Aujourd'hui, les Vitturi faisaient partie des quelques rares familles vénitiennes à continuer le trafic d'esclaves et ils ne comptaient plus que sur les approvisionnements venus du nord, par la mer Rouge.

Les filles que le père d'Angelo attachait à son service constituaient le haut du panier. Elles avaient entre six et onze ans. Surtout de petites Mongoliennes aux yeux en amande et aux cheveux de jais ou des Circassiennes dont le visage juvénile laissait déjà entrevoir les traits typés et élégants caractéristiques de leur race. La famille de Venerio s'était considérablement agrandie ces dernières années et Angelo regardait avec écœurement tous ces petits enfants à la peau brune car aucun n'avait de ressemblance avec sa gironde mère. Même si les filles portant la progéniture de son père demeuraient des esclaves, leurs enfants naissaient citoyens libres, baptisés et éduqués. Angelo pouvait comprendre l'incapacité de son père à résister à la tentation de cette chair jeune et exotique ; lui-même y avait goûté avec plaisir. Mais il n'arrivait pas à accepter que Venerio fasse de ces bâtards nés de femmes d'aussi basse condition des enfants aussi légitimes que lui. Il avait décidé depuis longtemps que les choses changeraient quand il dirigerait les affaires... s'il y avait encore une affaire quand il héritait. Vu la façon dont s'étaient passées les choses cette dernière année, c'était de moins en moins certain. Il se refusait néanmoins à envisager sérieusement cette hypothèse. Et si tout se déroulait selon son plan, il n'aurait pas à le faire.

Angelo traversa un large couloir décoré de mosaïque bleu et blanc. Lorsqu'il poussa la porte en bois sombre, les quatre hommes assis autour d'une grande table octogonale au milieu de la spacieuse et lumineuse salle de réception levèrent les yeux. Angelo les détailla tout en approchant. Il y avait là l'armurier, Renaud de Tours, un homme aux tempes dégarnies, entre deux âges, qui avait travaillé pour le roi Louis IX et l'élite des chevaliers de France durant les deux croisades malheureuses du souverain. À côté de Renaud, mains jointes posées sur la table, se trouvait Michael Pisani, un Pisan de belle stature, spécialisé dans l'exportation d'épées de Damas, des lames parmi les plus puissantes de ce monde, et qui fournissait lui aussi les nobles d'Occident pour la guerre. Il était particulièrement redouté de ses concurrents car chacun savait qu'il avait à plusieurs reprises usurpé des contrats en envoyant des mercenaires intimider ses rivaux. Le troisième homme, la peau brûlée par le soleil et les cheveux pleins de sable, était Conradt von Bremen, dont la ville d'origine était affiliée à la Ligue hanséatique, la puissante confédération de cités germaniques qui tenait sous sa coupe la mer Baltique. Le commerce de Conradt, florissant grâce à un accord lucratif avec les chevaliers Teutoniques, avait trait à l'élevage de destriers. Les yeux bleus sans relief de l'Allemand et son sourire bonhomme dissimulaient une nature peut-être des plus sombres : la rumeur disait qu'il avait ordonné le meurtre de deux de ses frères pour prendre la direction des affaires familiales. Bien sûr, il pouvait s'agir simplement de médisances colportées par ses concurrents pour le discréditer. Personne n'en était tout à fait certain. L'homme grassouillet qui transpirait, engoncé dans son lourd manteau de brocart bien qu'il souffrît à l'évidence de la chaleur, était Guido Soranzo, un riche constructeur naval. Angelo les connaissait tous – comme la plupart des commerçants d'Acre – car, en dehors de son père, ils étaient les quatre marchands occidentaux les plus influents en Terre sainte.

Angelo s'assit et un cinquième homme arriva de la pièce contiguë, avec à sa suite trois esclaves habillées de robes blanches formant derrière lui comme une queue de comète. Elles amenaient des plateaux d'argent lourds de cruches de vin rosé, de coupes et de plats en étain chargés de grappes de raisin, de figues et d'amandes saupoudrées de sucre blanc.

— Mon fils, le salua Venerio.

Il avait une voix profonde, rocailleuse. Solidement bâti, il se déplaçait avec une agilité acquise tout au long d'années d'entraînement aux armes. Adoubé chevalier par le doge de Venise, et ancien gouverneur de la république, Venerio était un noble de quatrième génération, avec tout l'exercice militaire et l'éducation qu'impliquait ce rang.

— Comment s'est déroulée ta leçon ? demanda-t-il, tandis que les filles se déployaient autour de lui, attendant qu'il s'asseye avant de poser les plats et les boissons sur la table.

— Il me faut un nouvel instructeur.

— Déjà ? C'est le deuxième que tu épuises en autant de jours. Peut-être n'as-tu plus besoin d'entraînement.

— Pas avec les rebuts que j'ai combattus cette semaine, en tout cas.

— Bien, fit Venerio en adressant un large sourire de bienvenue aux hommes assis en silence autour de la table, gardons ces questions pour un moment plus propice. Nous avons des problèmes sérieux à discuter aujourd'hui.

Angelo eut un sourire intérieur en voyant les expressions qui se peignaient sur les visages des marchands.

Derrière leur façade soigneusement composée, il détectait de la confusion, de l'impatience et, chez Guido Soranzo du moins, une angoisse mal dissimulée. Aucun d'entre eux ne savait pourquoi ils étaient réunis ici. Mais ils n'allaient pas tarder à le savoir.

Essuyant son front avec un carré de soie fripé qu'il tira de la manche de son manteau de brocart, Guido fut le premier à prendre la parole.

— Et peut-on savoir quels sont ces sérieux problèmes ? demanda-t-il en fixant Venerio d'un regard agressif. Pourquoi nous avoir invités, Vitturi ?

— D'abord, buvons, répondit Venerio en passant au dialecte génois.

Il claqua des doigts et deux esclaves s'approchèrent pour servir le vin.

Mais Guido n'était pas prêt à suivre le rythme de son hôte. Sans se soucier de courtoisie en adoptant le vénitien de Venerio, il poursuivit dans sa langue maternelle :

— Je n'ai aucune envie de boire votre vin alors que je ne sais toujours pas pourquoi je suis ici.

Il fit un large geste de son bras adipeux en désignant la pièce luxueuse.

— M'avez-vous fait venir ici pour pavoiser ?

— Non, ce n'est certes pas un motif aussi futile qui nous réunit, je te l'assure.

Face à la placidité de Venerio, Guido explosa :

— Vous agissez dans ce palais, construit par mes frères, à la manière des barbares qui portent les parures de leur ennemi en trophées.

— Ce n'est pas Venise qui a commencé la guerre, ce n'est pas notre faute si Gênes a été expulsé d'Acre, Guido.

— Le monastère de Saint-Sabas nous appartenait de plein droit ! Nous n'avons fait que protéger notre propriété !

Les mâchoires de Venerio se contractèrent, montrant ainsi pour la première fois son irritation.

— Est-ce donc tout ce que vous avez fait après vous être emparé du monastère ? Quand vous avez pénétré notre quartier, nos maisons, quand vous avez tué les hommes et les femmes sans discernement, quand vous avez brûlé nos bateaux dans le port ? Vous protégiez votre propriété ?

Son visage se détendit et sa voix retrouva son ton habituel.

— Vous avez conservé votre palais, n'est-ce pas, Guido ? Vous avez profité de la guerre autant que moi. À la différence de la majorité des gens, vous avez toujours votre commerce en Acre. En outre, les Génois sont à nouveau autorisés à occuper leur quartier.

— Notre quartier ? Ce que les Vénitiens en ont laissé n'est que ruines !

— Camarades, s'interposa Conradt dans un italien traînant à l'accent prononcé. La guerre de Saint-Sabas s'est achevée il y a près de quatorze ans. Laissons le passé derrière nous ! Votre vin me plaît, Venerio.

Il fit un signe en direction des coupes, les yeux braqués sur Guido.

— Allons-nous nous quereller à propos de vieilles batailles alors que nous sommes assoiffés et sobres ?

— Bien dit, appuya Michael Pisani en levant son verre et en buvant.

Au bout d'un moment, Guido décida de ruminer sa colère en silence. S'emparant de sa coupe, il but son vin d'une traite.

— Messieurs, je vous remercie de votre présence à cette réunion, dit Venerio en se penchant en avant, sa large poitrine tendant son burnous de soie marine, ce long manteau arabe à capuche que portaient nombre de colons. J'imagine que mon invitation a dû vous surprendre. Nous ne sommes pas amis. Et même, lors de tel ou tel conflit, nous avons tous appartenu à des camps opposés. Mais aujourd'hui, peut-être pour la première fois, nous avons quelque chose en commun.

Il s'arrêta pour les regarder l'un après l'autre.

— Nos affaires périclitent, assena-t-il.

La phrase entraîna un long silence.

Michael se rassit dans son siège. Conradt eut un léger sourire, mais ses yeux fixaient Venerio avec fièvre.

Ce fut Renaud qui brisa le silence, d'une voix chantante qui résonna comme le tintement d'une cloche.

— Vous faites erreur, Venerio, mes affaires sont parfaitement sûres, dit-il en se levant. Je vous remercie pour votre hospitalité, mais je crois n'avoir rien d'autre à discuter avec vous.

Il inclina la tête en direction des autres.

— Au revoir, messieurs.

— Quand avez-vous pour la dernière fois fabriqué des armures pour les rois d'Occident, Renaud ? s'enquit Venerio, qui s'était levé et dominait d'une tête le Français. Depuis combien de temps n'avez-vous pas eu d'armée à équiper ? Et vous, Conradt ?

Il s'était tourné vers l'Allemand.

— Combien de chevaux vous ont achetés les Teutoniques cette année ? Quand était-ce, la dernière fois que des rois et des princes se sont battus pour que vous leur envoyiez vos destriers ?

— Ce n'est pas votre problème, murmura Conradt, ravalant son sourire.

Venerio se tourna vers Guido, qui le regardait avec une hostilité manifeste.

— Si j'en crois mes sources, vos chantiers sont inactifs depuis des mois, ici comme au quartier génois de Tyr.

— Je n'arrive pas à croire à ce que j'entends, grogna Guido. Vous avez peut-être volé un palais génois, Venerio, mais je jure devant Dieu que vous ne me prendrez pas mon affaire. Quand bien même je vivrais dans le caniveau vêtu d'une simple chemise, je ne vous le vendrais pas.

— Je n'en veux pas à votre commerce. À aucun d'entre vous. Je suis dans la même situation que vous.

Guido renifla d'un air dubitatif.

— Mon père dit la vérité, confirma Angelo d'un air lugubre, ses yeux noirs posés sur Guido. Si nos profits continuent de baisser au même rythme que depuis deux ans, nous ne pourrons nous permettre de rester dans ce palais. Nous avons déjà dû nous séparer de quatre domestiques. Ces douze derniers mois, nous avons connu une très forte chute de nos revenus. Par le passé, la convention la plus avantageuse de la maison Vitturi était avec les Mamelouks mais, depuis que le sultan Baybars a commencé ses campagnes contre nos forces en Palestine et contre les Mongols en Syrie, ses batailles lui rapportent des esclaves gratuits. Rien qu'avec son attaque sur Antioche, on dit qu'il en a capturé plus de quarante mille. Cela, en plus de la nouvelle trêve, signifie qu'il n'a aucun besoin de nos esclaves pour constituer son armée.

Venerio approuva ces paroles en hochant de la tête.

— Tout au long du siècle, reprit-il, nos affaires, établies par nos aïeux, ont prospéré au point de devenir cinq des entreprises les plus prospères d'Orient. Maintenant, je vois des marchands de sucre, de tissu et d'épices prendre *nos* places, *nos* profits.

Venerio tapait frénétiquement du doigt sur la table tout en prononçant les derniers mots.

Renaud s'était rassis, mais il semblait toujours disposé à partir.

— L'année a été laborieuse pour tout le monde, admit Michael Pisani. J'avoue que les affaires ont souffert. Mais je ne vois pas l'intérêt d'une discussion ouverte à ce propos. Nous n'y pouvons rien.

— Au contraire, répliqua Venerio en se calant au fond de son fauteuil. En unissant nos forces, nous pouvons encore faire tourner la roue. La volonté nécessaire à une nouvelle croisade décline en Occident, et en Orient les Mamelouks sont liés par la trêve. Voilà la vraie raison derrière le ralentissement de nos affaires : le traité de paix signé entre Édouard d'Angleterre et le sultan Baybars il y a deux ans.

Venerio balaya d'un geste ses cheveux poivre et sel, qui étaient aussi apprêtés et élégants que le reste de sa personne.

— Nos affaires ont besoin de la guerre, la paix les ruine.

Guido renifla à nouveau.

— Et que proposez-vous, Venerio ? Que nous mettions fin à la paix ?

— Oui. C'est exactement ce que je propose.

— C'est absurde ! s'exclama Guido.

Les autres étaient trop interloqués pour réagir.

— La guerre est nécessaire pour la bonne marche des affaires, Guido, répondit Venerio d'un ton posé. Il nous faut une guerre pour survivre.

— Ce sont des *accords* qu'il nous faut, le contredit Guido.

— Nous vendons grâce au sang, grâce aux batailles. Ce sont les conflits qui ont rendu riches nos familles. Ne jouons pas les naïfs.

Guido voulut encore lui répondre, mais Michael l'en empêcha.

— Attendez, Guido, dit-il en gardant ses yeux braqués sur Venerio. Laissez-le terminer.

— Il est déjà arrivé par le passé, poursuivit Venerio, que des trêves de ce genre mettent à mal les marchés que nous exploitons, mais cette année a été particulièrement mauvaise. Nous avons cédé beaucoup de routes commerciales et d'avant-postes aux Mamelouks ces dix dernières années. Maintenant qu'il ne nous reste plus que les villes d'Acre, de Tyr et de Tripoli, la rivalité avec nos jeunes concurrents s'est encore accrue.

Michael hocha la tête.

— Et aujourd'hui, on dit le nouveau grand maître des Templiers prêt à mettre en place une flotte en Méditerranée orientale. Si c'est le cas, la situation va encore s'aggraver.

— La flotte n'aura qu'un usage militaire, s'interposa Renaud. C'est ce qui a été prévu au concile de Lyon en mai. D'après ce que j'ai entendu, le grand maître veut empêcher les bateaux marchands de sortir d'Égypte, pour affaiblir la puissance commerciale des Sarrasins. Le pape n'aurait pas approuvé la motion si elle avait été proposée à des fins mercantiles. Les ordres militaires restent le dernier espoir de la papauté pour reprendre Jérusalem et les territoires abandonnés aux Sarrasins. Je doute que le pape voudrait voir les Templiers gâcher leurs précieux talents à se remplir les poches.

— Le Temple se remplit les poches depuis des années, maugréa Conradt. Je ne serais pas surpris qu'ils profitent de cette opportunité.

— Nous ne devrions pas nous concentrer sur ce problème aujourd'hui, coupa Venerio.

— Je doute que vous ayez à vous concentrer dessus tout court, lança Guido d'un ton amer avant de finir d'un trait sa coupe de vin et de la reposer sur la table avec un bruit sec. Venise et le Temple iront main dans la main comme toujours. Mon affaire souffrira plus que les vôtres des accords du grand maître.

— Comment cela serait-il possible, répondit Venerio, alors que les chevaliers de Saint-Jean participent à l'entreprise avec les Templiers ? Pour ce que j'en sais, vous êtes toujours en affaires avec eux. En fait, je m'attends plutôt que vous bénéficiiez de cette situation.

— Nous savons tous comment fonctionne le Temple tout-puissant, cracha Guido en se versant une autre généreuse mesure de vin. Ils contrôleront tout du début à la fin. À mon avis, les Hospitaliers ne feront pas même construire une rame !

— Si c'est le cas, je suppose que vous allez chercher un autre moyen de rétablir vos chantiers ?

Guido lui lança un regard noir, mais garda le silence.

Venerio lança un regard à la ronde.

— Avez-vous envie que vos femmes mendient dans la rue de quoi survivre ? interrogea-t-il. Regardez en dehors de vos palais. Des nobles comme vous et moi ont déjà tout perdu. Ils pourrissent dans les caniveaux d'Acre, au milieu du fumier, des mouches et des lépreux. Savez-vous combien de fois j'ai acheté des enfants à des parents incapables de les nourrir et mourant eux-mêmes de faim ? Voulez-vous voir vos propres enfants vendus à un riche émir ?

— C'est très déplaisant, Venerio, dit Renaud en fronçant délicatement les sourcils. Aucun d'entre nous ne veut cela, bien entendu.

— Si nous n'agissons pas, Renaud, nous pourrions avoir à faire face à une telle situation. Nous savons très bien que la seule raison pour laquelle les Sarrasins ont respecté la trêve, c'est parce qu'ils ont été contraints de concentrer leurs efforts sur les Mongols. Dès qu'ils le pourront, les Mamelouks se retourneront contre nous et nous détruiront. J'ai assez longtemps travaillé avec eux pour savoir qu'ils nous haïssent, qu'ils veulent nous voir partir. Tant que ce jour n'est pas arrivé, et je vous promets qu'il finira par arriver, rien ne nous force à rester assis là à attendre le désastre, à voir notre fortune se dissiper. Nous devons faire quelque chose dès aujourd'hui, selon *nos* termes, avant de tout perdre.

Conradt s'empara d'une grappe de raisin sur un plateau et fit rouler un fruit dans sa bouche.

— Votre proposition me laisse perplexe, Venerio. Comment comptez-vous briser la trêve établie entre nos forces et les Sarrasins ? demanda-t-il en recrachant les pépins. Les troupes chrétiennes sont peu nombreuses et divisées. Le trône est disputé. Et à moins que nous ne lancions une invasion à grande échelle de l'Égypte, je ne vois pas ce qui déciderait les Sarrasins à lancer une sérieuse attaque.

— Ce que je propose amènera le conflit en Palestine, repartit immédiatement Venerio, ça ne fait aucun doute. Aux yeux des musulmans, ce sera une proclamation de guerre beaucoup plus forte que tous les assauts que nous pourrions lancer contre leurs villes. Ils se dresseront par milliers contre nos forces. Certes, il va nous falloir une puissance militaire pour accomplir nos desseins. Mais pas une armée, juste un petit groupe de soldats.

— Et de quel arbre allez-vous les faire tomber, Venerio ? s'enquit Guido d'une voix acerbe.

— Nous pensons avoir le soutien du Temple, répondit Angelo. Le grand maître n'a pas fait mystère de sa volonté de reprendre les territoires laissés aux Sarrasins. D'après ce qu'on nous a dit, il a l'intention de venir à Acre occuper son poste d'ici un an. Nous croyons qu'il se laissera persuader de nous aider. Nous avons confiance, il verra moins le risque que les avantages qu'il peut tirer de l'opération.

Guido maugréa, mais détourna les yeux de ceux d'Angelo, qui continuait à le fixer.

Michael semblait se livrer à des réflexions.

— Mais si nous parvenons à engendrer une guerre, nous ne pouvons être certains de la terminer. Nous ne pourrons vaincre les Sarrasins. Ce serait fini avant même d'avoir commencé.

— Même si nos forces étaient défaites par les Sarrasins, nous ne serions pas perdus pour autant, Michael, répliqua Venerio. En effet, nous aurions avantage à ce que l'Occident soit repoussé en dehors de ces côtes. S'ils gagnent, les Mamelouks chasseront nos concurrents, ce qui nous laissera libres de dominer le commerce entre l'Orient et nos terres natales. Nous n'avons pas besoin de conserver une base ici pour gagner de l'argent avec les Sarrasins. Ils auront d'autres batailles à livrer. Contre les Mongols, par exemple. Ils continueront à s'équiper pour la guerre.

Venerio s'interrompit pour laisser ses paroles pénétrer les esprits de ses convives. Michael et Conradt étaient pensifs.

— En définitive, peu importe qui gagne, des chrétiens ou des Sarrasins. Dans les deux cas, nos revenus monteraient en flèche.

— Mais que voulez-vous que nous fassions, *exactement* ? demanda Renaud. Quelle est votre idée ?

Venerio sourit. Il avait toute leur attention, il le sentait au ton de leurs voix, à l'expression de leurs visages. Même Guido écoutait, désormais. Il leva sa coupe.

— Messieurs, nous allons changer le monde.

2

Le quartier génois, Acre

13 janvier 1276 après J.-C.

— Dis-le-moi, Marco ! Qu'est-ce que tu vas faire ?

— Laisse-moi, Luca, dit Marco à voix basse en essayant de dégager son bras qu'agrippait le garçon.

— Je suis ton frère ! Dis-le-moi !

Il y eut une toux étouffée dans la pièce d'à côté et une voix incertaine se fit entendre de l'autre côté de la toile à sac qui pendait dans l'encadrement de la porte.

— Marco ? C'est toi ?

— Oui, maman, répondit celui-ci en continuant à lutter avec son petit frère tout en s'efforçant de faire le moins de bruit possible.

— Où étais-tu passé ?

— Au travail, maman.

Il entendit un soupir de satisfaction.

— Tu es un bon garçon, Marco.

Les mots, prononcés en frissonnant, s'achevèrent en une abrupte quinte de toux, une série de spasmes violents entrecoupés d'inspirations sifflantes qui firent tressaillir les deux frères.

Les grands yeux effrayés de Luca se tournèrent vers l'autre pièce.

— Vas-y, le pressa Marco dans un murmure. Va lui apporter de l'eau. Elle a besoin de toi !

Luca eut l'air de céder, mais la crise se calma bientôt et ils n'entendirent plus que la respiration hachée de leur mère. Ragaillardi, il regarda son frère droit dans les yeux.

— Je le dirai à papa.

Les yeux de Marco se réduisirent à deux fentes. Il dégagea la main de Luca de son bras, ce qui fit reculer d'un pas le garçon.

— Eh bien, dis-lui ! lança-t-il d'un air bravache. Mais tu sais qu'il sera trop saoul pour t'écouter.

Marco se tut, ses yeux s'étaient posés sur l'objet pour lequel ils avaient lutté et qu'il tenait toujours d'une main ferme. La pointe mortellement aiguisée de la dague était dirigée vers le visage de son frère. Puis sa main aux jointures blanchies d'avoir trop serré se détendit peu à peu et baissa l'arme.

— C'est Sclavo, c'est ça ? demanda Luca d'une petite voix. Tu travailles encore pour lui. Tu avais promis. Tu m'avais dit que tu ne le referais plus. Tu m'avais *juré*.

— Qu'est-ce que je peux faire d'autre ? marmonna Marco d'un ton rogue. Nous sommes des Génois. Tu sais ce que ça veut dire dans cette ville ? Ça veut dire que nous ne comptons pas. Les Vénitiens, les Pisans et les autres nous ont tout pris. Sclavo est le seul à me donner du travail.

— Papa a dit que nous allions nous installer à Tyr. Il recommencera à travailler et nous l'aiderons et maman ira mieux.

— Il dit ça depuis des années, dit Marco avec rancœur, mais il ne le fera jamais.

— Peut-être que si. Tu ne sais pas.

— Je n'arrive pas à croire que tu sois encore capable d'avoir foi en lui, répondit Marco en s'efforçant de modérer le ton de sa voix. Il se moque de tout depuis qu'il a perdu son affaire.

— Ce n'était pas sa faute, c'est à cause de la guerre.

— Tu es trop jeune, tu ne sais pas de quoi tu parles, rétorqua Marco avec agacement. J'avais six ans quand la guerre de Saint-Sabas s'est terminée. Papa aurait pu abandonner la boulangerie et fuir à Tyr avec les autres. Tout recommencer. Mais il était trop fier, trop buté pour laisser les Vénitiens gagner, et il est resté. J'ai regardé les Génois quitter le quartier, toutes les familles qui achetaient leur pain chez papa ont disparu. À la fin, il ne pouvait plus se permettre d'acheter de la farine ou de faire moudre son grain.

Les yeux de Marco brillaient d'une lueur farouche. Luca le regardait en silence et l'angoisse montait en lui en voyant son frère en proie à une telle détresse.

— Peut-être que ça va s'arranger, les Génois commencent à revenir.

— Il faudra des années pour reconstruire tout ce que nous avions. Et, de toute façon, papa ne se préoccupe plus de ses affaires. Il ne s'intéresse plus à rien d'autre qu'à son vin et à ses putes.

Luca se boucha les oreilles avec les mains, mais Marco, lâchant la dague, l'attrapa par les poignets, le tira près de la fenêtre, loin de l'encadrement de la porte d'où leur parvenait la respiration lourde de leur mère, maintenant endormie.

— Où crois-tu que va l'argent de la famille qui vit en dessous de chez nous ? demanda Marco. Papa a loué notre maison pour continuer à fréquenter les tavernes ! Quand donc ouvriras-tu les yeux, Luca ? Il n'y a que toi et moi et maman, maintenant. Nous devons nous entraider !

— Sclavo est méchant, pleurnicha Luca. Tu reviens avec du sang sur tes vêtements. Et j'ai vu comment les gens te regardent. Ils ont peur. Ils disent que tu fais de vilaines choses.

— Je n'ai pas d'autre choix, Luca. Qui te nourrira ? Qui achètera à maman les potions dont elle a besoin ?

Marco attrapa le menton de son frère entre le pouce et l'index. Puis, après avoir léché le bout de son doigt, il nettoya la crasse sur la joue de Luca.

— C'est la dernière fois que je travaille pour Sclavo, je te le promets.

— Tu me l'avais déjà dit avant.

— Cette fois, c'est différent. Sclavo va me payer assez pour que nous n'ayons plus à nous soucier de rien cette année. Je pourrai chercher autre chose, sur le port ou à collecter de l'engrais, n'importe quoi.

Luca regarda la dague qui traînait au sol, le scintillement terne de sa lame.

— Tu vas faire du mal à quelqu'un, murmura-t-il.

La mâchoire de Marco se contracta.

— Si je ne le fais pas, maman ne passera pas l'hiver. Il faut que tu me laisses y aller, Luca. Et tu ne dois pas en parler à papa. Est-ce que tu peux faire ça pour moi ?

Voyant que Luca hésitait, Marco ajouta :

— Pour maman ?

Luca eut un petit geste d'assentiment de la tête et Marco lui adressa un sourire qui se voulait rassurant. Lâchant son frère, il traversa la pièce et récupéra la dague. Puis il prit un sac en toile qu'on eût dit déchiré et y fourra la dague, entre une couverture rêche et un quignon de pain dur.

— Tu pars longtemps ? demanda Luca en le regardant faire un nœud au sac.

Un courant d'air frais venu de la fenêtre lui arriva dans le dos et le fit frissonner.

— Et si maman a une autre crise ?

Marco s'interrompit pour jeter un coup d'œil à son frère.

— Je vais au port. Je ne sais pas combien de temps je devrai attendre ce bateau. Peut-être quelques jours, peut-être plus longtemps.

Pour la première fois, sa voix trahissait quelque peu sa nervosité.

— Il ne devrait pas tarder à arriver, c'est tout ce que je sais.

— Quel bateau ?

— Tu sais où se trouve la potion de maman. Si elle tombe vraiment malade, tu la lui donnes.

Marco s'approcha de son frère.

— Dis-lui que je suis parti travailler. Si papa demande, dis-lui la même chose.

Il donna à Luca une brève accolade avant de sortir, le sac jeté par-dessus l'épaule.

Resté seul, Luca se glissa dans la chambre de sa mère. Allongée sur un matelas de paille qui emplissait presque toute la pièce, avec une couverture miteuse tirée jusqu'au visage, celle-ci semblait aussi fragile qu'un oiseau blessé. Luca s'agenouilla et posa la main sur son front. Ni trop chaud ni trop froid. Il embrassa sa joue aussi douce qu'un parchemin, puis partit en fermant doucement la porte derrière lui.

Le Temple, Acre, 17 janvier 1276 après J.-C.

Will Campbell posa ses mains sur le rebord de l'étroite fenêtre et regarda au-dehors. Devant lui s'étendait à perte de vue un panorama vertigineux. Tout en bas, les vagues venaient se fracasser contre les rochers, à la base de la tour du Trésor qui saillait de la courtine de la commanderie. Will sentait la pierre vibrer sous le déferlement des flots. Le vent qui venait de la Méditerranée était glacial et il était content de porter un épais manteau par-dessus sa chemise et son surcot, avec la croix rouge écarlate évasée pareille à du sang sur le blanc du tissu. Il se rappelait le froid bien plus mordant des hivers en Écosse, à Londres et à Paris, où il avait passé son adolescence, mais, après huit années en Terre sainte, il s'était accoutumé à la chaleur du climat et la chute subite des températures l'avait surpris.

L'hiver avait été rude. D'après certains, c'était le plus froid depuis quarante ans. Les vents du nord arrivaient par la mer et s'engouffraient dans le dédale de pierre des églises, des palais, des commerces et des mosquées de la capitale des croisés, balayant les détritus, soulevant les capuches et arrachant les bonnets. Ce jour-là, la glace, que d'ordinaire les riches nobles se faisaient rapporter moyennant finance des hauteurs du mont Carmel durant l'été, tombait naturellement des corniches et des linteaux, et les enfants des rues la suçaient. Dans l'avant-port, les galères s'élevaient et retombaient au gré des vagues qui longeaient le brise-lames et crachaient dans les airs des gerbes d'écume en s'écrasant contre la base de la tour des Mouches, postée en sentinelle à l'extrémité de la digue est. Depuis plusieurs semaines, aucun bateau ne s'était aventuré hors du port et aucun n'y était entré. Les chevaliers du Temple veillaient constamment sur les murs de la commanderie du côté de la mer, observant avec lassitude l'horizon noir et maudissant le mauvais temps. Ils espéraient à chaque instant apercevoir la silhouette tant attendue du vaisseau qui amènerait leur grand maître sur ces rivages, pour la première fois depuis son élection deux ans plus tôt. Parmi les centaines de chevaliers, de prêtres, de sergents et de domestiques qui habitaient la commanderie, aucun n'échappait à cette fiévreuse impatience.

La porte s'ouvrit et un homme entra, rejoignant les neuf déjà présents dans la salle. Will se retourna en entendant une toux râpeuse familière et il vit Everard de Troyes clopiner jusqu'à un tabouret inoccupé près du feu. Le visage ridé du vieux prêtre, avec l'hideuse cicatrice qui sillonnait sa joue de la lèvre au front, affichait une pâleur qui contrastait avec sa robe noire. Il portait une paire de lunettes haut sur le nez, avec les verres qui touchaient presque ses yeux parcourus de veines. De fragiles mèches de cheveux blancs sortaient de sa cagoule et flottaient autour de son visage.

— Je vous prie de m'excuser pour mon retard, dit-il d'une voix qui, bien que frêle, attira l'attention de tous les hommes présents dans la pièce. Mais marcher jusqu'ici est presque au-dessus de mes forces.

Il s'assit lourdement sur le tabouret et fronça les sourcils en regardant l'homme râblé aux cheveux noirs qui lui faisait face.

— Je ne vois pas pourquoi nous devons toujours nous retrouver dans vos quartiers, maître sénéchal. Dans ma jeunesse, je parcourais cent pas avec autant d'aisance qu'une chèvre dans les montagnes, mais aujourd'hui et par un temps pareil, ils me rappellent que j'ai de nombreux hivers derrière moi.

— Frère Everard, répondit froidement le sénéchal, nous nous sommes mis d'accord sur le fait que c'est le lieu le plus approprié pour les assemblées plénières de notre Cercle. Ici au moins, je peux prétendre que nous nous rencontrons pour discuter des affaires du Temple. Je doute qu'une telle explication convaincrait d'éventuels curieux si nous nous retrouvions dans votre cellule. Nous sommes trop nombreux pour que nos réunions passent inaperçues. Il nous faut faire attention à ne pas éveiller de soupçons.

— À l'exception du maréchal, vous êtes pour le moment l'officier du Temple le plus gradé en Outremer, maître sénéchal. Je ne vois pas qui vous demanderait de rendre des comptes.

Voyant le sénéchal froncer les sourcils, Everard ajouta en maugréant :

— Mais vous avez raison, nous devons agir avec prudence.

— Il nous faut même redoubler de prudence à l'heure où le grand maître arrive, précisa le sénéchal en regardant à la ronde d'un air menaçant. La liberté que nous avons eue ces deux dernières années sera fortement limitée. Certains d'entre vous n'ont pas encore enduré le calvaire que nous connaissons : vivre et travailler aux côtés d'un grand maître à qui nous avons fait allégeance, le duper et même saper son autorité chaque jour. En rejoignant le Cercle, vous avez prononcé de nouveaux vœux, et ces vœux vont à l'encontre de ceux que vous avez prononcés lors de votre initiation. Lorsqu'il sera là, vous comprendrez toute la difficulté de votre tâche.

Le sénéchal marqua une courte pause.

— Mais vous apprendrez à la surmonter, poursuivit-il avec emphase en plongeant son regard dans les yeux de ses hommes. L'Anima Templi doit rester secret à tout prix. Nous avons failli être exposés il y a sept ans par ceux qui, par ignorance ou malfaisance, souhaitaient nous détruire. La moindre erreur peut nous coûter la vie.

Il jeta un coup d'œil à Everard, qui venait de tousser en comprenant qu'il faisait référence au *Livre du Graal.*

— N'oubliez jamais, continua-t-il en faisant mine de ne pas s'être aperçu du malaise d'Everard, que notre but a beau être louable, l'Église n'hésiterait pas à nous brûler si elle découvrait à quoi nous travaillons. Et s'il était révélé que nous utilisons les coffres du Temple pour atteindre notre but, les hommes de notre propre Ordre, nos frères d'armes, aideraient à monter le bûcher.

Will regarda les hommes. Ils écoutaient le sénéchal avec attention. Celui-ci était deux fois plus âgé qu'eux et quatre fois plus imposant. Le jeune prêtre portugais qui avait rejoint l'Anima Templi quelques années après Will, les trois chevaliers récemment admis et le sergent, qui avait à peine vingt ans, tous semblaient hypnotisés par ses paroles. Même les deux chevaliers plus expérimentés qui travaillaient avec le sénéchal depuis des années paraissaient captivés. Si Everard était la tête de l'Anima Templi, le sénéchal en était la colonne vertébrale.

C'était la première fois depuis des mois qu'ils se réunissaient tous les dix ensemble. Il ne manquait que deux membres du groupe : les chevaliers basés à Paris et Londres, qui protégeaient leurs intérêts là-bas. Comme les apôtres du Christ, ces douze hommes formaient l'Anima Templi : l'Âme du Temple.

Le discours du sénéchal n'avait pas particulièrement soulevé d'émotion chez Will. Il avait du mal à s'entendre avec l'homme autoritaire qui, en dehors de leur Cercle, était chargé de l'administration générale du Temple en Orient, et en particulier des procédures judiciaires à l'encontre des chevaliers de l'Ordre. Le sénéchal ne lui avait jamais pardonné sa rébellion cinq ans plus tôt, et il avait fait savoir à chacun qu'il regrettait toujours que Will n'ait pas été condamné à la prison à vie pour sa trahison. Il faut admettre que c'était un grave détournement des ressources de l'Anima Templi, qu'elle avait coûté la vie à un homme et failli détruire toute chance de paix entre musulmans et chrétiens. Mais Will avait le sentiment de s'être assez excusé et d'avoir largement prouvé sa loyauté à la cause de l'Anima Templi depuis lors. S'il avait été capable de remonter le temps et d'annuler l'accord passé avec l'ordre des Assassins pour le meurtre du sultan Baybars, il l'aurait fait sans regret. Mais c'était impossible, et il ne pouvait qu'espérer que le sénéchal et les autres membres de l'Anima Templi finiraient par lui pardonner. Il ne voulait pas continuer à payer toute sa vie pour cette erreur.

— Pour le moment, ouvrons la réunion, conclut le sénéchal en jetant un regard en direction d'Everard, plongé dans la contemplation du feu de cheminée.

— Bien sûr, dit le prêtre, semblant revenir à la vie.

Ses yeux pâles papillotèrent à la recherche de Will.

— Frère Campbell est revenu ce matin même avec des nouvelles d'Égypte, je suggère donc qu'il commence.

Will se leva tandis que chacun se tournait vers lui. Il plongea ses yeux dans ceux du sénéchal, qui ne cilla pas et lui adressa un regard hostile en retour.

— Il y a quelques mois, frère Everard m'a demandé d'organiser un rendez-vous avec notre allié dans le camp mamelouk, l'émir Kalawun, afin de connaître les plans des Mamelouks pour l'année à venir. Il y a douze jours, j'ai rencontré un homme envoyé par Kalawun à la frontière du désert du Sinaï.

— Pardonnez mon interruption, frère Campbell, intervint timidement l'un des jeunes chevaliers, mais puis-je vous demander pourquoi vous n'avez pas parlé à l'émir en personne ?

— L'émir considère qu'il est trop dangereux pour lui de rencontrer l'un d'entre nous, répondit Everard avant Will. C'est à cette condition qu'il a accepté de travailler avec nous quand James Campbell lui a proposé au tout début de nous aider.

Le prêtre ne s'aperçut pas du tic nerveux qui agita la joue de Will à la mention de son père.

— C'est une disposition raisonnable et prudente, reprit Everard. En tant que lieutenant en chef de Baybars, Kalawun ne peut se permettre de voyager sans que ce soit remarqué, et il aurait du mal à justifier ses absences. Il utilise le même domestique comme intermédiaire depuis que nous sommes alliés. Si notre confiance mutuelle avait dû s'effriter, cela serait déjà le cas.

Puis il fit signe à Will de continuer.

— Le camp mamelouk est plutôt tranquille depuis que le sultan Baybars a signé le traité de paix de dix ans avec le prince Édouard. Ces derniers mois, le principal centre d'intérêt, ce sont les préparatifs concernant le mariage à venir du fils de Baybars et de la fille de Kalawun. Cette alliance, ajouta Will à l'intention des nouveaux membres, permettra à Kalawun de se rapprocher un peu plus de l'héritier du trône, sur qui il exerce depuis longtemps son influence. D'après ce qu'on m'a dit, Baybars n'a pas de plan pour attaquer nos positions dans l'immédiat. Pour l'heure, il se concentre davantage sur les Mongols.

De récents rapports indiquent qu'ils empiètent sur les territoires mamelouks au nord.

Les chevaliers et les sergents les plus jeunes hochaient la tête d'un air satisfait.

— Les nouvelles sont bonnes, frères, dit Everard en se tournant vers l'assemblée, mais nous ne devons pas oublier à quel point l'équilibre des forces actuelles est précaire. De nombreuses trêves ont déjà été signées entre musulmans et chrétiens au fil des ans. Et nombre d'entre elles furent brisées. Que l'attention de Baybars soit détournée pourrait nous sembler une bénédiction, mais toute guerre nuit à notre cause et nous ne pouvons nous féliciter que son regard se pose sur une autre race. La paix, mes frères, est notre but. La paix entre toutes les nations, la paix entre tous les peuples. Souvenez-vous de ça.

Everard fixait les hommes de son regard las.

— Frère Everard a raison, intervint Velasco, le prêtre portugais, petit homme nerveux qui avait l'habitude de lever le sourcil quand il parlait comme s'il était constamment surpris des mots sortant de sa bouche. Et nous ne devrions pas nous concentrer sur les seuls musulmans. Si la paix que nous avons contribué à instaurer doit perdurer, nos propres forces doivent aussi être éclairées.

En entendant ce dernier mot, Will plissa le front. Il le mettait mal à l'aise. Il était tout acquis à la cause de l'Anima Templi, mais ses concepts les plus idéalistes, ou du moins le langage dans lequel ils étaient exprimés, avaient du mal à passer, comme un repas copieux qu'il aurait de la peine à digérer.

Peut-être parce que toute sa vie on lui avait appris à haïr les gens mêmes avec lesquels il formait aujourd'hui des alliances, quand il ne devenait pas leur ami. Les Sarrasins et les juifs étaient des ennemis de Dieu qu'il fallait maudire et combattre, voilà ce que lui avaient enseigné l'Église et l'Ordre. Il n'adhérait plus à cette doctrine, pas plus qu'il ne voyait l'intérêt de réclamer Jérusalem ou de combattre les prétendus Infidèles. Il avait fait l'expérience de l'horreur du champ de bataille et pouvait témoigner que les soldats morts dans les deux camps l'étaient de façon indigne et absurde ; il avait aussi perdu son père dans un de ces conflits. Il savait que ces routes ne conduisaient pas vers un monde meilleur. Mais ils étaient nombreux à penser comme lui, les Occidentaux installés en Outremer, la terre au-delà de la mer. En Acre, dans cette ville où des gens de tant de races vivaient et travaillaient ensemble, la paix n'était pas seulement un idéal : c'était une nécessité. De temps à autre, Will avait le sentiment que leur univers familier fonctionnait en telle adéquation avec leur conviction qu'il avait envie de le crier tout haut. Il haïssait le secret. Mais il savait que la survie du Cercle était en jeu. Le monde pouvait donner l'impression d'aller dans la même direction, mais, en creusant un peu, les vieilles haines et les hostilités latentes resurgiraient, comme des tourbillons invisibles sous la surface. Même en Acre, la capitale du péché, comme le pape à Rome l'avait déclaré. Le secret autour de l'Anima Templi était le bouclier qui le protégeait des autres forces en conflit.

Will fut tiré de ses réflexions par Everard, qui l'observait. Le visage du prêtre était inexpressif. Will détourna le regard, mal à l'aise devant l'intensité de son regard. Il avait l'impression qu'Everard arrivait à lire dans son esprit.

— Nous avons gagné la moitié de cette bataille, disait l'un des jeunes chevaliers en réponse aux commentaires de Velasco. Tant que l'Église ne reconnaîtra pas qu'elle a besoin d'une réforme et qu'elle doit mettre un terme à la corruption qui fait rage à tous les niveaux de la hiérarchie, elle aura bien du mal à persuader les rois, sans parler du peuple, que le chemin de l'absolution passe par une croisade. Elle utilise ces guerres à ses propres fins depuis trop longtemps. Ses motivations sont devenues transparentes. Les citoyens de l'Ouest n'ont aucune envie de s'embarquer pour le difficile voyage jusqu'ici, de risquer leur vie et de se faire embrocher à l'épée maintenant qu'il a été révélé que ceux qui l'y incitent ne le font que pour s'enrichir.

Un chevalier anglais plus âgé, du nom de Thomas, secoua la tête en entendant le discours passionné du jeune homme.

— Il reste beaucoup de chrétiens en Occident qui débarrasseraient volontiers Jérusalem des musulmans s'ils en avaient la possiblité. Ils croient toujours que les musulmans et les juifs sont des blasphémateurs, des adorateurs de faux dieux dont la présence pollue la Ville sainte. Ils croient toujours qu'eux, et *seulement* eux, suivent le bon chemin. Ne sois pas si certain que l'envie d'une croisade n'existe plus. Ce n'est pas le cas.

— Mais, au concile de Lyon, répliqua le jeune chevalier, aucun des grands rois n'a répondu à l'appel du pape à prendre la Croix. La plupart d'entre eux n'étaient même pas présents.

— À l'heure actuelle, les dirigeants occidentaux sont trop embourbés dans leurs propres luttes intestines pour s'engager dans une croisade, répondit Thomas. Mais il suffit d'un seul chef pour unir une force déterminée derrière lui, et alors les hommes afflueront ici dans l'espoir de libérer la Ville sainte. C'est ce que souhaitent les hommes de notre propre Ordre. Frère Everard a raison. La paix que nous avons contribué à créer à l'intérieur du royaume est fragile, c'est un fait. Une secousse dans un sens ou dans l'autre et elle s'écroule.

— Et je crains que le grand maître soit justement ce genre de chef, dit le sénéchal en frappant dans ses mains. Il n'a pas fait mystère de sa volonté de reconquérir les territoires volés par Baybars en ayant recours à l'armée. À Lyon, il s'est fait l'avocat d'une nouvelle croisade. Il pourrait s'avérer être l'une des pires menaces à laquelle nous ayons eu affaire depuis la signature du traité.

Thomas et l'autre chevalier vétéran approuvaient de la tête.

— Si c'est le cas, nous devrons faire tout ce qui est en notre pouvoir pour le voir emprunter d'autres moyens d'action, dit Velasco, le sourcil arqué sous la frange. Nous ne pouvons offrir à Baybars une raison d'attaquer alors que nous sommes aussi faibles. Ses forces nous submergeraient. Et Acre...

Regardant Everard en prononçant ces mots, Velasco parut hésiter mais il poursuivit néanmoins :

— ... notre *Camelot*, périrait, en même temps que tous les citoyens habitant dans son enceinte et l'espoir de réconciliation entre les chrétiens, les musulmans et les juifs. Cet espoir que nos prédécesseurs cultivent depuis presque un siècle. Tant que Baybars ne sera pas mort et que l'Égypte et la Syrie ne seront pas contrôlées par quelqu'un avec qui nous pourrons nous allier, nous ne serons pas en sécurité.

Everard eut un petit sourire à la mention de Camelot, le nom qu'il utilisait pour la ville, mais il s'évanouit dans l'instant.

— Des difficultés nous attendent, dit-il d'un ton bourru, mais il y en aura toujours. Ce n'est pas une tâche évidente, avec une solution évidente, dans laquelle nous sommes engagés. Rien de ce qui a de la valeur en ce monde ne s'obtient facilement. Le processus est long, mais nous faisons des progrès. Malgré nos motifs d'inquiétude, nous ne devons pas le perdre de vue. Nous avons désormais en Égypte un allié puissant, qui aura de l'influence sur le prochain sultan, et en Acre nous avons noué des alliances avec ceux qui croient en notre cause. C'est nous, par l'intermédiaire de notre Gardien, qui avons amené la paix en Outremer. Et tant que la paix se maintient, tant que les enfants de Dieu vivent en harmonie, nous triomphons.

Will s'adossa au mur pendant que les hommes s'imprégnaient du discours d'Everard. Il pouvait voir les mots du prêtre les remplir d'espoir et de conviction et il fut surpris de constater à quel point le vieillard était capable de partager son enthousiasme. Il connaissait Everard depuis trop longtemps pour être encore intimidé ou effrayé par lui ; le prêtre l'avait fouetté, insulté, consolé et éduqué ; il le savait capable du meilleur comme du pire. Mais, de temps à autre, quelque chose, une étincelle de génie dans le ton rude de sa voix, suffisait à le faire revenir à dix-neuf ans, au Temple de Paris, quand Everard lui avait pour la première fois parlé de l'Anima Templi.

Il savait que le souvenir avait dû enjoliver ce moment, le rendre plus grandiose, plus intemporel qu'il n'était en réalité. Mais il se rappelait avoir été hypnotisé, comme par un charme, lorsque le prêtre lui avait révélé comment le Cercle s'était formé au lendemain de la guerre contre les musulmans qui avait presque anéanti les forces chrétiennes en Terre sainte, une guerre menée à cause d'un ancien grand maître du Temple. Il se rappelait avec quelle attention il avait écouté Everard lui expliquer comment le mandat initial de l'Anima Templi était de protéger le Temple et ses vastes ressources économiques et militaires contre le mauvais usage que pourraient en faire ses dirigeants. Comment, au fil du temps, à mesure que d'autres membres étaient admis, de hauts officiers et des hommes lettrés qui avaient amené avec eux leurs propres idéaux, cette mission s'était élargie pour devenir la préservation de la paix en Outremer et entre les fois chrétienne, juive et musulmane.

À l'époque, Will avait vivement protesté contre cette idée en disant qu'elles étaient irréconciliables, qu'il ne pourrait jamais y avoir qu'un seul vrai Dieu pour chacune d'entre elles et qu'aucune ne s'inclinerait devant l'autre. Même quand Everard lui avait expliqué que l'Anima Templi ne proposait pas de modifier les croyances pour les ajuster les unes aux autres, mais de parvenir à une trêve mutuelle qui permettrait aux hommes de toutes religions de coexister, Will n'avait pas pu croire qu'une telle chose fût possible. Mais, dans les années qui avaient suivi, il avait vu de ses propres yeux comment des gens aux croyances différentes pouvaient vivre les uns avec les autres, profitant des échanges commerciaux et du partage des connaissances.

Tout en écoutant Everard discuter d'un traité que Velasco et lui avaient rédigé, soulignant les points communs entre les trois religions, Will se demandait si lui-même saurait un jour partager son propre enthousiasme. Serait-il capable d'émouvoir les hommes au point qu'ils soient prêts à donner leur vie pour une cause qu'il défendrait, comme le prêtre avait ému son père, comme il l'avait ému lui-même ? Soudain, il se demanda ce qu'ils deviendraient quand Everard mourrait. Il aurait bientôt quatre-vingt-dix ans et Will n'avait jamais connu quelqu'un d'aussi vieux. Il lui arrivait de penser que seule son absolue détermination de voir accomplie la mission de l'Anima Templi faisait encore tenir le vieil homme, qu'elle lui faisait office de tendons et de muscles maintenant que la chair était défaite. Les yeux de Will se portèrent sur le sénéchal, qui abordait maintenant la question de savoir à qui pourrait être distribué le traité. Il serait sans doute élu à leur tête à la mort d'Everard. Et Will savait que, ce jour venu, sa place dans le Cercle qu'il avait aidé à reconstruire, et pour lequel son père s'était sacrifié, ne tiendrait qu'à un fil.

La réunion dura encore une heure, jusqu'à ce que le sénéchal y mît un terme. Will remarqua qu'Everard n'arrêtait pas de le regarder et semblait gagné par une impatience grandissante. Lorsqu'ils se séparèrent, après s'être mis d'accord pour une prochaine réunion quand le grand maître serait arrivé, le prêtre le rattrapa dans l'escalier.

— William, je dois te parler.

— Que se passe-t-il ?

— Pas ici, répondit Everard à voix basse. Viens dans mes quartiers.

3

La citadelle, Le Caire

17 janvier 1276 après J.-C.

La bête marchait de long en large, faisant rouler d'avant en arrière les blocs de muscles à la saillie de ses pattes puissantes. De temps à autre, ses lèvres s'ourlaient pour révéler des rangées de dents semblables à des défenses et elle poussait un grognement, une rumeur sourde qu'on aurait pu croire venue des entrailles de la terre, comme une falaise s'écroulant. Ses yeux d'un jaune liquide taché de noir fixaient à travers les barreaux la cohue fourmillante et jacassante. Des confins de sa prison, l'instinct hurlait contre l'incarcération, lui intimant de bondir et d'attaquer.

De l'autre côté de la Grande Salle, Kalawun al-Alfi, commandant des troupes syriennes, regardait le lion arpenter sa cage. Il était magnifique. Tout en puissance et en rage. Plus tard, ils traîneraient sa cage à l'extérieur des murs de la ville, là où se trouvait la fanfare de trompettes et de timbales, et ils libéreraient le fauve. L'espace d'un instant, il serait grandiose. Puis ils le chasseraient. Mais aujourd'hui, ce ne serait qu'un spectacle. Le privilège reviendrait au marié d'assener le coup fatal et

Kalawun savait que l'excitation habituelle de la chasse en serait ternie. Il aimait traquer sa proie, il aimait la concurrence qui régnait pour tuer l'animal. Aujourd'hui, le vainqueur ne serait pas auréolé de gloire. Et la mort du lion n'aurait rien de noble.

Kalawun but une gorgée d'un sirupeux jus de fruits tout en regardant la masse des officiers royaux, des gouverneurs et des soldats qui remplissaient la salle et dont les voix couvraient les notes légères jouées à la harpe et à la cithare par les musiciens. Ses yeux dérivèrent vers ses deux fils, as-Salih Ali et al-Ashraf Khalil, tous deux nés de sa seconde femme et dotés de la même chevelure noire et de la même physionomie que lui. Khalil, son plus jeune enfant, âgé de douze ans, tirait sans cesse sur le col raide de la robe bleue que les domestiques l'avaient gentiment obligé à mettre ce matin. Kalawun se sourit à lui-même, puis son regard fut attiré par un groupe de jeunes gens partiellement cachés par l'un des piliers de marbre noir et blanc qui flanquaient la pièce. L'un d'entre eux était Baraka Khan, héritier du trône d'Égypte et, depuis aujourd'hui, son gendre. Curieux de savoir ce qui attirait leur attention, Kalawun monta quelques marches de l'estrade qui se trouvait derrière lui et sur laquelle était dressé le trône du sultan, avec ses accoudoirs ornés de têtes de lion sculptées en or.

Les jeunes gens entouraient un esclave un peu plus jeune qu'eux, environ seize ans, et l'avaient acculé le dos au mur. Il détournait la tête du groupe et ses yeux fixaient un point à l'horizon. Son visage était paralysé en un masque sur lequel ne pouvait se lire aucune expression et seule cette posture figée, bizarre, révélait sa détresse. Baraka parlait avec animation aux autres et un large sourire fendait son visage encadré par des boucles noires. Kalawun plissa le front et tendit le cou pour observer par-dessus la foule.

Le commandant d'un des régiments mamelouks, enveloppé d'une cape jaune, le héla.

— Émir, c'était une somptueuse cérémonie. Vous devez être ravi.

Kalawun hocha la tête d'un air distrait.

— Aussi ravi qu'un père peut l'être, émir Mahmud.

Mahmud se rapprocha et vint se placer face à Kalawun.

— Maintenant que les festivités sont passées, peut-être pouvons-nous commencer à discuter de nos plans pour l'année à venir. Je me demandais si vous aviez parlé au sultan ? Peut-être savez-vous ce qu'il a en tête ?

Kalawun nota le regard de prédateur du jeune commandant.

— Non, Mahmud. Ces derniers temps, mes pensées étaient ailleurs, répondit-il en désignant la salle d'un geste vague.

— Je comprends, dit Mahmud en mettant la main sur le cœur avec un air peu sincère, mais désormais vous serez moins préoccupé. Je pense que nous devrions parler au sultan, arranger un conseil et…

— Excusez-moi, le coupa Kalawun en descendant de l'estrade et en laissant Mahmud derrière lui.

Deux des jeunes gens avec Baraka s'étaient légèrement écartés. Dans l'intervalle qu'ils avaient laissé, Kalawun avait aperçu son gendre qui tenait l'esclave par la tunique. Il la soulevait pour montrer les cicatrices de sa castration aux autres garçons. Quelques-uns de ses amis riaient avec Baraka, les autres regardaient avec effroi et fascination les traces de la mutilation. Quant à l'esclave, il avait les yeux fermés.

Pour des hommes comme Kalawun, le terme de guerrier esclave n'était pas un simple mot. Bien des années plus tôt, avec nombre d'autres Mamelouks, dont Baybars, il avait été capturé par des marchands d'esclaves après les invasions des Mongols contre les Turcs kiptchaks autour de la mer Noire. Vendus par milliers sur le marché à des officiers de l'armée égyptienne, on les avait emmenés en tant que prisonniers au Caire, transformés en musulmans dévots et les anciens sultans ayyoubides d'Égypte les avaient constitués en corps d'élite. La dynastie ayyoubide s'était achevée vingt-six ans plus tôt, quand les guerriers esclaves s'étaient retournés contre leurs maîtres et avaient pris le contrôle de l'Égypte.

Les plus jeunes se rappelaient la séparation d'avec leurs parents et leurs proches. Au fil du temps, endurcis par l'entraînement rigoureux et consolés par la camaraderie des casernes, ces souvenirs s'étaient néanmoins estompés. Lorsqu'ils furent libérés, au moment où on les fit soldats et officiers de l'armée mamelouke, peu d'entre eux désertèrent pour retrouver leurs familles. Kalawun avait vingt ans quand il fut capturé, ce qui était vieux pour un esclave. Il se souvenait de sa femme et de son enfant, le temps ne parvenait pas à les effacer complètement. Même maintenant, âgé de cinquante-quatre ans, avec trois femmes, trois enfants et un autre à venir, il lui arrivait de se demander si sa première famille avait survécu à l'attaque mongole et s'était installée quelque part, ne sachant pas que lui-même était encore en vie, qu'il était maintenant l'un des hommes les plus puissants d'Orient. Né dans un monde que les guerriers esclaves dirigeaient et où ils habitaient de grands palais luxueux, Baraka ne savait pas quelles chaînes ses aïeux avaient dû briser pour qu'il en soit ainsi.

Des généraux et des officiers passaient près du groupe de sadiques sans intervenir. Les esclaves du palais qui, à la différence des soldats, étaient soumis à la castration afin de protéger le harem et de s'assurer de leur docilité, s'élevaient parfois de leur basse condition pour occuper des postes à responsabilités sous l'autorité de leurs maîtres. Ils pouvaient même être envoyés comme ambassadeurs auprès de dignitaires étrangers ou entraîner les nouvelles recrues de l'armée. Mais la plupart d'entre eux, bien qu'ils fussent en général mieux traités qu'en Occident, constituaient l'invisible et silencieuse race qui grouillait dans les couloirs et les salles de réception de toutes les maisons cairotes bien tenues. Baraka était prince, l'eunuque, un simple corps anonyme. Cependant, Kalawun n'était pas disposé à laisser passer une telle cruauté.

Après avoir tendu sa coupe à un domestique, il commença à se frayer un chemin à travers la foule. Il était encore loin de son but quand Nasir, l'un des officiers de son propre régiment, les Mansuriyya, vint le saluer.

Ce grand homme à l'air solennel, un Syrien au teint brun, inclina la tête avec respect tout en s'approchant de son commandant.

— Émir, c'était vraiment une très belle céré...

— Une très belle cérémonie, je sais, fit Kalawun en se forçant à sourire.

Nasir le regarda d'un air perplexe, puis il lui rendit son sourire, qui éclaira son visage par ailleurs inexpressif.

— Je suis désolé, émir, je dois faire partie de tous ceux qui vous parlent aujourd'hui sans rien vous dire.

— Comme le veut la tradition lors d'un mariage, répondit Kalawun en reportant son regard sur les jeunes gens.

Au même moment, Baraka lâchait l'esclave, reculait et tournait la tête. Ses yeux croisèrent ceux de Kalawun et, l'espace d'un instant, en réalisant que celui-ci avait assisté à toute la scène, une expression de honte fugace traversa le visage du prince. Puis, aussi vite qu'elle était apparue, celle-ci s'en alla, remplacée par un air de défi hautain. Baraka hocha cérémonieusement la tête à l'intention de Kalawun et s'éloigna avec ses amis en laissant l'esclave recroquevillé contre le mur, à deux pas de la cage du lion.

— Émir ? l'interrogea Nasir en observant le visage de son commandant, qui paraissait inquiet.

Il suivit le regard de Kalawun et vit Baraka rire avec un groupe de garçons.

— Il fera un bon fils, crut-il bon de commenter.

— Mais fera-t-il un bon mari ? murmura Kalawun en regardant Nasir. Et un bon sultan ? J'ai parfois l'impression qu'il n'a rien retenu de tout ce que j'ai essayé de lui apprendre.

— Vous l'avez guidé du mieux que vous pouviez, émir. J'ai vu avec quelle patience vous l'instruisiez, comme s'il était de votre propre chair. Vous lui avez apporté davantage que son propre père, ajouta Nasir en baissant la voix.

— Le sultan Baybars n'a pas eu le temps de le former, répondit Kalawun.

Mais ils savaient tous deux que ce n'était pas vrai.

Baybars n'avait prêté aucune attention au garçon dans ses premières années, il disait que sa place était au harem avec sa mère tant qu'il n'aurait pas l'âge de s'entraîner à devenir un guerrier. Quand il fut assez vieux, il le mit entre les mains d'un tuteur et, un temps, se prit d'un réel intérêt pour son aîné, éprouvant même du plaisir à passer du temps avec lui. Mais Omar, son camarade, celui qui ressemblait le plus à un ami, était mort sous les coups d'un Assassin qui lui étaient destinés et, après sa mort, Baybars ne s'était plus intéressé à rien.

Nasir secoua la tête.

— Quand même, j'ai toujours été surpris de voir à quel point vous vous étiez investi dans son éducation.

— Je veux qu'il soit capable de conduire son peuple.

— Il le sera. Il est peut-être devenu un homme aujourd'hui, mais son cœur est toujours celui d'un garçon, et les garçons de son âge se croient parfois meilleurs que leurs maîtres. Ça nous est tous arrivé.

Kalawun posa la main sur l'épaule de Nasir.

— Tu as raison. Simplement, j'ai parfois l'impression de modeler une argile déjà cuite. Vois-tu, je m'inquiète qu'il soit…

Il ne prononça pas la fin de sa phrase, une voix de jeune fille l'appelait.

— Papa !

Kalawun se retourna et vit Aisha, sa fille de quatorze ans, se faufiler vers lui à travers la cohue. Son hijab brodé d'or était dangereusement près de glisser et de dévoiler ses longs cheveux noirs. Sur ses épaules, les griffes s'enfonçant dans le tissu de sa robe sombre, était juché un singe minuscule aux pupilles orange. Il portait un collier incrusté de pierres précieuses, d'où partait une laisse en cuir qu'Aisha s'était enroulée autour de l'index. Dans sa main restée libre, elle tenait une poignée de dattes.

— Regardez, père ! dit-elle en lançant l'un des fruits.

Le singe tendit les bras et le rattrapa puis, avec de petits mouvements brusques, il le porta à sa bouche et commença à mordre dedans tout en lançant autour de lui des regards méfiants.

— Je vois que tu l'as entraîné, dit Kalawun en prenant le visage de sa fille dans ses grandes mains calleuses et en l'embrassant sur le front.

Puis il tira sur son hijab afin de le rabattre sur les cheveux visibles, ce qui lui fit froncer les sourcils.

— Tu ne le quittes pas d'une semelle. Si j'avais su qu'un cadeau comme celui-ci l'occuperait autant, ajouta-t-il en souriant à Nasir, je le lui aurais offert il y a des années.

— Je ne sais toujours pas quel nom lui donner, dit Aisha sans tenir compte du commentaire.

— Je croyais que tu l'avais appelé Fakir.

Aisha fit rouler ses grands yeux au ciel.

— C'était la semaine dernière, mais je n'aime plus du tout ce nom. Je te l'ai déjà dit.

Kalawun caressa la joue de sa fille.

— Je ne crois pas que ce soit le bon moment pour t'en inquiéter. La journée a été longue et tu dois te préparer pour la nuit qui approche.

Son sourire s'évanouit en la voyant s'éloigner en haussant les épaules, visiblement mal à l'aise.

Kalawun sentit une boule dans sa gorge à l'idée qu'il avait risqué le bonheur de sa fille pour assurer sa position auprès de Baraka. Elle le vivait comme un sacrifice. Il supposait que la plupart des pères donnant leur fille à marier ressentaient une émotion similaire, mais cette pensée ne parvenait pas à le réconforter. Il lui avait acheté le singe pour soulager sa conscience. Et cela avait marché quelques jours, à voir les heures délicieuses qu'elle passait avec la créature. Mais, après la scène avec l'esclave dont il avait été le témoin, son trouble était revenu.

— Tu es une femme maintenant, Aisha, dit-il d'une voix qu'il voulait ferme. Tu dois te présenter humblement au monde, obéir à ton mari et le soutenir. Tu ne peux plus courir librement à travers les couloirs du palais, jouer avec les domestiques ou patauger dans les bassins. C'est fini. Tu es une femme. Tu comprends ?

— Oui, père, murmura Aisha.

— Pars, maintenant. Va attendre ton mari.

Kalawun était lié par le devoir et la tradition mais une partie de lui, celle qui en avait fait un père dévoué, se réjouissait secrètement que la lueur de défi n'ait pas quitté les yeux de sa fille tandis qu'elle s'éloignait.

Kalawun entendit des portes s'ouvrir. Quatre guerriers en manteau doré du régiment bahrite, les gardes royaux, pénétrèrent dans la salle. Derrière eux, légèrement plus grand que ses soldats, se trouvait Baybars Bundukdari, l'Arbalète, sultan d'Égypte et de Syrie, dont l'épée avait mis fin dans un bain de sang à la dynastie ayyoubide pour initier le règne des Mamelouks. Il portait une lourde cape en soie dorée doublée de fourrure, sur laquelle étaient brodées des inscriptions du Coran. Des bandes de tissu noir cousues sur ses avant-bras affichaient son rang et son titre. Son visage hâlé était de marbre et ses yeux, avec le défaut de la pupille gauche, une sorte de point blanc incrusté qui transformait chacun de ses regards en coup de poignard, étaient aussi bleus et insondables que le Nil lui-même. À côté de Baybars marchaient trois généraux, dont Mahmud, et un homme portant le manteau violet des messagers royaux, ces hommes qui relayaient à cheval les informations à travers l'empire. Le manteau du messager était couvert de poussière et l'inquiétude se lisait sur son visage. Il avait l'air d'avoir parcouru un long chemin. Baybars lui dit quelque chose et il s'inclina avant de disparaître. Les yeux du sultan scrutèrent la foule et vinrent se poser sur Kalawun. Il lui adressa un signe de tête autoritaire. Kalawun salua Nasir et suivit Baybars, qui ressortait de la salle.

Tous ensemble, les généraux et le sultan se dirigèrent vers le deuxième étage, plus tranquille, abandonnant les bruits de la musique et de la foule derrière eux. Là, les Bahrites ouvrirent deux portes décorées de panneaux d'ivoire donnant sur une grande terrasse. Les gardes restèrent à la porte tandis que Baybars et les généraux avançaient sous le soleil. La journée était fraîche, un vent puissant faisait claquer leurs manteaux. Le ciel de l'après-midi était d'un grand bleu, sans une trace de brume, et au loin, au sud-ouest de la cité, ils pouvaient voir les grandes pyramides dresser leur silhouette majestueuse dans le désert. Construite par Saladin, la citadelle était située à l'endroit le plus haut de la ville, juste en contrebas des collines de Muqatan, et la vue de la terrasse était spectaculaire.

En dessous d'eux s'étalait Le Caire, dont le nom arabe, al-Qâhira, signifiait la Victorieuse. Des minarets s'élevaient en spirale dans le ciel au milieu des dômes des mosquées et des palais, dont les ornements de verre et de nacre scintillaient au soleil. Niché entre ces somptueux édifices, un amas de maisons et de commerces formait un réseau complexe de ruelles étroites, de souks couverts et de lieux si sombres et à l'air si confiné qu'ils donnaient l'impression de traverser des grottes.

Les marchés aux chameaux et aux chevaux, les madrasas et les mausolées se disputaient l'espace de cette arène bondée, où les secteurs réservés aux Grecs, aux Noirs, aux Turcs et autres s'entassaient autour des quartiers les plus récents de la ville, au nord, établis par l'ancienne dynastie fatimide. La mosquée al-Azhar, avec son université adjacente, avait été bâtie là trois siècles plus tôt et elle était désormais le plus important centre d'étude du monde islamique. Une partie du bâtiment était toujours entourée d'échafaudages, à cause des réparations que Baybars avait ordonnées des années plus tôt. Le calcaire blanc friable utilisé pour refaire les côtés avait été emprunté aux pyramides et aux nombreux châteaux des croisés en Palestine que le sultan avait démolis au cours de ses seize ans de règne. Le vieux Caire, Fustât Misr, se trouvait au sud de la citadelle, de l'autre côté d'une île sur le Nil. Sur cette île, l'ancien maître ayyoubide des Mamelouks avait érigé un palais dont Baybars avait attribué les tours à Kalawun et au régiment Mansuriyya pour leur servir de quartiers. Entre la ville sans cesse balayée par le sable et les étendues hostiles du désert coulait le Nil, l'artère vitale de la ville.

Baybars se tourna vers Kalawun en souriant, mais ses yeux vitreux ne reflétaient pas la même aménité.

— Nous sommes camarades depuis plus de la moitié de nos vies, mon frère, dit-il en embrassant le commandant sur les joues. Maintenant, nous sommes de la même famille.

— C'est un honneur que je chéris, sultan, répondit Kalawun.

— Cependant, maintenant que le mariage de nos enfants est terminé, nous devons nous occuper des affaires de ce monde.

Les manières de Baybars redevinrent en un instant celles d'un homme de décision, d'un chef à l'autorité incontestable.

— Un messager vient d'arriver avec des nouvelles des territoires du Nord. L'Ilkhan a rassemblé une armée. Les Mongols approchent.

— Combien d'hommes dans cette armée ? s'enquit Kalawun.

Les paroles du sultan avaient réveillé en lui la même appréhension qu'il ressentait chaque fois qu'il apprenait que leur calme était sur le point d'être bouleversé, que la guerre et la mort le rattrapaient.

— Trente mille, des Mongols de la garnison de l'Ilkhan en Anatolie et des soldats seldjoukides sous le commandement de leur Pervaneh.

— Sait-on vers où ils se dirigent ? demanda Kalawun, surpris que le Pervaneh seldjoukide mène ses hommes au combat aux côtés des Mongols.

Il se disait que le Pervaneh, qui agissait en tant que régent pour l'enfant sultan du royaume seldjoukide d'Anatolie, n'appréciait pas du tout l'occupation par les Mongols de ses territoires. Ses relations avec son souverain Abaqa, l'Ilkhan de Perse et arrière-petit-fils de Gengis Khan, étaient prétendument tendues.

— L'une de nos patrouilles à la frontière de l'Euphrate a capturé un éclaireur mongol. Ils ont pu lui soutirer des informations. Les Mongols ont l'intention d'attaquer al-Bireh.

Kalawun s'aperçut en regardant les autres émirs qu'ils étaient déjà au courant.

— Savons-nous quand est prévu l'assaut, seigneur ?

— Bientôt. C'est tout ce qu'ils ont pu vérifier. Mais cela fait déjà cinq semaines que notre garnison d'al-Bireh a reçu cette information. Il est possible que l'attaque ait déjà eu lieu. Le messager est passé par Alep. Mon général sur place a envoyé sept cents hommes pour aider à tenir la ville. Il devait aussi lever une armée de Bédouins. Mais nous savons tous que les mercenaires sont souvent imprévisibles, ajouta Baybars.

— Dans ce cas, nous devons nous dépêcher d'agir.

Baybars fit signe à l'un des émirs, un homme au teint mat du même âge que lui.

— L'émir Ishandiyar emmènera son régiment jusqu'à al-Bireh, avec deux autres commandants. Ils partiront demain. Si les Mongols n'ont pas encore attaqué, les troupes resteront pour fortifier la ville. S'ils ont attaqué... Ishandiyar s'occupera d'eux.

— En allant vite, nous pourrons être à Alep en trente-six jours, dit Ishandiyar. Nous nous y pourvoirons en ravitaillement et prendrons avec nous toutes les forces auxiliaires disponibles avant de continuer vers al-Bireh. Ce n'est qu'à deux jours de marche de là.

— Il ne nous reste qu'à espérer que nous aurons assez de temps, répondit Kalawun. La ville ne contiendra pas indéfiniment une force déterminée. Les Mongols ont déjà réussi à la prendre par le passé.

Les autres généraux hochèrent la tête en signe d'approbation. La ville d'al-Bireh était en première ligne sur la frontière de l'Euphrate. Si les Mongols s'en emparaient, ils pourraient s'en servir comme d'un point d'entrée pour lancer d'autres attaques sur les territoires mamelouks en Syrie. Cinq ans plus tôt, sous les ordres d'Abaqa, les Mongols avaient traversé l'Euphrate pour fondre sur Alep, mais ils n'avaient causé que peu de dégâts. Les Mamelouks avaient eu de la chance. Avec une plus grande armée, l'attaque aurait été victorieuse. Les cadavres des quatre-vingt mille musulmans enterrés sous la poussière de Bagdad pouvaient en témoigner.

— Je compte sur vous, dit Baybars en regardant Ishandiyar.

— Je ne vous décevrai pas, seigneur.

— Je l'espère. Je ne veux pas que les Mongols détiennent une position grâce à laquelle ils pourraient menacer mes arrières alors que je continue mes campagnes dans le nord. Abaqa n'est pas un imbécile. Il a conscience que mon expédition en Cilicie l'année dernière n'est qu'un prélude avant l'invasion de l'Anatolie. Il sait que je cherche à étendre mon empire. Et avec les Seldjoukides qui ne cessent de contester sa suprématie, sa situation est précaire. Je savais qu'il finirait par montrer ses griffes. Mais s'il prend al-Bireh, mes plans d'expansion en Anatolie seront sérieusement compromis.

— Sultan, le coupa vivement Mahmud, vous ne nous avez pas fait part de ces plans. Avant que le messager ne nous apprenne ces nouvelles, je souhaitais d'ailleurs vous demander si nous pourrions évoquer votre stratégie pour l'année à venir. Comme vous le savez, le débat est animé pour savoir sur quels ennemis nous devons nous concentrer en premier.

— Oui, émir Mahmud, je sais bien ce qui se passe dans ma propre cour, dit Baybars en affichant un sourire sans joie. Mais peut-être voudriez-vous m'en informer plus avant ?

Il s'approcha du bord de la terrasse et s'appuya contre le parapet.

Nullement décontenancé, Mahmud répondit :

— Seigneur, de tous les sultans d'Égypte qui ont fait campagne contre les Francs, vous êtes celui qui a amené le plus de victoires à notre peuple. Alors qu'ils avaient un grand empire, les chrétiens ne détiennent plus que quelques villes disséminées sur la côte palestinienne. Vous avez détruit les châteaux de leurs chevaliers, expulsé leurs barons grassouillets des villes qui appartiennent de plein droit aux musulmans, vous nous avez rendu les mosquées qu'ils avaient transformées en églises et égorgé les infidèles par milliers.

La voix de Mahmud s'était faite de plus en plus passionnée à mesure qu'il parlait, mais Baybars n'en paraissait pas le moins du monde flatté ou impressionné.

— Où voulez-vous en venir ?

— Certains à la cour pensent qu'il est temps de finir ce que vous avez commencé en proclamant le djihad contre les chrétiens, il y a seize ans. Ils pensent qu'il est temps d'en finir avec les Francs en Acre et à Tripoli, ainsi que dans toutes les forteresses qu'ils possèdent encore, qu'il est temps de les éradiquer de nos terres.

— *Ils* ? demanda Baybars d'un ton sec.

— J'admets nourrir moi aussi cet espoir, seigneur. Mais je ne suis pas le seul.

Le quatrième émir, un vieux vétéran mamelouk du nom de Yusuf, qui avait gardé le silence jusque-là, opinait en écoutant les propos de Mahmud. Ishandiyar semblait pensif.

— Vous êtes tous d'accord ? leur demanda Baybars.

— La trêve signée avec les Francs n'était que temporaire, répondit Yusuf de sa voix éraillée. Vous l'avez dit vous-même, seigneur. Nos espions en Acre nous rapportent que leur pape a tenu un conseil avec les rois d'Occident pour discuter d'une nouvelle croisade. Pourquoi leur donner le temps de l'organiser ? Je dis que nous devons mettre un terme à tout cela dès maintenant.

— Je conseillerai plutôt la prudence, prononça lentement Ishandiyar. Occupons-nous d'abord des Mongols à al-Bireh avant de prévoir d'autres actions. Peut-être devrons-nous employer toutes nos ressources pour mater les Mongols.

— Je suis d'accord, répondit Mahmud en voyant Baybars hocher la tête, que nous devons assurer la sauvegarde de la ville. Mais si nous vainquons, prenons au moins le temps de parler de nos problèmes avec les Francs avant de lancer une campagne contre les Mongols en Anatolie.

— Qu'en dites-vous, émir Kalawun ? demanda Ishandiyar.

— J'ai déjà fait part au sultan de mes sentiments à ce sujet, répondit celui-ci.

Mahmud s'offusqua de ses paroles mais il fit mine de l'ignorer.

— Pourriez-vous les partager avec nous, croassa Yusuf en regardant Baybars, qui fit signe à Kalawun de poursuivre.

— Je crois, comme Ishandiyar, que nous devons commencer par sécuriser les frontières nord contre les attaques mongoles. Seule une poignée de chefs ont participé au conseil que vous évoquiez. Je ne vois pas quelle grande offensive pourrait être lancée d'Occident dans un futur proche. D'après ce que je sais, ils sont trop occupés à se battre entre eux. Les Mongols nous menacent directement, alors qu'en l'état, les Francs ne peuvent rien contre nous.

La mâchoire crispée, Mahmud s'agitait, les yeux perdus par-dessus la ville.

Baybars resta un instant silencieux avant de reprendre la parole, étudiant un à un le visage de ses hommes :

— Khadir m'a dit que les signes étaient favorables à une guerre contre les chrétiens.

Aucun d'entre eux ne parut ravi qu'il fasse mention de son devin.

— Mais je suis enclin à faire face aux Mongols le plus rapidement possible. Quoi qu'il en soit, dit-il en jetant un coup d'œil à Mahmud, je ne prendrai aucune décision définitive avant d'avoir parlé avec l'ensemble des généraux. J'organiserai un conseil.

— Seigneur, l'appela Mahmud alors qu'il commençait à rentrer, avec tout le respect que j'ai pour vous, ne faites pas attendre trop longtemps les généraux. L'impatience monte dans les rangs.

Il pâlit soudain devant le regard braqué sur lui, mais décida de continuer.

— Depuis la trêve que vous avez signée il y a quatre ans, vous avez découvert deux conspirations pour vous renverser et survécu à un attentat fomenté par l'un de vos propres émirs. Vos hommes ne veulent plus de cette... (Il toussa)... de cette *paix* avec les Infidèles.

— La paix, émir Mahmud ? répéta Baybars d'une voix grave. Croyez-vous que je désire faire la paix avec ces cochons de chrétiens ? Croyez-vous que c'est ce que je cherchais en détruisant leurs villes, en réduisant en cendres leurs forteresses, en marchant sur les os de leurs soldats ? La paix ?

— Seigneur, je voulais juste...

— Oui, j'ai dû faire face à des rebelles et à des meurtriers. Mais aucun ne voulait se débarrasser de moi pour continuer ma noble guerre contre les Francs. Ils se sont dressés par convoitise, pour prendre ma position. Ceux qui me connaissent bien, Mahmud, ceux qui me sont *loyaux*, sans condition, savent que s'il y a un homme dans tout l'Orient qui méprise les chrétiens, c'est moi. Mais je ne me précipiterai pas aveuglément sur eux au risque de mettre mon empire en danger, tout ça pour satisfaire quelques jeunes gens au sang bouillonnant. Le moment venu, je les écraserai. Mais pas avant d'être prêt.

— Écraser qui, père ?

Baraka Khan se tenait sur le seuil, la main levée devant les yeux pour se protéger du soleil.

— Que veux-tu ? lui demanda Baybars.

— Vous semblez discuter d'importants sujets. J'aimerais me joindre à vous.

— Tu n'as rien à ajouter au débat qui pourrait nous aider, répondit abruptement Baybars. Et je n'ai ni le temps ni l'envie de me plier à tes souhaits. Quand je voudrai t'impliquer dans mes affaires, je te le ferai savoir, Baraka.

Baybars n'avait mis aucune malice dans son ton, mais la brusquerie de ses paroles fit rougir Baraka en un clin d'œil.

Le jeune homme eut un moment l'air de vouloir répondre, mais il finit par se retourner et s'en aller de la terrasse.

— Nous reparlerons de tout cela lors d'un conseil, dit Baybars aux généraux, comme si rien ne s'était passé. Vous pouvez disposer.

Les généraux saluèrent et se retirèrent, Mahmud avec l'air irrité et piqué au vif, Ishandiyar pressé de réunir ses hommes et de se préparer à faire route vers al-Bireh. Kalawun s'attarda.

— Tu veux me dire quelque chose ? lui demanda Baybars.

— Y a-t-il une raison de ne pas faire participer Baraka à nos discussions, seigneur ? Il ne peut pas apprendre s'il n'assiste pas à ce genre de débat.

— Ses tuteurs lui enseignent bien assez de choses et je sais que je peux compter sur toi pour continuer à l'entraîner à l'art de la guerre.

— Votre manque d'affection le peine. Il pense que vous ne le trouvez pas digne d'être votre fils.

— C'est sa mère qui lui a inoculé ce poison, répondit durement Baybars. Tout ce temps passé au harem l'a ramolli. Je dois me montrer sévère avec lui, sinon il ne s'assiéra jamais sur ce trône, sans même parler de devenir un chef assez fort pour son peuple.

Sur ces paroles, Baybars s'en alla.

Kalawun resta seul à contempler la vue. De l'une des tours de la citadelle, un groupe de pigeons que les Mamelouks utilisaient pour transmettre les messages prit son envol. La réunion impromptue ne lui avait pas laissé le temps de préparer ses arguments et il devrait maintenant se faire entendre lors d'un conseil de guerre. La paix qu'il avait contribué à installer entre son peuple et les Francs semblait se fissurer peu à peu. Combien de temps encore il pourrait tenir le lion à l'écart des chrétiens, il l'ignorait.

4

Le Temple, Acre

17 janvier 1276 après J.-C.

Intrigué, Will suivit Everard en bas de la tour puis dans la cour où s'entassait le sable de la plage ramené par le vent. En Occident, les commanderies de l'Ordre ressemblaient davantage à des manoirs avec domaine, elles n'étaient en général pas fortifiées, mais en Acre les quartiers généraux du Temple étaient une forteresse imprenable. Entourée de hautes murailles épaisses par endroits de près de dix mètres, elle était perchée comme un immense rocher au-dessus de la mer du côté ouest du port. Aux angles, se dressaient des tours massives, dont les plus larges, orientées vers l'intérieur de la ville, enjambaient la porte principale et étaient encore surélevées par quatre tourets, décorés chacun d'une statue de lion à taille réelle et en or. La tour du Trésor, la plus ancienne partie de la commanderie, avait été construite par le sultan égyptien Saladin cent ans plus tôt.

L'intérieur de la commanderie constituait une ville miniature, avec ses jardins et ses vergers près des quartiers des domestiques, les appartements destinés aux chevaliers et aux sergents, la salle de réception, des ateliers, une infirmerie, un terrain d'entraînement, des écuries, une belle église et un palais pour le grand maître et son personnel. À la différence de la plupart des autres commanderies, le Temple d'Acre bénéficiait aussi de commodités car il était relié au système d'égouts de la ville, qui évacuaient les eaux usées dans la mer. Au milieu de cette inextricable galerie d'eau souterraine qui parcourait la ville, l'un des tunnels menait tout droit de la commanderie jusqu'au port, ce qui permettait aux chevaliers de transporter des cargaisons directement depuis les bateaux jusqu'au Temple et pouvait à l'occasion permettre de s'échapper.

Pour Will, la forteresse était un foyer : elle lui était familière, quotidienne. Mais les yeux des chevaliers et des sergents qui débarquaient des royaumes de l'Ouest et pénétraient dans son enceinte pour la première fois lui rappelaient chaque fois à quel point la commanderie était somptueuse.

Everard luttant pour ouvrir la lourde porte des quartiers des chevaliers, Will voulut l'aider. Mais le prêtre le repoussa avec irritation et réussit finalement à l'ouvrir tout seul. Will le suivit jusqu'à sa cellule, au deuxième étage, avec, devant lui, la respiration bruyante d'Everard.

— Vous devriez demander au sénéchal de vous donner une autre cellule, suggéra Will tandis qu'ils entraient.

— J'aime la vue.

Will se garda de répondre et préféra orienter la discussion vers le seul sujet qui l'intéressât.

— De quoi voulez-vous me parler ? demanda-t-il en enlevant d'un tabouret près de la table de travail une pile de livres reliés en vélin et en s'asseyant.

Sur le banc, où d'ordinaire le prêtre travaillait à ses traductions, était ouvert un grand livre qui laissait voir de délicates lignes de calligraphie arabe. Par-dessus se trouvait un parchemin adouci à la pierre ponce, et sur lequel Everard rédigeait le texte en latin. Nombreux étaient les gens en Outremer à utiliser désormais du papier, mais Everard préférait toujours les peaux et il insistait pour se fournir en parchemin fabriqué par le même artisan local.

Le prêtre n'avait pas répondu à Will et s'occupait de se verser un verre de vin. La main abîmée, à laquelle manquaient deux doigts perdus trente-deux ans plus tôt lorsque les forces musulmanes avaient repris Jérusalem, tremblait. Everard buvait tellement, ces derniers temps, que certains chevaliers commençaient à rire de lui en disant qu'il devait avoir du bourgogne à la place du sang. Will attendit qu'il eût bu quelques gorgées avant de répéter la question.

— Je voulais te parler ce matin, quand tu es revenu, répondit Everard. Mais je préférais attendre que la réunion soit passée.

Enroulant les doigts de sa bonne main autour du pied de la coupe, il s'assit sur un siège près de la fenêtre.

— Depuis trois ans qu'il est retourné en Angleterre et a été fait roi, Édouard m'a écrit trois fois pour requérir des fonds de nos coffres. Il m'a dit avoir besoin d'argent pour l'aider à établir sa position en tant que Gardien de notre Cercle ; à financer le voyage d'émissaires auprès des Mongols et d'autres races en vue d'assurer de futures alliances ; à graisser la patte à des informateurs afin d'être au courant de tout ce qui pourrait avoir un effet sur nous. La première fois, je l'ai payé. Le montant ne me paraissait pas extravagant et je n'avais aucune raison de douter de ses intentions. Mais l'année dernière, quand Matthew, notre frère de Londres, nous a rendu visite, il m'a dit qu'Édouard avait rencontré le pape pour discuter de l'éventualité d'une nouvelle croisade, après le concile de Lyon.

Will opina.

— J'en ai entendu parler, moi aussi. Le pape a l'air très déterminé. Par chance, ils n'étaient pas trop nombreux à faire le déplacement jusqu'à Lyon, sinon nous serions maculés de sang à l'heure actuelle.

— Ce n'est pas le pape qui a organisé la réunion, dit sobrement Everard. C'est Édouard.

Surpris, Will fronça les sourcils mais attendit en silence que le prêtre continuât.

— Il semble qu'il voulait s'excuser d'avoir manqué le conseil en faisant savoir au pape qu'il ferait son affaire personnelle de mener une nouvelle croisade en Orient. Il lui a dit qu'il prendrait la Croix dès qu'il aurait maîtrisé son propre royaume.

— Ça n'a aucun sens. C'est Édouard qui a signé le traité avec Baybars. Pourquoi trahirait-il sa parole ?

— Peut-être parce qu'il n'a jamais eu l'intention de la tenir.

Everard termina son vin et se leva pour s'en resservir. Mais Will était déjà debout et lui prenait la coupe des mains. Il versa le vin et la tendit au prêtre.

— J'admets n'avoir jamais été à l'aise à l'idée qu'Édouard soit notre Gardien, mais de là à croire qu'il briserait un serment de cette façon…

— Tu ne te sens pas à l'aise avec lui ? fit Everard, étonné. Tu ne m'en as jamais parlé.

Will garda le silence un instant.

— Ce n'est pas quelque chose que j'aurais pu exprimer avec des mots. C'est juste que je ne lui fais pas confiance. Même s'il n'a jamais donné des raisons de douter de lui. Frère Matthew pourrait-il avoir eu des informations erronées ?

— Quand il est reparti en Angleterre, je lui ai demandé d'enquêter là-dessus. Je lui ai aussi parlé de la deuxième demande d'argent qu'Édouard m'avait adressée et l'ai prié de vérifier si le roi avait envoyé ces fameux émissaires. Avant même qu'il ait pu me renseigner, Édouard m'envoyait une troisième requête en m'interrogeant sur mon absence de réponse à sa précédente sollicitation. Cette fois, la somme était encore plus importante.

— L'avez-vous versée ?

— Non. Voici la lettre que frère Matthew m'a envoyée peu après.

Everard tendait un rouleau à Will. Il craquait et était couvert de taches, comme s'il avait été lu et relu.

Lorsqu'il eut fini de lire, Will leva les yeux.

— Comment ont réagi les autres quand vous le leur avez montré ?

— Je ne l'ai montré à personne, tu es le premier.

Will reposa les yeux sur le parchemin.

— Quand l'avez-vous reçu ?

— Il y a quelques mois.

— Pourquoi n'en avoir parlé à personne ? demanda Will, incrédule.

Il devait lutter pour ne pas s'emporter.

— C'est la preuve que le roi d'Angleterre, notre Gardien, travaille contre nous ! J'aurais tendance à penser que c'est une affaire plus urgente à soumettre en conseil qu'un traité rédigé en commun avec Velasco !

— Ce n'est pas une preuve, répondit Everard avec calme. Matthew le dit lui-même, il ne peut pas le prouver. Ce ne sont que des spéculations.

Will relut la lettre.

— Il dit savoir qu'Édouard a l'intention d'attaquer le pays de Galles, il pense qu'il veut utiliser l'argent demandé pour financer les débuts de sa campagne. Il me semble que cela nous fait assez de certitudes, conclut-il en relevant la tête.

— Il est certain pour l'attaque, mais pas que ce soit notre argent qui la finance.

— Est-ce que cela compte vraiment de savoir à quoi servira l'argent ? s'exclama Will en secouant la tête. Édouard veut attaquer un autre pays. L'homme que vous avez désigné…

Will s'interrompit.

— Le Gardien d'un groupe dont le seul but est la paix est sur le point de déclencher une guerre, et pas seulement dans son propre royaume, à ce qu'il paraît. Matthew dit que le peuple d'Angleterre le surnomme le *Roi croisé*. Ils pensent qu'il délivrera Jérusalem.

— Il ne peut pas avoir de tels plans dans l'immédiat, argumenta Everard, pas s'il veut attaquer le pays de Galles.

— Mais s'il a déjà rencontré le pape pour en discuter, il me semble évident que c'est ce qu'il a l'intention de faire à l'avenir, répliqua Will en repliant le rouleau et le rangeant dans son fourreau. À vrai dire, je ne suis qu'à moitié surpris.

La lèvre d'Everard se releva en un rictus.

— Eh bien, je suis content que tu aies vu venir cette trahison ! Peut-être, dans ta gracieuse bonté, aurais-tu pu informer avant aujourd'hui les simples mortels que nous sommes de ta divine prescience ?

— Qu'a-t-il fait depuis trois ans que vous l'avez désigné, Everard ? Depuis qu'il a signé le traité avec Baybars, qu'a-t-il fait concrètement en tant que Gardien de notre Cercle ? Pour autant que je sache, il n'a rien fait pour nous aider à maintenir la paix, à réconcilier les croyants ou à ouvrir les voies du commerce et de la communication entre l'Orient et l'Occident.

— Cela ne le concerne en rien, rectifia Everard. Lorsque l'homme qui a fondé notre Cercle, le grand maître Robert de Sablé, a choisi Richard Cœur de Lion pour être notre premier Gardien, c'est parce qu'il voulait qu'un homme de confiance en dehors du Temple puisse trancher les conflits au sein de l'Anima Templi et apporter son soutien financier et militaire.

— Quelle que soit sa mission auprès de nous, je ne crois pas qu'elle consiste à nous voler de l'argent pour une guerre, riposta Will.

Everard scruta le fond de sa coupe.

— Frère Thomas nous expliquait comment un seul homme fort serait capable d'unifier une force derrière lui pour lancer une nouvelle croisade. Le roi Édouard pourrait bien être cet homme. Il est jeune, populaire et puissant. Il sait conduire les hommes et leur inspirer le courage. Ce sont ces qualités qui m'ont impressionné en lui. Je pensais que son charisme serait un atout. Richard Cœur de Lion était son grand-oncle, pour l'amour du Christ ! Comment ai-je pu faire entrer le renard dans le poulailler ? Comment ai-je pu être si naïf ? Si stupide ?

Everard avait murmuré ces derniers mots d'une voix à peine audible en secouant la tête.

— Pourquoi n'en avez-vous pas parlé aux autres ? Au moins au sénéchal ?

Tout en posant cette question, Will ressentit une pointe de joie à l'idée qu'Everard avait davantage confiance en lui que dans le sénéchal.

— C'est ma faute si nous avons failli disparaître il y a sept ans. J'ai du mal à m'imaginer leur avouer que nous pourrions avoir à affronter une menace encore plus terrible, toujours à cause de moi.

— Vous n'êtes pas responsable de ce qui s'est passé avec *Le Livre du Graal.*

— Quand le grand maître Armand de Périgord est mort, j'aurais dû brûler ce livre maudit, pas le laisser traîner là où les chevaliers de Saint-Jean risquaient de le voler. Bien entendu, c'est ma faute. Si tu n'avais pas récupéré ce livre pour moi, l'Anima Templi aurait été détruit, et peut-être même le Temple avec lui. Et ils le savent tous, marmonna Everard. J'ai vu le regard que m'a lancé le sénéchal pendant la réunion.

— Pourquoi m'en parler ?

Everard arqua un sourcil.

— Toi aussi, tu as fait des erreurs, William. J'ai pensé que tu pourrais comprendre. Après tout, en utilisant l'argent de l'Anima Templi pour faire tuer le sultan Baybars, tu as failli provoquer une guerre.

Les joues de Will rosirent de colère et de honte. Il se leva, indigné.

— J'ai été puni pour cette erreur, Everard, bien puni. Vous savez pourquoi j'avais payé les Assassins, pourquoi je voulais voir Baybars mort. Non, ça ne m'a pas ramené mon père ; oui, c'était une erreur absurde. Mais combien de fois encore devrai-je faire pénitence avant que vous me pardonniez ? J'en ai assez qu'on me le rappelle sans cesse.

Everard leva la main en un geste apaisant.

— Je suis désolé. Assieds-toi, je t'en prie. J'ai confiance en toi, William. C'est pour cela que c'est à toi que je parle en premier de cette affaire.

Will n'avait jamais entendu Everard lui dire une chose pareille. Il avait envie qu'on lui fasse confiance. Après la mort de son père, Everard était le seul capable de restaurer sa fierté, une fierté après laquelle il courait depuis la mort de sa sœur, Mary, lorsqu'il était encore un enfant. C'était un accident, mais le chagrin avait séparé sa famille et creusé un fossé entre son père et lui. C'est pour cette raison que James s'était engagé dans le Temple en prononçant les derniers vœux des chevaliers, abandonnant la mère de Will et ses trois autres sœurs dans un couvent près d'Édimbourg.

— Que pouvons-nous faire ? murmura Will en se rasseyant.

— Nous devons agir avec une extrême prudence. Le pape Grégoire est un ami proche d'Édouard. Nous risquons de nous exposer si nous provoquons la colère du roi. Il pourrait dénoncer notre Cercle au pape et je n'ai pas besoin de te dire ce qui en découlerait.

Will ne répondit pas. Il savait très bien à quelles conséquences ils étaient exposés si l'existence de l'Anima Templi était révélée. C'est cela qui lui permettait de vivre dans le secret, de supporter le poids du silence.

Les fondements de la société reposaient sur l'Église. Toute menace pesant sur cet édifice pouvait faire s'écrouler la structure entière, ce qui expliquait pourquoi l'Église traitait l'hérésie avec autant de sérieux. Will savait qu'il n'y avait pas que les juifs et les musulmans à avoir subi son courroux sous la forme d'une croisade.

Everard lui avait parlé des cathares, ces hommes et ces femmes du sud de la France que les soldats de l'Église avaient égorgés par milliers parce qu'ils s'opposaient à la doctrine orthodoxe et prêchaient des idéaux qui allaient à l'encontre de ceux du Vatican. La réconciliation prônée par l'Anima Templi relevait elle aussi de l'anathème, de l'hérésie. Si leurs objectifs étaient dévoilés, l'Église les détruirait et peut-être le Temple avec si elle estimait que la corruption avait gangrené ses rangs. Ce n'était pas une simple affaire religieuse ; c'était aussi une question de géographie. L'Église ainsi que de nombreuses personnes en Occident voulaient libérer Jérusalem de ceux qu'elle accusait d'être des non-croyants, et c'est ce souhait qui avait conduit le pape Urbain II à prêcher la première croisade deux cents ans plus tôt. Si musulmans et juifs formaient une alliance, la Chrétienté serait obligée de renoncer à son envie de diriger Jérusalem. En outre, comme Everard l'avait dit par le passé, il n'y aurait de place en Terre sainte que pour une seule croyance tant que les hommes n'embrasseraient pas les idéaux de l'Anima Templi.

Everard s'affaissa soudain, manifestement épuisé.

— Je n'arrive pas à croire que, à peine achevée la reconstruction de notre Cercle après le schisme qui a failli le détruire, nous devions déjà affronter une autre menace. Comme si, à chaque génération, un obstacle devait se dresser sur notre chemin : Armand de Périgord, les chevaliers de Saint-Jean, et maintenant notre propre Gardien.

— Peut-être sommes-nous destinés à combattre ces menaces, dit Will après un instant de réflexion. L'Anima Templi est née dans le sang et les conflits. C'est pour cela que Robert de Sablé l'a créée. Quand le grand maître Gérard de Ridefort a provoqué la bataille d'Hattin à des fins personnelles, Sablé a su que le Temple était devenu trop puissant. En tant qu'Ordre, nous sommes au-dessus des lois séculières. Nous faisons les rois et les déposons. Nous ne répondons de nos actes que devant le pape et le simple fait de nous agacer constitue une offense suffisante pour être excommuniés. Nous faisons du commerce entre l'Orient et l'Occident, construisons des châteaux et des flottes, nous achetons des domaines et même des villes. Vous m'avez dit un jour que le Temple est le glaive de Dieu et le grand maître la main qui le brandit. Sablé a créé l'Anima Templi pour contrôler ce pouvoir, pour que ce glaive ne s'abatte pas sur n'importe qui, n'importe comment. Peut-être Dieu teste-t-il chaque génération afin de vérifier que nous ne faiblissons pas, que nous sommes toujours capables de le maîtriser.

Everard pouffa doucement, mais sans moquerie aucune.

— Je ne t'ai pas souvent entendu parler de manière aussi poétique, William.

Will lui retourna son sourire, puis il soupira.

— Écoutez, ne payez pas Édouard tant que nous ne sommes pas absolument certains qu'il ne souhaite pas partir en croisade. Nous ne voudrions pas financer cette folie. Écrivez-lui que vous ne disposez pas des fonds à l'heure actuelle. Le temps que la lettre lui parvienne et qu'il nous réponde, nous en saurons peut-être davantage.

— Comment le pourrions-nous alors qu'il se trouve là-bas, en Angleterre ? maugréa Everard d'une voix lasse. J'imagine que frère Matthew pourrait essayer de se rapprocher de lui.

— Pourquoi utiliser Matthew alors que nous avons déjà un allié dans l'entourage d'Édouard ?

Everard fronça les sourcils, circonspect.

— De qui parles…

Il s'interrompit, comprenant tout à coup où Will voulait en venir.

— Non, fit-il avec véhémence. Je n'impliquerai pas ce… *traître* dans cette histoire.

— Garin a payé cher sa faute, il a passé quatre ans dans nos cellules, Everard. Et s'il a trahi, ce n'était pas par choix. Rook l'a obligé à voler *Le Livre du Graal.* Ce n'était pas sa faute.

— Que tu puisses pardonner ce qu'a fait ce mécréant m'étonne.

Le prêtre fixait sur Will un regard provocateur.

— Il n'y a pas si longtemps, assena-t-il, tu voulais le voir pendu.

Will essaya de ne pas mordre à l'hameçon, mais à ces paroles, des réminiscences enfouies au fond de son esprit remontèrent à la surface. Everard avait raison : il n'y a pas si longtemps, il avait souhaité la mort de son ancien meilleur ami.

Lorsqu'il avait rejoint le Temple de Londres à l'âge de onze ans, Garin de Lyons avait été désigné pour être son partenaire d'entraînement. Pendant deux ans, ils avaient été inséparables, partageant tout, les triomphes comme les tourments. Will souffrait du départ de son père pour la Terre sainte, Garin du traitement abusif de son oncle. Puis, lors d'une mission d'escorte des joyaux de la couronne d'Angleterre en France, tout avait changé. Des mercenaires avaient attaqué leur compagnie et le maître de Will était mort, ainsi que l'oncle de Garin. À Paris, Everard prit Will comme apprenti tandis que Garin retournait seul à Londres. Leur amitié disparut. Des années plus tard, lorsqu'ils se retrouvèrent, ce fut en ennemis, Garin étant impliqué dans un complot visant à dérober *Le Livre du Graal.* Pour finir, il fut jeté au cachot, mais bien qu'il eût payé pour ses crimes envers le Cercle, Will avait été profondément blessé par sa trahison, et la cicatrice n'était toujours pas tout à fait fermée.

Pour autant, il fallait enterrer le passé. Il avait pardonné à Garin ce qui s'était passé à Paris. Ignorant le regard entendu d'Everard, il estima qu'il n'y avait aucune raison de s'éterniser là-dessus, c'était de l'histoire ancienne.

— Garin est au courant pour le Cercle et il sait qu'Édouard est notre Gardien. Il peut nous aider. Ne l'avez-vous pas relâché dans l'espoir qu'il se montre utile ?

— Si Édouard n'a rien fait pour aider l'Anima Templi, Lyons non plus, bougonna le prêtre.

— Donnez-lui-en l'occasion. Je vais lui écrire et lui demander de nous aider avec Édouard. Sans évoquer nos soupçons, juste pour tâter le terrain.

Alors qu'Everard réfléchissait à la décision à prendre, une cloche commença à sonner.

— Ça ne peut pas être déjà les vêpres, si ? demanda le prêtre en plissant le front.

— Non, ce ne sont pas les vêpres, fit Will en se levant.

Entendant des voix et des bruits de pas dans le couloir, il ouvrit la porte et vit plusieurs chevaliers hâter le pas. D'autres portes s'ouvraient dans un brouhaha général.

— Qu'est-ce qui se passe ? lança Will à l'un des chevaliers qui passait.

— On a aperçu le bateau du grand maître dans la baie, répondit l'homme, dont les yeux brillaient d'excitation. Il est enfin arrivé !

La citadelle, Le Caire, 17 janvier 1276 après J.-C.

Baraka Khan s'adossa au mur de marbre froid du couloir et s'essuya le nez avec la manche de sa robe de cérémonie. Il entendait la musique et les rires qui continuaient sans lui dans la Grande Salle, comme si personne ne remarquait son absence. Il savait qu'Aisha se rendrait bientôt dans la chambre prête à accueillir leur nuit de noces. La simple idée de rentrer dans cet endroit le rendait malade. Même si elle était sa promise depuis cinq ans, il n'avait jamais pu s'y faire. Alors qu'elle lui échauffait les sens lorsqu'ils étaient des enfants, elle l'ignorait depuis le début de leur adolescence. Aisha rendait Baraka mal à l'aise avec sa vivacité d'esprit, sa féminité, ses gloussements nerveux et ses regards méprisants. Il se sentait pataud à ses côtés, incapable de parler normalement, et malgré les fanfaronnades devant ses amis, il se sentait terrifié à l'idée de passer une nuit avec elle.

Les mots de son père résonnaient encore dans son esprit, et il s'y glissait une cruauté blessante qui n'était pas présente lorsque celui-ci les avait prononcés, mais qui s'insinuait maintenant dans le souvenir qu'il en garderait. Toute la journée, il s'était senti puissant. Il attirait l'attention de tous et leurs flatteries l'avaient réconforté. Pour la première fois de sa vie, il s'était senti le fils d'un souverain, s'était pris pour un homme. Mais en quelques mots, son père avait balayé tout cela, et maintenant, il se sentait comme un enfant qu'on vient de gronder.

Voyant un domestique qui passait par là avec un plateau de fruits pelés, Baraka fit mine de faire les cent pas dans le couloir. Il avait envie de marteler le mur de ses poings mais il craignait de se faire mal, et, à la place, il entreprit de lui mettre des claques avec ses paumes.

— Qu'y a-t-il, mon prince ?

Baraka se retourna en entendant la voix chuintante l'interpeller. Derrière lui se tenait un vieil homme courbé et noueux. Ses cheveux étaient si emmêlés qu'ils formaient des rouleaux touffus qui cascadaient le long de son dos comme de gros vers. Sa peau ridée, desséchée, était noire de trop de soleil et de crasse, et ses yeux blancs atteints par la cataracte semblaient presque dépourvus de pupilles. Il portait une robe grise élimée et la poussière incrustait ses pieds nus.

— Où étais-tu ? l'interrogea Baraka. Tu avais dit que tu assisterais à la cérémonie, dit-il en croisant les bras. Mon père est mécontent, Khadir. Il voulait que tu nous fasses part des bons augures pour le mariage.

Khadir grimaça un sourire, exhibant les quelques chicots brun-marron qui lui restaient. Il tendit une poupée en tissu qu'il écrasait dans sa main.

— Regarde, susurra-t-il furtivement, je lui ai donné un cœur.

Baraka regarda avec un dégoût croissant Khadir ouvrir le dos de la répugnante poupée, qu'il avait coupé et recousu à gros points. Une odeur fétide s'en dégagea et Baraka entrevit un petit morceau de chair placé à l'intérieur du bourrage en tissu. Il avait l'air visqueux et la couleur d'un foie, peut-être le cœur d'un lapin ou d'une autre vermine. Révulsé, Baraka recula d'un pas.

Khadir gloussa et entreprit de relacer le dos de la poupée en serrant les points.

— Il lui faut un cœur pour sentir, un cœur pour sentir, chanta-t-il d'une voix mélodieuse.

— Pourquoi emmènes-tu partout avec toi cette poupée idiote, demanda Baraka. Tu l'as depuis que nous avons pris Antioche…

— C'est un cadeau de ton père, expliqua Khadir, qui fronçait les sourcils en s'appliquant à caler la poupée derrière la ceinture en cuir qu'il portait autour de ses hanches squelettiques et à laquelle pendait, de l'autre côté, une dague dont la poignée dorée était ornée d'un gros rubis éclatant. Délaisserais-tu les choses qu'il te donne ?

— Mon père ne me donne rien, répliqua Baraka avec humeur.

— Ça viendra, fit Khadir, attentif au garçon maintenant que la poupée était rangée en sécurité.

— Non, c'est faux. J'ai voulu me joindre à l'une de ses discussions, comme tu m'avais dit de le faire, dit Baraka à voix basse au moment où deux courtisans passaient à côté d'eux.

Le jeune homme sentait son visage s'empourprer.

— Mais lui… il m'a rabroué comme si je n'étais personne ! dit-il en baissant la tête. Comme si j'étais un stupide enfant ! J'ai quinze ans, Khadir. J'ai une femme. Je ne suis *pas* un enfant !

— Non, bien sûr, répondit Khadir d'une voix douce. Tu n'es plus un enfant.

— Il ne m'intégrera jamais au milieu de ses hommes de confiance.

La bouche du devin se fendit d'un grand rictus.

— Qu'y a-t-il de drôle ? demanda Baraka d'une voix sèche.

Le sourire de Khadir disparut, ses yeux blancs se rétrécissant jusqu'à devenir deux fentes. Comme une bougie qui s'éteint.

— Le changement est proche. Je le vois qui se profile, à l'horizon, comme des nuages qui grossissent avant la tempête. Bientôt, la guerre sera de retour.

Baraka secoua la tête, ignorant le frisson que les brusques changements d'attitude de Khadir faisaient parcourir le long de sa colonne vertébrale.

— Et en quoi cela va-t-il m'aider ?

Khadir sautilla comme un petit garçon, toute solennité disparue.

— Parce que c'est *toi* qui vas la déclencher.

— De quoi parles-tu ?

Baraka avait répondu d'une voix acerbe, mais la prédiction l'intriguait.

— La destinée de ton père n'est pas encore tout à fait accomplie, celle que je lui ai annoncée avant qu'il ne tue le sultan Qutuz et qu'il ne s'empare du trône. Des nations vont s'écrouler, murmura Khadir, des rois vont périr. Et il les surpassera tous, il marchera sur un pont de crânes au-dessus d'un fleuve de sang. La destinée de ton père est de chasser les chrétiens de ces terres. C'est pour ça qu'il est né. Mais j'ai peur que d'autres, à la cour, ne le persuadent du contraire.

Dans les yeux de Khadir fut soudain visible une angoisse palpable.

— Depuis la mort d'Omar, il a perdu son chemin. Nous devons le remettre sur la bonne voie, poursuivit Khadir en approchant de Baraka et en le prenant par le bras. Ensemble, nous allons l'aider. Et quand il verra ce que tu as fait pour lui, il te considérera tel que tu es : un homme et un futur sultan.

Tout en parlant, il s'était mis à serrer le bras de Baraka de manière convulsive.

— Alors, tu t'assiéras à sa droite jusqu'au jour où tu prendras le trône. Et ce jour-là, Khadir utilisera ses dons pour te prédire ton avenir.

— Je ne comprends pas, fit Baraka, l'air perplexe.

— Tu finiras par comprendre, répondit Khadir.

5

Le débarcadère, Acre

17 janvier 1276 après J.-C.

— Vous le voyez ? Est-ce que quelqu'un arrive à le voir ?

Tandis que la galère approchait du débarcadère, les hommes, à l'arrière de la centaine de chevaliers, tendaient le cou, essayant de voir par-dessus les crânes de leurs frères l'éminent passager qu'amenait le vaisseau.

Robert de Paris leva les yeux au ciel à l'intention de Will, qui sourit. Robert se rapprocha du chevalier qui venait de parler.

— Tu le verras bien assez tôt, frère Albert, lui murmura-t-il dans le creux de l'oreille. Mais tu devrais espérer que lui ne te voie pas.

— Qu'est-ce que tu veux dire ? demanda Albert en le regardant d'un air méfiant.

Le sourire espiègle et les yeux verts rieurs de Robert ne laissaient rien paraître qu'un sérieux convaincant.

— Ton surcot, frère, susurra-t-il à voix basse.

Albert regarda son habit avec circonspection, puis maugréa en remarquant les taches brunes sur le tissu blanc.

— Le dîner d'hier soir ? s'enquit Robert avec sympathie.

— Je ne m'en étais pas aperçu, fit Albert en léchant son pouce et en frottant vigoureusement les marques. Merci, frère, merci beaucoup.

Robert se redressa tandis qu'Albert jurait et s'énervait. Will se mordait l'intérieur des joues pour ne pas éclater de rire.

— À voir la manière dont ils se comportent, on finirait par croire que c'est Dieu lui-même qui arrive par ce bateau, dit Robert d'un ton moqueur.

Mais il avait parlé tout bas, juste assez fort pour que Will l'entende.

— Cela fait près deux ans que nous n'avons pas eu de maître auprès de nous, répondit Will. Tu ne peux pas nier que ça ait remonté le moral à tout le monde.

— Mais ont-ils besoin de faire autant d'histoires ?

Robert, qui était toujours impeccablement soigné, observa ses compagnons avec dédain.

— On croirait que le grand maître n'a jamais vu de poussière de sa vie. Je veux dire, regarde-toi.

Il désignait Will en disant cela.

— Tu ne t'es pas peigné les cheveux depuis des semaines et ton manteau est plus noir que la gueule d'un loup, mais crois-tu qu'il y prêtera attention tant que tu es un bon soldat ?

Will jeta un coup d'œil à sa tenue lorsque Robert eut détourné les yeux.

Alors qu'il était un enfant dégingandé, il avait acquis une autre stature par la suite et maintenant, à vingt-neuf ans, sa poitrine était plus large, ses bras et ses épaules plus musculeux, et il se déplaçait avec plus d'aisance et de confiance, comme s'il avait fini par rattraper son squelette. Comme tous les chevaliers du Temple, se raser la barbe lui était interdit, mais il la taillait aussi court que possible. Après un mois sur la route, cependant, elle était broussailleuse. Ses cheveux faisaient sans doute un peu débraillé, avec les mèches noires qui lui tombaient dans les yeux et s'entortillaient autour de ses oreilles. Et Robert avait raison : sa cape était crasseuse. Will voulut frotter une trace poussiéreuse mais il se retint en apercevant le sourire matois de son ami. Croisant les bras, il décida d'observer le port.

Il était animé comme toujours, mais ce n'était en rien comparable à la cohue de Pâques, quand les bateaux, à l'abri dans les ports de la Méditerranée, de l'Adriatique et de l'Atlantique, faisaient route vers l'Orient, chargés de pèlerins, de soldats et de cargaisons de vin et de laine. Les chevaliers se tenaient en formation serrée sur le débarcadère, juste en face d'une large jetée en pierre qui s'enfonçait dans l'eau et où les plus petits bateaux faisaient descendre les passagers et déchargeaient leur cargaison. L'arrière-port d'Acre était protégé par une lourde chaîne en acier attachée entre une tour à l'extrémité de la digue ouest et la tour de la Chaîne sur le port. En cas d'approche de vaisseaux ennemis, cette chaîne suspendue à travers les eaux était levée pour leur barrer l'entrée. L'arrière-port était toujours envahi par les bateaux des marchands et des pêcheurs, les bateaux de plus grande taille mouillant dans l'avant-port, abrités simplement par la digue est presque effondrée. Là-bas, près de la tour des Mouches élevée au bout de cette digue, le navire de guerre templier d'où la galère était partie brinquebalait au gré de la houle. On avait baissé sa grand-voile blanche avec la croix rouge, mais la bannière noir et blanc du Temple s'agitait follement en haut du mât.

Le maréchal Peter de Sevrey, chef militaire le plus haut gradé, qui avait remplacé le grand maître en son absence, attendait à l'avant de la compagnie de chevaliers. Il était plongé dans une discussion avec l'un des officiers des douanes et Theobald Gaudin, le grand commandeur du Temple. Le sénéchal était également présent. Will discernait sa silhouette raide, guindée. Derrière les bâtiments des douanes qui dominaient les quais, les murs de la ville s'étiraient à droite et à gauche et les massives portes en acier qui menaient à l'intérieur de la cité étaient ouvertes sur le marché pisan en pleine activité. Une multitude de sons et de parfums leur arrivaient de celui-ci et venaient se mêler aux cris des pêcheurs remontant des filets pleins de poissons sur le port et à la forte odeur de la poix préparée par un réparateur de bateaux. Avec le navire templier au large dans la baie et les chevaliers en formation majestueuse, une petite foule s'était agglutinée, venue du marché.

Alors que ses yeux vagabondaient en observant les curieux, l'attention de Will fut attirée par une fillette. Indifférente à la galère en approche, elle jouait avec une balle, s'amusant à la jeter en l'air et à la rattraper. Elle marchait d'un pas lent en direction des chevaliers. Le souffle coupé, Will se détourna brusquement.

— Qu'est-ce qu'il y a ? demanda Robert.

— Rien.

Will jeta un coup d'œil furtif par-dessus son épaule pour voir où elle se trouvait. Son cœur se décrocha. La fille regardait droit vers lui. Son regard s'éclaira et elle eut un grand sourire.

— Wiiiiill ! hurla-t-elle en sautillant, les jupons de sa robe jaune traînant sur le pavé humide et couvert d'écailles de poissons.

— Qu'est-ce que c'est que ça ? lui demanda *sotto voce* Robert.

— Couvre-moi, répondit Will à la hâte avant de briser la formation pour aller à sa rencontre.

— Elle doit être perdue, entendit-il Robert expliquer gaiement aux chevaliers les plus proches. Ne vous inquiétez pas, il va l'aider à retrouver ses parents. Toujours le bon Samaritain, Will.

La fille sautait de joie, ce qui avait pour effet de rabattre ses cheveux indociles sur ses yeux. Elle les ramena en arrière d'un mouvement de tête nonchalant et sourit.

— Où tu étais ? J'ai pas vu toi depuis des semaines !

Son accent chantant d'Italie donnait à son anglais une forme peu familière.

— Qu'est-ce que tu fais là, Catarina ? demanda Will en la dirigeant à l'écart des chevaliers.

Il lança un regard inquiet du côté du maréchal et du grand commandeur mais ils parlaient encore avec l'officier des douanes et ne s'étaient pas aperçus de sa sortie du rang. Will conduisit Catarina derrière une pile de caisses destinées à une galère marchande. Les hommes d'équipage faisaient des allers et retours sur la passerelle.

— Tu es venue toute seule ?

Catarina fronça les sourcils et Will dut répéter la question.

— Ma sœur, répondit Catarina après un instant. Moi ici avec Elisabetta.

Elle gloussa puis se lança dans un déluge de propos en italien dont Will ne comprit pas un mot.

— Va retrouver Elisabetta, lui dit Will. Je dois y retourner.

Il montrait du doigt les chevaliers.

Catarina fit la moue et lança la balle en l'air, qu'elle rattrapa adroitement.

— Toi viens pas à ma maison ? Elwen pas travailler aujourd'hui.

Will secoua la tête.

— Je ne peux pas. Pas maintenant.

Il se pencha pour se mettre au niveau de Catarina.

— Est-ce qu'Elwen sera à la maison demain ?

Catarina hocha la tête.

— La nuit, précisa-t-elle avec un sourire espiègle. Toi l'embratzer ?

Elle secoua la tête, mécontente de sa prononciation :

— *L'embrasser ?*

Will rit avec embarras.

— Elwen t'a appris un nouveau mot, n'est-ce pas ? Peu importe, ajouta-t-il en voyant que Catarina ne comprenait pas sa réflexion. Dis à Elwen que je viendrai demain après les vêpres. Tu comprends ? Après les vêpres.

— Je dirai elle, affirma Catarina d'une voix solennelle. Je vais maintenant.

Elle agita la main à peu près vers le mur de la ville.

Will aperçut une jeune fille gracieuse aux cheveux de jais parler avec une femme près des portes. C'était Elisabetta, la fille aînée du marchand de soie vénitien Andreas di Paolo.

— N'en parle pas à ta sœur, rappela-t-il à Catarina. Ni à ton père.

Il resta un moment à regarder Catarina s'éloigner.

— Excusez-moi, monsieur.

L'un des matelots voulait accéder à une pile de caisses. En voyant la cape blanche ornée de la croix rouge, il salua Will avec un mélange de respect et de crainte.

— Désolé, fit Will en reculant.

Le matelot parut surpris qu'il s'excuse, mais il prit une caisse dans la pile, la hissa sur son épaule et remonta la passerelle.

Will ne laissait pas d'être interloqué par la déférence avec laquelle on le traitait, en raison de son statut. À l'intérieur, il restait lui-même, la personne qu'il avait toujours été, et il oubliait parfois qu'aux yeux des autres, il faisait partie d'une noble élite – les guerriers du Christ – qui vivait au-dessus des lois séculières et des désirs des mortels, gardait les trésors des rois et ne répondait de ses actes qu'au pape. Mais ce qu'ils ne savaient pas, c'est que, derrière cette façade immaculée symbolisée par la cape blanche, il était sur certains points aussi décevant et faible que le reste de l'humanité. Dans les histoires de cœur, par exemple. Will regarda Catarina passer les portes et disparaître.

Il était sur le point de rejoindre la compagnie lorsqu'il s'aperçut que le maréchal était tourné dans sa direction. Tout en poussant un juron, Will se baissa pour se cacher derrière les caisses. Entre les chevaliers et lui se trouvaient quelques pêcheurs, les hommes qui chargeaient le bateau marchand et un jeune homme qui regardait la galère s'approcher. Ni les uns ni les autres ne le dissimuleraient, surtout avec son vêtement reconnaissable entre mille. Will essaya de réfléchir à une excuse appropriée pour être sorti du rang. Il jeta un coup d'œil à Robert, qui lui lançait de grands signes de la main. La galère avait atteint le débarcadère.

Deux rameurs descendirent à quai pour la maintenir tandis qu'un homme proche de la quarantaine en sautait avec agilité, refusant leurs mains tendues pour l'aider. Par-dessous sa cape blanche, il portait un surcot et une ceinture à laquelle pendait une épée à la lame immense dans un fourreau aux ornements compliqués. Il avait noué ses longs cheveux noirs en queue de cheval, et une barbe noire lui mangeait les joues. Will était trop loin pour distinguer nettement son visage, mais la croix sur sa cape, dont les contours avaient été brodés d'or, soulignait son statut élevé. C'était Guillaume de Beaujeu, grand maître du Temple.

Lié par sa naissance à la maison royale de France, Guillaume était membre de l'Ordre depuis qu'il avait treize ans. Durant la dernière décennie, il avait été maître du royaume de Sicile sur lequel régnait son cousin, Charles d'Anjou, frère du précédent monarque français Louis IX. Le gouvernement d'Acre attendait l'arrivée de Guillaume avec des sentiments partagés car, bien que fin stratège militaire et chef dynamique, il était aussi l'un des plus fervents soutiens de Charles. Et la dernière chose dont la ville avait besoin, divisée comme elle l'était par les anciennes guerres intestines, c'était l'intrusion de l'ambitieux roi de Sicile dont les visées actuelles sur le trône de Jérusalem réveillaient déjà d'anciennes plaies.

Le jeune homme sur le mur du quai se déplaça et vint cacher le grand maître à la vue de Will. Quatre chevaliers sortaient des caisses de la galère. Sentant une présence à ses côtés, Will regarda derrière lui. Un petit garçon se tenait sur sa droite, à quelques mètres à peine, visiblement subjugué par le grand maître. Maintenant que Guillaume de Beaujeu attirait l'attention de tous, Will décida qu'il pouvait tenter de reprendre sa place et il était sur le point de s'élancer quand il remarqua le visage livide du garçon. C'était un masque de terreur. Ses yeux arrondis ne cillaient pas. Il avait les poings crispés et son corps tremblait comme une feuille. Interloqué, Will ne bougea pas. Il regarda dans la même direction que le garçon en se demandant ce qui pouvait le terrifier à ce point. Mais il n'y avait que le grand maître, qui remontait maintenant la jetée en compagnie de Peter de Sevrey, deux ou trois pêcheurs et un jeune homme.

Puis il comprit.

Le jeune homme tenait son bras droit serré contre lui, tout raide, et sa main était recouverte par la manche de son manteau râpeux. Mais quelque chose de dur et d'argenté dépassait de la manche.

Will sentit tous ses muscles se contracter en même temps que son instinct hurlait en lui. La position de l'homme à l'endroit où la jetée rejoignait le mur du quai, entre la compagnie de chevaliers et le grand maître ; l'impression qu'il donnait de ne rien avoir à faire là ; l'objet caché dans sa main ; la terreur du garçon : tout clochait. Il absorba toutes ces informations en une fraction de seconde, puis il bondit de derrière la pile de caisses en appelant le maréchal. Les cris de l'équipage du bateau marchand couvraient ses avertissements. Will commença à courir au moment où la main du jeune homme, sortant de la manche, révélait une dague. Le grand maître était déjà presque arrivé au mur.

Will sut qu'il n'en réchapperait pas. Tous les regards étaient tournés vers Guillaume de Beaujeu, excepté celui de Robert qui voyait avec stupéfaction Will courir à travers le quai en hurlant. Tirant son fauchon de son fourreau, Will fit la seule chose qu'il pouvait. Il s'arrêta pour viser et lança l'arme sur le jeune homme qui s'élançait. Il entendit un cri aigu derrière lui tandis que la courte lame partait de ses mains et parcourait les premiers mètres.

Cinq mètres plus loin, l'arme s'écrasa contre le mur, juste derrière les talons du jeune homme. Will l'avait manqué. L'homme leva son bras et la lame argentée de la dague fendit l'air. Mais le fauchon avait attiré l'attention des chevaliers, qui avaient désormais compris le danger. Le visage du grand maître se figea quand il vit le jeune homme se jeter sur lui. Il posa la main sur la poignée de son épée.

Deux secondes plus tard, à quelques pas du grand maître, le jeune homme fut arrêté par le maréchal d'un coup puissant porté en s'avançant à sa rencontre. Entre la force du maréchal et la vitesse à laquelle il s'empala sur la lame recourbée, le jeune homme fut presque découpé en deux.

Les chevaliers hurlaient, tiraient leur lame, scrutaient les quais à la recherche de complices. Le maréchal retira sa lame de l'abdomen du jeune homme qui s'écroula sur le quai comme une poupée désarticulée. Des cris d'horreur leur parvinrent de la foule de curieux amassés dans le port lorsqu'il tomba au sol, le sang et les intestins jaillissant de son ventre déchiré. Les gardes du grand maître avaient lâché les caisses pour courir à son secours et le grand commandeur aboyait des ordres dans tous les sens. Avant même que le jeune homme ait fini d'agoniser, le grand maître était dirigé à la hâte à travers le port, vers l'entrée du tunnel souterrain des chevaliers.

— Je veux qu'on interroge les témoins ! cria Peter de Sevrey en se penchant pour fouiller le manteau défraîchi du jeune homme qui s'étalait autour de lui, trempé par le sang.

En quelques instants, tandis que les chevaliers entreprenaient d'interroger les personnes présentes, les quais furent en proie au chaos. Certains, ne souhaitant pas être impliqués, essayaient de partir. D'autres, au contraire, tentaient de se rapprocher pour entrevoir le cadavre. Ce fut bientôt la cohue aux portes de la ville. L'équipage du bateau marchand s'était arrêté de travailler pour observer le remue-ménage et les officiers des douanes arrivaient en courant.

Will se tourna vers le garçon près de la pile de caisses. Son regard était toujours fixé sur le jeune homme, mais il n'avait plus l'air terrifié. Des larmes roulaient le long de ses joues, traçant des sillons à travers la poussière. Il leva les yeux et tressaillit en voyant que Will l'observait, puis il décampa. Tout en lui hurlant de s'arrêter, Will se lança à sa poursuite, mais le garçon plongea au milieu de la foule surexcitée. Derrière lui, Will se fraya un chemin dans la foule frénétique où se répandait la rumeur d'une attaque contre le grand maître et de la mort d'un homme sur le quai. Il voulut aller sur le marché mais cette fois son manteau blanc ne suffit pas à lui ouvrir le chemin : l'endroit était si bondé que, même s'ils le voulaient, les gens ne pouvaient pas s'écarter pour le laisser passer. Le temps que Will se faufile jusque-là, le garçon avait disparu.

6

Le Temple, Acre

17 janvier 1276 après J.-C.

La nuit approchait lorsque Will revint à la commanderie. Le vent étirait les nuages et le ciel était visible par endroits, bleu pâle à l'est, bronze et vermillon à l'ouest. Will passa les portes et pénétra dans la cour principale formant un quart de cercle. On n'y parlait que de l'attaque. Les chevaliers s'étaient réunis à côté du bâtiment de l'administration derrière lequel se dressait le palais du grand maître, avec ses tours blanches. Ils affectaient de parler calmement mais les mots se bousculaient, ceux qui étaient présents sur le quai décrivant la scène aux camarades absents. Les sergents, et en particulier les plus jeunes, s'agitaient devant la Grande Salle, avec force éclats de voix. Alors que Will traversait la cour, un chevalier s'approcha d'eux pour leur ordonner de retourner à leurs devoirs. Sur ce, le groupe se sépara et les sergents se dépêchèrent d'aller voir les chevaux, préparer le dîner dans les cuisines ou allumer les cierges de la chapelle pour l'office des vêpres.

Will aperçut les cheveux argentés et la silhouette svelte de Theobald Gaudin dans le groupe devant le bâtiment de l'administration et il s'avança vers lui. Quand il était sur le quai pour récupérer son fauchon, le maréchal et le grand commandeur étaient partis et il n'avait parlé à personne du garçon. Avant d'avoir pu rejoindre Theobald, cependant, il vit Simon Tanner et sa silhouette trapue, pareille à une barrique, courir dans sa direction.

Le visage large et carré, avec son nez légèrement bulbeux et les joues couperosées, était tendu par l'inquiétude.

— Will ? fit-il en ahanant. Tu vas bien ? Qu'est-ce qui est arrivé ?

— Je vais bien.

Soudain, le grand commandeur sortit du bâtiment de l'administration.

— Simon, je dois...

— Tout le monde parle de toi, le coupa ce dernier.

— Ah bon ? fit Will, surpris.

Simon passa la main dans ses cheveux châtains et indisciplinés, ce qui en délogea quelques fétus de paille.

— J'ai cru que tu avais été blessé en essayant de protéger le grand maître. Ce que j'ai appris était assez confus.

— Depuis le temps, tu devrais savoir qu'il ne faut pas prêter attention aux ragots qui circulent dans les écuries.

— Je n'ai pas pu m'en empêcher. Je me faisais du souci.

— Ce n'était pas la peine, répondit Will d'une voix un peu abrupte.

Simon était l'un de ses meilleurs amis depuis leur enfance à la commanderie de Londres mais, même au bout de dix-huit ans, l'inquiétude presque maternelle du palefrenier à son égard le rendait toujours mal à l'aise. Il n'aurait pas su dire pourquoi. Peut-être parce que ça lui rappelait la manière dont Elwen se faisait parfois du souci pour lui – et que cela lui donnait un côté féminin qui ne seyait guère à un homme de trente ans. Mais il est vrai que Simon était garçon d'écurie, pas guerrier. Il n'avait pas été endurci par l'entraînement, on ne lui avait pas appris à tenir ses émotions à distance dans la brutale réalité de la guerre.

— Tu sais bien que je suis aussi stupide qu'un balai, marmonna Simon.

Puis il sourit et reprit son attitude habituelle, débonnaire.

— Plus stupide, repartit Will en lui retournant son sourire.

— Frère Campbell, lança une voix austère dans leur dos.

C'était Peter de Sevrey.

— Sire maréchal, le salua Will en inclinant la tête.

Simon s'inclina lui aussi avec respect.

— Venez-vous juste de rentrer, Campbell ?

— Oui, sire. J'allais justement faire mon rapport au grand commandeur Gaudin sur les événements du port.

— Vous ferez votre rapport au grand maître en personne, répliqua le maréchal. Il veut vous voir dans ses quartiers.

— Maintenant, sire ?

Sevrey, un homme aux lèvres pincées dont le long visage cireux restait pâle même durant les torrides mois d'été, lui adressa un timide et bref sourire.

— Vous lui avez sauvé la vie, frère. Je suppose qu'il veut vous faire part de sa gratitude.

Tout en suivant le maréchal, Will fit un rapide signe de tête à Simon.

Celui-ci comprit et se dirigea vers les écuries en sachant qu'ils finiraient leur conversation plus tard.

Le palais du grand maître était le plus vaste des bâtiments de la commanderie, ses tours l'emportant même sur l'élégante flèche de la chapelle de quelques mètres. Will n'était jamais entré à l'intérieur, bien qu'il passât l'entrée chaque jour pour aller des quartiers des chevaliers à la Grande Salle.

Les portes renforcées de rivets en fer menaient à travers le porche jusqu'à un corridor glacial en pierre. Il n'y avait aucune fenêtre, et même en plein jour l'endroit aurait été plongé dans l'obscurité s'il n'y avait eu, accrochées par intervalles le long du passage, des torches éclairant le chemin à suivre. Le maréchal leur fit emprunter un escalier étroit en spirale. Will gravit les marches à sa suite et ils débouchèrent dans une pièce où travaillaient des officiers du Temple, certains plongés dans un conciliabule, d'autres entrant ou sortant d'un air décidé par les portes le long d'un couloir. L'une des portes à l'autre extrémité était plus large que les autres. Le maréchal alla droit vers elle et, en s'approchant, Will entendit une voix d'homme en sortir. C'était une voix profonde et sonore, pleine de confiance et de force.

— Je vous remercie pour votre sollicitude, mais je vous assure que ma personne va parfaitement bien. Je n'ai besoin ni de vos pilules ni de vos remontants.

— Cependant, maître, fit une voix contenue, vous avez reçu un choc. Laissez-moi au moins vous faire porter une coupe de vin par un sergent. Un bon rouge vous remettra de la couleur aux joues.

— J'ai participé à plus de batailles que je n'ai vu d'étés, j'ai été capturé et fait prisonnier par les Sarrasins, j'ai survécu à la torture et à la maladie. Si la lame de mon assaillant m'avait transpercé la chair, j'aurais eu besoin de vos services, mais il en faut davantage que la vision d'un couteau de cuisine entre les mains d'un jeune homme en colère pour m'effaroucher, maître infirmier.

Will arriva à la porte avec le maréchal. Guillaume se tenait au milieu d'une pièce immense meublée avec soin. Une table et un fauteuil matelassé étaient installés en dessous d'une étroite fenêtre en ogive donnant sur la cour, maintenant plongée dans le noir. Un petit tapis en soie était étalé devant un âtre massif. Les flammes léchaient la cheminée noircie de suie et, de temps à autre, une bourrasque ronronnait en s'engouffrant dans le conduit. De chaque côté de l'âtre étaient disposés deux divans drapés de couvertures brodées, et aux murs étaient accrochées des tapisseries représentant le Calvaire du Christ, sa montée vers le Golgotha. Face au grand maître se tenait un petit homme aux cheveux blancs, le médecin chef du Temple.

Guillaume de Beaujeu tourna la tête dans leur direction quand le maréchal toqua à la porte.

— Ah, maréchal de Sevrey, fit-il. Entrez. Et cet homme, je suppose, est celui à qui je dois la vie ?

Will s'inclina en avançant et Guillaume tendit la main. Will la saisit et le grand maître lui serra la main à la manière des guerriers : une étreinte du poignet que Will avait curieusement toujours trouvée plus intime que l'habituelle poignée de main. Relevant les yeux, il vit que le grand maître avait l'air beaucoup plus jeune qu'il ne l'avait d'abord pensé, la trentaine peut-être, ou trente-cinq ans au plus, alors qu'il avait entendu un chevalier dire qu'il avait dépassé la quarantaine. Malgré l'insistance de l'infirmier, ses joues ne semblaient pas manquer de couleur. En fait, il avait l'air en pleine possession de ses moyens. Hâlé, robuste, la dureté de ses traits anguleux était compensée par un sourire avenant. Will comprit en cet instant qu'ils se ressemblaient, une révélation qui frappa le grand maître au même moment.

— Nous pourrions être frères, non ? dit Guillaume avec un petit rire, en reculant d'un pas. Et on m'a dit que nous partagions aussi le même nom.

Il fit un signe de tête au maréchal :

— Vous pouvez nous laisser.

Le maréchal s'inclina et le grand maître se tourna vers l'infirmier.

— Je boirai du vin pendant le souper si cela peut vous rassurer.

L'infirmier comprit au ton employé qu'il pouvait s'en aller.

— Comme vous voudrez, maître, concéda-t-il en quittant la pièce avec le maréchal.

— On aurait pu croire qu'ils seraient contents que j'eusse survécu à l'attaque, dit Guillaume à Will. Pourtant, je n'ai jamais vu des visages aussi compassés.

— Ils sont simplement inquiets, maître, dit Will, qui ne savait trop que répondre.

Il y avait quelque chose chez le grand maître qui le déconcertait, une sorte d'énergie, comme s'il était habité par une force mal dissimulée derrière son masque impavide.

— En tout cas, pour ma part, je vous suis profondément reconnaissant pour ce que vous avez fait. Je vous suis redevable, William Campbell.

— Ce n'était rien, maître.

— Vous avez tort. Si vous n'aviez pas été là, je serais sans doute mort à l'heure qu'il est.

Guillaume étudia Will un instant avant de continuer.

— Mais je n'arrête pas de me demander comment, dit-il en s'appuyant contre la table et en croisant les bras, parmi cent vingt chevaliers, vous avez été le seul à voir le danger ?

Will détourna les yeux. Dans l'excitation, il avait oublié qu'il avait déserté les rangs sans permission et sans raison valable. Il chercha une réponse, mais seul le visage de Catarina lui vint à l'esprit. Il décida qu'une approximation valait mieux qu'un mensonge complet.

— J'aidais une jeune fille, sire. Elle avait perdu ses parents dans la foule, elle s'affolait. Je les ai trouvés et c'est en revenant que j'ai vu l'homme prêt à vous attaquer. Je suis désolé d'être sorti du rang, ajouta-t-il après un court moment.

— Je vois, dit le grand maître.

L'expression sur son visage était indéchiffrable.

— Qu'est-ce qui vous a alerté chez cet homme ? Que faisait-il qui a attiré votre attention ?

— Rien, au départ. C'est un garçon qui m'a signalé le danger.

— Comment ça ?

Will expliqua ce qu'il avait vu et comment il avait poursuivi le garçon.

Le grand maître réfléchit quelques instants.

— Qu'en déduisez-vous ? Qui était ce garçon, d'après vous ?

— Quelqu'un de la famille de l'assassin, peut-être ? Ils avaient trop de différence d'âge pour être camarades. Je suis presque certain qu'il connaissait votre agresseur. Je dirais qu'il avait l'air de savoir ce qui allait se passer. Comme je vous l'ai dit, il était terrifié.

— Le reconnaîtriez-vous si vous le retrouviez ?

— Oui.

— Bien, fit Guillaume.

Il inspira profondément, décroisa les bras et se jucha sur un coin de la table, son manteau se déployant autour de lui.

— Parlez-moi de l'ambiance qui règne ici, William.

Will fut interloqué par la tournure que prenait la conversation.

— Pardon, maître ?

— Je dois connaître cet endroit si je veux le commander comme il se doit. J'ai passé la moitié de ma vie dans cette commanderie, mais dans la position que j'occupe, la perspective est quelque peu différente de celle à laquelle j'étais habitué et cela fait longtemps que je suis parti de Terre sainte. Le grand commandeur Gaudin et le maréchal de Sevrey m'ont envoyé des rapports en France et en Sicile, mais eux aussi voient les choses d'en haut. Pour obtenir un tableau général, j'ai besoin de parler avec les hommes dans leurs quartiers, les soldats en première ligne. Je veux savoir comment ils se sentent. Comment vous vous sentez, William, ajouta le grand maître en le regardant droit dans les yeux.

Will resta un instant silencieux, le temps de réfléchir à une réponse appropriée. Bien sûr, il connaissait la réponse, mais il n'était pas sûr de vouloir la donner.

— Eh bien, commença lentement Will, nous sommes ravis de votre arrivée. Votre absence a beaucoup pesé, mais le moral est bon. La paix tient.

— Ah oui, la paix ! dit Guillaume en fixant Will d'un regard perçant et en lui adressant un petit sourire. Votre rapport est... disons, plus ensoleillé que ceux que j'ai reçus auparavant. Ne vous inquiétez pas des conséquences de ce que vous pourriez me dire. Je sais que les hommes sont découragés. Je n'ai eu qu'à les regarder dans les yeux en entrant ici pour le voir. C'est *à cause* de la paix qu'ils sont démobilisés.

Will voulut intervenir mais le grand maître ne lui en laissa pas le temps.

— Combien de villes et de forteresses les Sarrasins nous ont-ils volées ces dernières années ? Presque trente. Combien d'hommes ont-ils tués ? Eh bien, termina-t-il calmement, on n'a même pas pu en tenir le compte !

— C'est vrai, concéda Will, nous avons connu beaucoup d'épreuves pendant les guerres, mais...

— Et vous, William ? Avez-vous perdu un être cher ? Des camarades ? Des maîtres ?

Will hésita, mais le grand maître le regardait avec intensité.

— J'ai perdu mon père.

— Comment ?

— À Safed.

Le visage du grand maître exprima la compassion.

— J'étais en Acre quand ce massacre a eu lieu. J'ai été profondément bouleversé par le courage dont nos hommes ont fait preuve en choisissant la mort plutôt que de se convertir à la foi des Sarrasins. J'ai aussi entendu parler de la barbarie de Baybars, qui a profané leurs cadavres. Ça m'a rendu malade. Et vous, vous devez vivre avec cette blessure désormais. Comme vous devez mépriser ses assassins !

Will ressentit une douleur et se rendit compte qu'il avait tellement serré les poings que ses ongles s'enfonçaient dans sa paume.

— Autrefois, oui, dit-il en luttant pour conserver une voix mesurée. Mais plus maintenant. J'ai pardonné au sultan quand il m'a permis d'enterrer mon père.

Mais en prononçant ces mots, sa mémoire s'embrasa.

Après avoir convoyé le traité de paix du prince Édouard à Césarée, Will s'était rendu à Safed avec deux guerriers bahrites à qui le sultan avait donné ordre de l'escorter. L'énorme forteresse, qui dominait la Galilée depuis sa situation au-dessus du Jourdain, était presque entièrement détruite, ses flancs noircis par les feux grégeois, couverts d'huile, défoncés par les obus lancés contre les murailles depuis les engins de siège. Un escadron de Mamelouks occupait la place forte, des oies et des poules couraient à côté de l'enceinte extérieure, près des enfants des soldats et de leurs femmes qui s'ébattaient sur le sol poussiéreux. Bien qu'habité, l'endroit donnait une impression de désolation. Trop grands pour être remplis par une simple centaine d'hommes, ses rues et ses passages vides renvoyaient en écho le moindre son. Will avait senti la tristesse qui sourdait de la ville, comme l'eau stagnante après un orage, dans les cours désertes et à l'intérieur de la chapelle où une statue de saint Georges, le patron du Temple, avait été renversée de son socle et fracassée avec une arme émoussée. Sur l'un des murs, près de la barbacane, il trouva quelques mots latins gribouillés à l'aide d'une substance noirâtre qui ressemblait à de la poix.

Non nobis, Domine, non nobis, sed nomini tuo da gloriam. Non pour nous, Seigneur, non pour nous, mais pour la gloire de Ton nom.

Le psaume que les chevaliers récitaient avant de partir à la bataille. Will avait passé la main sur les lettres noires en se demandant qui les avait écrites. Était-ce avant de quitter la forteresse, quand les hommes étaient sortis avec la promesse d'amnistie de Baybars, ignorants de l'exécution qui les attendait ? Ou était-ce plus ancien ? Avaient-ils vu ces inscriptions en passant la porte, avaient-ils trouvé du réconfort dans ces mots familiers ?

En trébuchant sur le sol rocailleux à la base de la colline de Safed, la vision des quatre-vingts têtes embrochées sur des piques le choqua plus que tout ce qu'il avait pu imaginer. Il était tombé à genoux et était resté là un long moment, à les regarder, avant de se sentir capable de se relever et de faire ce pour quoi il était venu. Après avoir passé six ans exposées aux éléments, il ne restait plus d'elles presque que des crânes, avec très peu de peau ou d'indications pour déterminer de qui il s'agissait et à quoi ils ressemblaient lorsqu'ils étaient en vie. Certaines étaient tombées de leur pique ou avaient glissé, les pointes en acier ressortant de manière révulsante par l'orbite. Et il en manquait deux. Will avait été mortifié d'apprendre que les cadavres des chevaliers avaient été brûlés après l'exécution, que seules leurs têtes demeuraient en ce monde. Mais il avait toujours le sentiment que s'il pouvait enterrer ne serait-ce qu'une partie du corps de son père, alors tous deux pourraient être en paix.

Son inspection ne lui avait néanmoins pas permis d'identifier la tête de son père, et quand il eut observé à deux reprises toute la rangée, il abandonna. Sous l'œil des guerriers bahrites qui le regardaient faire en silence, il était retourné à la forteresse et avait pris une pelle dans l'un des enclos à animaux. Sans que personne ne vienne le déranger et, après tout, le sultan lui-même lui avait permis d'être là, il avait passé tout cet après-midi brûlant à creuser une fosse pour tous les crânes, jusqu'à ce que la sueur, la soif et la douleur dans ses bras le fassent délirer. Enfin, tandis que le soleil se couchait au loin derrière les montagnes roses, laissant dans l'ombre l'immense plaine et sa rivière avec l'odeur de l'herbe chaude et le bourdonnement des moustiques, il avait jeté la dernière pelletée de terre dans la fosse. Puis il s'était lourdement assis sur le talus ainsi formé, trop fatigué pour penser à réciter une prière.

Will releva les yeux vers le grand maître.

— Ma haine des assassins de mon père a presque failli me consumer. Si je m'y étais abandonné, je me serais perdu dans les ténèbres. Je devais pardonner.

— Je comprends, dit Guillaume. Mais ça ne change pas le simple fait que cette paix nous paralyse. Baybars et son peuple veulent nous voir partir. La paix ne durera pas. Je peux l'affirmer aussi certainement que le soleil se lèvera demain. Nous devons faire face à la menace de notre propre extinction.

Sa voix était calme, sincère.

— Si nous n'agissons pas, poursuivit-il, ce sera la fin des Terres saintes chrétiennes. Votre père et tous les braves avant lui seront morts pour rien. Je sais que ce n'est pas ça que vous voulez.

— Non, maître, murmura Will.

Que pouvait-il dire d'autre ? Le grand maître s'attendait qu'il détestât les Sarrasins, il s'attendait à le voir prêt à combattre pour les possessions du Temple et pour le rêve de la Chrétienté. C'était une vision partagée par la plupart des bons chrétiens, des bons rois.

Depuis deux siècles, ils venaient ici, ceux que les musulmans appelaient *al-Firinjah* : les Francs. Après avoir envahi les grandes villes d'Antioche, Tripoli et Jérusalem, après les avoir vidées dans un grand bain de sang des musulmans, des juifs et des chrétiens indigènes qui les habitaient, les premiers croisés s'y étaient installés et avaient établi quatre États latins. Là, ils avaient donné naissance à des générations qui ne devaient jamais connaître les collines d'Angleterre ou les forêts verdoyantes de France et d'Allemagne, grandissant au milieu des panoramas intemporels et infinis des déserts de Syrie et de Palestine.

Les croisades s'étaient élancées les unes après les autres d'Occident, constituées d'hommes et de femmes attirés par les richesses des opulentes villes d'Orient et par les promesses d'absolution. Mais au fil du temps, leur nombre avait diminué. Affaiblis, les Francs s'étaient fatigués de la lutte constante pour défendre Jérusalem contre les Infidèles. La ville dont les cloches avaient appelé tant de gens à se précipiter vers ses murs appartenait de nouveau aux musulmans depuis trente-deux ans. Des quatre États latins établis par les premiers croisés, seuls le comté de Tripoli et le royaume de Jérusalem, dont Acre était maintenant la capitale, demeuraient aux mains des chrétiens. Le comté d'Édesse avait disparu et il ne restait plus qu'un port de l'ancienne principauté d'Antioche. Les bateaux qui pénétraient dans le port d'Acre étaient pour la plupart à moitié vides, il n'y avait plus à leur bord que des mercenaires et des groupes clairsemés de pèlerins, des hommes qui fuyaient la pauvreté et les punitions pour leurs crimes, des hommes aspirant à une nouvelle vie.

Will savait que le grand maître avait raison. Les hommes étaient abattus, amers d'avoir tant perdu durant les campagnes de Baybars. Malgré les efforts de l'Anima Templi pour maintenir la paix, les Templiers regardaient comme tout le monde l'horizon en espérant y voir des vaisseaux royaux annonçant une nouvelle croisade et la restitution de Jérusalem aux chrétiens. Car année après année, les Francs étaient de plus en plus repoussés vers la mer, les Mamelouks gagnaient inexorablement du terrain et nul ne savait combien de temps ils pourraient encore rester, à vaciller ainsi le long du rivage bleu et vert de la Méditerranée.

Tandis que le grand maître entreprenait de lui expliquer comment il comptait restaurer leur position en Terre sainte, Will se souvint des mots du sénéchal, de leur lourdeur et de leur gravité. *Il pourrait être l'une des pires menaces à laquelle nous ayons eu affaire depuis la signature du traité.*

— Nous devons unifier les territoires que Baybars nous a laissés. Nous sommes divisés, incapables de mettre nos ressources en commun, affaiblis. Acre est...

Guillaume chercha l'expression appropriée :

— ... un gros ver qui se tortille au bout de l'hameçon.

Son regard se porta sur Will, qui commençait à avoir l'impression de ne pas même exister ; il lui semblait que le grand maître s'adressait à un auditoire invisible et plus large.

— Pour la plupart, nous sommes trop préoccupés par nos propres convulsions internes pour remarquer le prédateur qui s'approche, tapi, prêt à ouvrir grande la gueule et à mordre… une dernière fois.

Guillaume serrait les poings en disant ces mots. Puis il se leva et approcha une bougie et un cierge près de l'âtre.

— Il nous faut travailler tous ensemble pour espérer survivre au péril qui reviendra inévitablement sur notre chemin.

Il se pencha pour tendre le cierge vers les flammes.

— Sur ce plan, le couronnement de mon cousin devrait nous favoriser. Je suis certain que, le moment venu, il nous aidera à nous unir.

Pendant que le grand maître allumait la bougie, Will réalisa que la nuit était tombée au cours de leur conversation. Bientôt les cloches sonneraient les vêpres, les appelant à la chapelle.

— Est-ce que cela aura vraiment lieu, maître ? Charles d'Anjou va-t-il prendre le trône ?

— C'est mon espoir, oui. Au concile de Lyon, le pape Grégoire s'est entendu avec Maria d'Antioche pour qu'elle vende ses droits sur la couronne de Jérusalem à Charles. Quand la vente sera conclue, ce qui devrait être le cas dans l'année, il pourra faire valoir ses prétentions et faire détrôner le roi Hugues. Alors nous serons à nouveau gouvernés par un roi *capable*.

Will perçut sans ambiguïté le dédain dans la voix de Guillaume. Il avait beaucoup entendu parler de ce sujet depuis que la nouvelle des événements de Lyon avait atteint Acre. L'actuel roi de Jérusalem était Hugues III, par ailleurs roi de Chypre. Le poste en lui-même était obsolète puisque les musulmans avaient pris la ville, mais le titre existait encore et conférait à celui qui le portait autorité sur Acre et ce qui restait des terres franques en

Outremer. Plutôt que de rester à Chypre et de laisser le contrôle d'Acre à un régent, comme nombre de ses prédécesseurs, Hugues avait décidé d'exercer son autorité. L'ingérence du jeune roi soulevait de plus en plus de plaintes : le gouvernement d'Acre, composé de maîtres chevaliers, de nobles et de marchands, ainsi que la cour des bourgeois et la haute cour, étaient parvenus à résister pendant des dizaines d'années au pouvoir royal et s'étaient accoutumés à leur autonomie. La cousine d'Hugues, Maria, princesse de la cité vaincue d'Antioche, s'opposait aussi à lui. Elle pensait avoir un droit plus légitime au trône. Ces conflits avaient divisé l'Outremer et les juristes d'Acre, conscients du danger qu'un schisme aurait engendré, avaient décrété que le trône revenait à Hugues. Will comprenait leur décision : le jeune roi de Chypre faisait un candidat plus sûr qu'une vieille princesse non mariée, mais, d'après ce qui se disait, Maria s'était rendue au concile de Lyon pour se plaindre et le pape l'avait convaincue de vendre ses droits à Charles d'Anjou.

Will avait entendu le sénéchal faire remarquer que Hugues n'impressionnait pas favorablement le pape Grégoire et que celui-ci souhaitait un dirigeant à poigne pour le royaume de Jérusalem. Mais il ne voyait pas comment Charles, le puissant roi de Sicile, pourrait unifier leurs forces. Hugues n'abandonnerait sans doute pas son trône sans combattre et, avec le grand maître et Anjou dressés contre lui, les vieilles lignes de fracture ressortiraient : le Temple et les Vénitiens se plaçant sous la bannière de Charles, les Hospitaliers et les Génois sous celle de Hugues. Will avait la nette impression que si les choses continuaient comme le grand maître l'espérait, le sang n'en finirait plus de couler.

— Cela étant, reprit soudain Guillaume en s'apercevant qu'il en avait peut-être trop dit, tout le monde devrait être présent pour discuter de ces sujets.

Il se leva.

— Je t'ai convoqué pour te remercier, et au lieu de ça je t'assomme sous un déluge de mots, dit-il avec un geste d'excuse et un sourire charmant à Will. Le voyage a été long. Je suis resté seul avec mes pensées pendant tout ce temps. Pardonne-moi.

— Il n'y a rien à pardonner, maître.

— Il reste une dernière chose, fit le grand maître en croisant les mains dans son dos. J'aimerais que tu découvres qui voulait ma mort. Mon assaillant n'était pas un tueur expérimenté, j'en suis certain, et comme je ne vois pas pour quelle raison un jeune paysan me voudrait du mal, il est plus que probable qu'il agissait sur les ordres de quelqu'un. Le maréchal de Sevrey, qui a fouillé le corps, pense qu'il était italien. C'est le seul indice que nous pouvons suivre, en plus du garçon que vous avez poursuivi. Mais je veux que vous vous en occupiez.

— Peut-être que le maréchal ou le grand commandeur, avança Will, seraient plus aptes à mener à bien cette tâche.

— Vous êtes le seul à avoir eu conscience qu'une agression se préparait, et vous êtes aussi le seul à avoir vu le garçon. Je ne vois personne de plus approprié.

Dehors, un carillon se mit à retentir, les informant que l'heure des vêpres était venue. Le grand maître ne détacha pas ses yeux de Will.

Ce dernier sentit son estomac se nouer. Il avait déjà plus qu'assez de travail à accomplir pour l'Anima Templi. Mais le grand maître attendait sa réponse.

— Oui, maître, bien entendu.

Plus tard dans la soirée, Guillaume s'assit à sa table de travail, dans ses appartements. Face à lui, il plaça un livre de prières qu'il venait de sortir de sa malle de voyage, relié en cuir et fermé par un verrou doré couvert d'ornementations.

Il resta un moment sans l'ouvrir, à caresser simplement la couverture en suivant les craquèlements du cuir. Il était fatigué et avait mal à la tête. Comme il n'était pas souvent malade, cette douleur inhabituelle le déconcentrait. Après l'office du soir, dans la chapelle, il avait fait un discours que les hommes avaient chaleureusement accueilli. Ils étaient contents de pouvoir le saluer. Ensuite, il avait partagé le repas avec eux dans la Grande Salle, et il aurait voulu discuter avec ses officiers avant de se retirer mais la migraine l'en avait empêché. De toute façon, il venait d'arriver. Les affaires en cours pouvaient attendre le lendemain.

Il ouvrit le livre à une page dont le coin était corné.

Notre Père qui êtes aux cieux, que votre Nom soit sanctifié, que votre Règne vienne, que votre Volonté soit faite sur la terre comme au ciel… Donnez-nous aujourd'hui le pain de ce jour. Pardonnez-nous nos offenses, comme nous pardonnons aussi à ceux qui nous ont offensés. Et ne nous soumettez pas à la tentation mais délivrez-nous…

Des coups secs se firent entendre à la porte. Elle s'ouvrit et l'un des gardes personnels de Guillaume entra, un Sicilien aux courts cheveux gris-blanc qui donnaient à son visage tanné un air encore plus sombre.

— De quoi s'agit-il, Zaccaria ?

— Désolé de vous déranger, maître, mais il y a un homme à la porte qui demande à vous parler. Il jure qu'il vous connaît.

— A-t-il donné son nom ?

— Angelo.

Le visage de Guillaume fut agité d'un tic nerveux presque imperceptible, mais Zaccaria, qui avait travaillé sous ses ordres en Sicile pendant cinq ans, remarqua que quelque chose n'allait pas.

— Maître ?

Guillaume fit un signe au chevalier.

— Amène-le-moi.

Quand Zaccaria fut parti, Guillaume acheva le Pater Noster puis referma le livre de prières. Alors qu'il le rangeait dans la malle, on frappa à nouveau à la porte et, cette fois, un homme accompagnait Zaccaria. D'un signe de tête, Guillaume donna congé à ce dernier. Le chevalier quitta la pièce en refermant la porte derrière lui, laissant les deux hommes en tête à tête dans le réclusoir.

— Maître, salua Angelo Vitturi en conservant sur son beau visage hâlé une expression d'impassible arrogance. Je n'étais pas sûr que vous receviez des visiteurs, après votre accueil malheureux sur les quais.

— J'avais oublié que les nouvelles voyagent vite dans cette ville, commenta Guillaume d'un air las.

— Et c'est une bonne chose, car cela nous a tenus au courant de votre arrivée.

— Je suis certain que notre discussion aurait pu attendre un jour ou deux, répondit Guillaume en se dirigeant vers une table où un domestique avait déposé une carafe de vin.

— En fait, non. Je pars pour l'Égypte.

Angelo secoua la tête en refusant la coupe que lui tendait Guillaume.

— Je dois rencontrer le contact dont je vous ai parlé lorsque nous nous sommes vus en France.

— Ainsi, il a accepté de vous aider ? demanda Guillaume en buvant une gorgée de vin. J'avoue que je suis surpris. Je n'aurais pas cru que vous pourriez retourner l'un des leurs aussi facilement.

— Il se soucie peu de la situation dans laquelle il se met. Ce n'était pas si difficile.

— Que voulez-vous exactement, Vitturi ?

Angelo fronça les sourcils en entendant le ton abrupt qu'adoptait le grand maître pour s'adresser à lui.

— Nous voulions nous assurer que vous étiez prêt et que rien n'a changé. Votre état d'esprit, par exemple ? s'enquit-il en haussant à peine les épaules.

Guillaume sourit, comme si le jeu l'amusait.

— À votre place, je serais prudent. J'éviterais de mettre en doute ma parole. Elle est précieuse. Ne la traitez pas à la légère.

Angelo remarqua la menace voilée derrière le sourire, mais elle ne le déconcerta pas.

— Mon père et moi sommes juste inquiets, nous voulons que tout se déroule le mieux du monde. Nous n'avons qu'une occasion. Avez-vous pensé à quelqu'un pour réaliser ce vol ?

— Je n'y penserai qu'après avoir établi ma position ici et noué des relations de confiance avec des hommes. D'après ce que vous m'aviez dit, je pensais avoir le temps. N'est-ce plus le cas ?

— Le vol en lui-même n'aura pas lieu avant un moment. Vous avez encore du temps.

Guillaume regarda le Vénitien dans les yeux, c'était le regard noir d'un prédateur. Puis il porta la main à son front, son mal de tête lui embrouillait l'esprit.

— Alors nous avons fini pour ce soir. Je tiendrai mes promesses, Vitturi, si vous tenez les vôtres.

Angelo s'inclina rapidement et sortit. Dans le couloir, Zaccaria l'attendait pour l'escorter jusqu'à la porte.

Guillaume s'approcha de la fenêtre. Il avait détesté le jeune homme à leur première rencontre et la deuxième n'avait rien changé à son sentiment. Il était en colère de travailler avec ces marchands, sa fierté lui reprochant cette alliance car il était clair qu'ils cherchaient avant tout à utiliser ses ressources. Il pensait que leur plan pouvait fonctionner là où tout le reste avait échoué. Mais c'était un jeu dangereux et, une fois de plus, Guillaume ressentait le poids écrasant du doute. Il le repoussa. Il avait de puissants alliés : le roi Édouard, le roi Charles, le pape Grégoire. Ils ne laisseraient pas tomber la Terre sainte. Le temps venu, ils soulèveraient les peuples d'Occident. De cela, il était sûr.

Guillaume regarda au-delà des murs de la cour, le scintillement des milliers de torches disséminées à travers la ville et qui l'illuminaient comme une pluie d'étoiles tombées du paradis. Si tout se passait comme prévu, ils entreraient bientôt en guerre contre les musulmans.

— Nous faisons ce que nous avons à faire, dit-il tout bas.

Puis, d'une voix presque inaudible :

— Dieu, pardonnez-moi.

7

Al-Bireh, nord de la Syrie

26 février 1276 après J.-C.

Un mugissement traversa les airs, déchirant l'aube tranquille. Des nuées d'oiseaux s'élevèrent des bosquets près de la rivière et montèrent en flèche dans le ciel, tandis que soixante-dix catapultes alignées en formation autour d'al-Bireh tiraient l'une après l'autre. D'énormes boulets tournoyaient depuis les engins de siège jusqu'aux murs de la ville, où ils s'écrasaient au milieu de la poussière et des débris. Dès que la charge était projetée, l'un des Chinois rompus à la manœuvre des catapultes tirait sur le cordage attaché à un long bras pivotant sur le croisillon de l'armature. Ses camarades plaçaient alors une nouvelle pierre dans la poche en cuir. De temps à autre, le ciel s'illuminait : les Chinois substituaient aux pierres des barriques de poix enflammée qui zébraient de vapeur noirâtre le bleu pâle du petit matin avant d'exploser derrière les fortifications.

Grâce à la couverture prodiguée par le bombardement constant, trois tours monstrueuses avançaient vers la ville, non sans difficulté. Au sein de leurs structures en bois branlantes, montées sur des plates-formes à roues, quatre étages communiquaient par des escaliers intérieurs, et sur chacun d'eux étaient postés des archers seldjoukides accroupis devant de petites ouvertures, prêts à tirer. À l'étage supérieur de chaque tour, coincés sous un lourd panneau en bois, se trouvaient dix guerriers mongols. Ils portaient une armure de bataille lamellaire, et au poing des massues et des épées. Derrière les tours de siège, des lignes d'infanterie marchaient en formation, les lances pointées vers le haut. L'armure de ces hommes, faite de peaux de vache vernies, était plus légère. À leurs épaules pendaient des boucliers, et des épées étaient attachées à leurs hanches. Alors qu'ils leur allaient parfaitement trois semaines plus tôt, les vêtements semblaient désormais trop grands, mal taillés. Une maladie causant de violents vomissements et des diarrhées avait ravagé l'armée ces derniers jours, tuant plusieurs centaines d'hommes. Mais ils étaient tout de même là, opiniâtres, déterminés, les capes et les turbans des Seldjoukides et les couleurs criardes des tenues irakiennes se mariant aux armures brunes des Mongols.

Peu après le début du fracas de pierre et de feu, on entendit les premiers cris en haut des murailles. Les soldats mamelouks recevaient des éclats d'obus ou se faisaient écraser par les boulets qui parvenaient à traverser les remparts. Les archers mamelouks ripostèrent à l'ennemi par des salves de flèches qui s'envolaient tel un linceul blanc obscurcissant le ciel avant de retomber en parabole mortelle sur les troupes, frappant les boucliers, la boue et les hommes. Dans la ville elle-même, les citoyens se regroupaient nerveusement dans les mosquées, les hommes priaient et les femmes essayaient de calmer les enfants qui sentaient la terreur tenailler leurs parents, et à chaque nouveau boulet les hurlements reprenaient de plus belle.

La garnison mamelouke que Baybars avait installée à demeure à al-Bireh, à la suite d'une attaque mongole onze ans plus tôt, n'était pas étrangère aux sièges. Baybars avait récupéré la ville aux forces mongoles qui l'occupaient juste après son accession au trône et les Mamelouks avaient été en guerre perpétuelle pour sa possession depuis lors. Mais, cette fois, c'était différent. Les Mongols connaissaient les points faibles et ils concentraient tous leurs efforts sur eux. Même avec les troupes venues en renfort d'Alep deux semaines plus tôt, l'assaut serait rude.

Des soldats mamelouks armaient les mandjaniks et les arradas. Les engins de siège avaient été montés sur les plates-formes des tours arc-boutées aux murailles et ils lançaient pierres et javelots sur les troupes en approche. L'un des javelots envoyé par un arrada et long d'un mètre s'enfonça dans une ligne de Mongols qui portaient une échelle. Le premier homme n'eut même pas le temps de le voir arriver. L'arme plongea en lui, traversant son armure et son corps d'un seul coup comme s'il avait été constitué d'eau plutôt que de chair et d'os. Le choc le souleva de terre et l'entraîna en arrière, le javelot poursuivant sa trajectoire mortelle vers trois hommes qu'il empala comme des cochons sur une broche. Quatre soldats sortirent des lignes d'infanterie qui attendaient hors de portée des flèches et se précipitèrent pour ramasser l'échelle et continuer à avancer. Au fur et à mesure que les hommes tombaient, d'autres prenaient leur place sur le sol jonché de cadavres.

Les pierres que les mandjaniks mamelouks lançaient sur les tours de siège avaient un effet moins dévastateur que les javelots, les structures en bois étant protégées par un bouclier de toile, de paille et de sacs. Néanmoins, elles brinquebalaient dangereusement à chaque projectile qui les frappait. Une lourde pluie transformait par endroits la plaine en un bourbier vaseux, compliquant encore la tâche des hommes qui manœuvraient les tours. Leurs pieds glissaient, la boue maculait leurs jambes, et ils grimaçaient de douleur tout en bandant leurs muscles.

Malgré la douleur, ils traînaient lentement mais sûrement les tours de siège vers al-Bireh.

Ishandiyar était à moins d'un kilomètre lorsque la première tour de siège atteignit les murailles. À travers le nuage de fumée et de poussière qui s'élevait devant la ville, il aperçut vaguement le panneau de la tour se rabattre sur le mur. Des hommes en surgirent et se mélangèrent aux lignes mameloukes qui attendaient sur les remparts. Un instant plus tard, deux échelles étaient hissées contre les murs. De sa position au bord de l'Euphrate, un peu en surplomb, Ishandiyar vit les guerriers mongols commencer à les escalader. Un fût de poix partit d'une catapulte et s'écrasa contre une tour d'angle, l'embrasant sur-le-champ. Des hommes tombèrent des murailles tels des phénix, les cheveux et les vêtements en feu. Leurs cris lui parvinrent, puis un épais voile de fumée se déroula qui lui boucha la vue.

Ishandiyar se tourna vers les deux généraux à ses côtés.

— Dites aux hommes de se tenir prêts.

— Ne devrions-nous pas attendre un peu avant de nous révéler aux ennemis ? demanda l'un des émirs.

— Nous ne pourrons pas rester cachés bien longtemps.

Ishandiyar fit un geste pour désigner la rivière. Sur plusieurs kilomètres, les talus des berges les avaient dissimulés et il avait envoyé des soldats tuer tous les éclaireurs mongols qui se présenteraient par là, afin que nul ne soit prévenu de leur présence. Mais devant eux les berges n'avaient plus de relief, et dans cent ou deux cents mètres, l'armée mongole serait en mesure de les voir. Ishandiyar baissa les yeux vers les troupes ennemies qui s'étiraient en contrebas. On eût dit qu'une forêt, avec ses couleurs brillantes, avait poussé dans le désert. Une forêt hérissée de flèches et de lances… En attendant, les hommes calmaient les chevaux, buvaient l'eau de leur gourde ou resserraient leur armure. En plus de son propre régiment de quatre cents hommes, il y avait les régiments de deux émirs et les forces auxiliaires qu'ils avaient réunies à Alep. En tout, vingt mille soldats. Mais cela ne faisait que deux Mamelouks contre trois Mongols.

— Si nous agissons maintenant, pendant qu'ils sont occupés par les fortifications, nous bénéficierons d'un léger effet de surprise. Et de toute façon, nous ne pouvons pas attendre.

— Je suis d'accord, l'approuva le second général.

— Je vais conduire une charge contre les troupes amassées au pied des murailles. Vous concentrerez vos hommes sur les soldats à l'arrière des lignes de siège, et sur leurs engins. Qu'Allah soit avec vous, conclut-il d'une voix déterminée.

Les émirs tournèrent bride en soulevant de la poussière et galopèrent le long de la rive, dépassant l'infanterie, la cavalerie, les hommes des tribus bédouines et ceux qui portaient les pots de naphte tout en aboyant des ordres. Leurs surcots de soie claquaient au vent derrière eux, révélant par-dessous des cottes de mailles scintillantes. Ishandiyar éperonna son cheval pour rejoindre les officiers de son régiment. Il leur transmit brièvement ses consignes, et tout fut prêt en un rien de temps. Dans les lignes, les hommes se mirent en position, l'infanterie se déplaçant pour laisser passer les cavaliers, tandis que le fracas des projectiles et les cris continuaient à se faire entendre depuis les murailles.

Ishandiyar leva son sabre.

— *Allahu Akbar !*

Ses officiers et ses hommes reprirent son cri et d'un seul mouvement la cavalerie d'élite mamelouke lança ses chevaux dans la pente sablonneuse, comme une vague s'écrasant sur un rivage.

Un moment après leur apparition, les cornes sonnèrent l'alarme depuis le camp mongol qui s'étirait le long de la plaine, entre la ville et la rivière. Les cavaliers mongols, qui observaient la bataille depuis les lignes arrière, se ruèrent sur leurs montures en attrapant au passage leurs lances et leurs casques tandis que le nuage de poussière soulevé par la charge mamelouke n'en finissait plus de s'étendre et d'épaissir l'air au-dessus de la plaine.

Les autres tours de siège avaient désormais rejoint les murs. Les guerriers jaillissaient des toits en faisant tourbillonner massues et épées. Six échelles étaient alignées et les archers seldjoukides à l'intérieur des tours tiraient sur les Mamelouks qui essayaient de les faire tomber des remparts. Des guerriers mongols montaient par l'intérieur des tours pour rallier leurs camarades qui combattaient férocement sur les murailles pour perforer les lignes mameloukes. Les hommes poussaient, grognaient et s'injuriaient tout en se battant dans l'espace restreint, les yeux remplis de poussière et de sueur, les pieds butant contre des cadavres ou trébuchant sur des gravats.

De tous les hommes d'Ishandiyar, les Bédouins furent les premiers à arriver au camp mongol. Leurs capes et leurs keffiehs flottaient autour d'eux telles des ombres folles, et ils se démenaient sous les ordres de leurs cheikhs comme un essaim de guêpes. Les arcs, les mains et les frondes maniaient sans discontinuer flèches, couteaux et pierres, et plusieurs catapultes se turent lorsque les Chinois qui les manœuvraient furent blessés. Les Bédouins avaient inquiété Ishandiyar ; il les avait connus lorsqu'ils avaient déserté l'ennemi pour faire allégeance en échange d'une partie du butin. Mais en voyant leur raid éclair sur le camp, il s'estimait heureux de les avoir avec lui. C'étaient des combattants intelligents et rapides avec leurs chevaux légers. Et pour le moment, les Mongols subissaient de plein fouet leur puissance et leur talent. Les blessés et les malades ne pouvaient espérer aucune pitié, les Bédouins jetaient en hurlant des brandons enflammés dans les tentes, qui s'embrasaient comme du papier. Avec la maladie qui les rongeait, la plupart des hommes étaient tout simplement trop faibles pour résister. Malgré les cris de ralliement de leurs commandants, ceux qui en étaient capables se mirent à fuir.

Ishandiyar aperçut une ligne de cavalerie lourde mongole approcher sur sa droite et, en criant à ses hommes de le suivre, il se jeta sur les soldats entassés au pied des murailles tandis que le flanc droit de son régiment allait à la rencontre de la cavalerie. La masse d'hommes devant lui se réorganisa tant bien que mal et resserra ses lignes tandis qu'il s'avançait, les boucliers et les lances levés en l'air. Poussée par les Mamelouks en haut des remparts, l'une des échelles retomba. Les hommes cramponnés aux barreaux hurlèrent en plongeant vers le sol. D'autres préférèrent sauter, mais ils furent écrasés un instant plus tard par leurs camarades lorsque l'échelle heurta le sol.

Ishandiyar se lança dans la mêlée et imprima un grand mouvement circulaire à son épée tout en se jetant dans la première ligne d'infanterie, tuant tous ceux qui se présentaient à lui. Un homme bondit vers lui et s'agrippa au cou de son cheval. Sous la couche de poussière et de boue, son visage était déformé par la rage. En poussant un grognement, il tenta de frapper le commandant de sa dague. Ishandiyar lui mit un coup de pied en pleine mâchoire, ce qui fit basculer sa tête vers l'arrière, puis il fit tourner son cheval. La bête, bien entraînée, envoya l'homme valdinguer au sol, puis elle rua et, en retombant, écrasa son crâne sous ses sabots.

En quelques secondes, la cavalerie mamelouke faucha les hommes entassés au pied des murs comme une faux dans un champ de blé. Mais l'étroitesse de l'endroit le rendit rapidement périlleux. Le sol vaseux, jonché de cadavres et de pierres, faisait trébucher hommes et chevaux. Certains Mamelouks étaient tirés de leurs montures et massacrés par les guerriers mongols, d'autres se faisaient transpercer le cou par des flèches seldjoukides, ou c'étaient les chevaux qui les jetaient à bas en se cabrant à cause d'une lame égarée. L'odeur du sang emplissait l'air et le sol marécageux se teintait de rouge à mesure que les hommes se déchiquetaient, se démembraient et se massacraient les uns les autres.

Ishandiyar parvint à rester en selle, parant et frappant sans relâche. Le visage concentré, il grognait sous l'effort, la fatigue de la longue marche et de cette charge féroce s'accumulant. Il transperça un homme puis se tourna pour en affronter un autre. Deux autres échelles montaient contre le mur et les boulets ne tombaient plus. Pour autant, le champ de bataille était un chaos. Ishandiyar n'avait aucune idée de ce qui se passait dans le reste de la ville. Une épaisse fumée s'élevait du camp mongol, mais les ennemis s'étaient regroupés et venaient aider leurs camarades. Ses soldats étaient décimés. Il les entendait mourir autour de lui. La panique le gagna. Mais il la força à refluer. Sa conviction se transmit à ses bras et il démolit les Mongols autour de lui. S'il devait mourir aujourd'hui, qu'il en soit ainsi. Il affronterait la mort en guerrier et en musulman. Il l'affronterait en homme.

Pendant quelques instants, pris par son engagement dans le combat, Ishandiyar n'entendit pas les cornes, et quand il les entendit, il ne discerna pas tout de suite d'où elles sonnaient. Puis il vit l'un de ses officiers lever un sabre au ciel avec l'air de jubiler. Se tournant, Ishandiyar vit des Mamelouks cavaler sur la plaine par centaines. Il pensa une seconde qu'il s'agissait de ses propres troupes, puis il réalisa qu'ils n'étaient pas vêtus aux couleurs des régiments qu'il avait menés jusqu'ici. Ils portaient la tenue du régiment de l'émir d'Alep. Les portes d'al-Bireh s'étaient ouvertes. La garnison de la ville leur venait en aide.

Et en quelques instants, le cours de la bataille changea.

Les renforts provoquèrent la débâcle des Mongols. Leur camp était en feu, leurs forces divisées. Certains d'entre eux, coincés au milieu de la bataille ou entourés par les Mamelouks, combattirent jusqu'à la mort. Mais la plupart d'entre eux s'enfuirent, courant se réfugier vers la rivière qu'ils traversaient à la nage, les flèches des Mamelouks à leurs trousses criblant l'eau autour d'eux. Quelques-uns lancèrent aussi leurs chevaux en direction du gué par lequel ils étaient arrivés. Après un siège qui avait duré près de deux semaines, et dont l'issue victorieuse semblait assurée, les Mongols et leurs alliés seldjoukides étaient repoussés de l'autre côté de l'Euphrate avec une force diminuée, affaiblie, laissant derrière elle nombre de morts et de blessés.

Ishandiyar retrouva l'un de ses officiers quand la bataille fut terminée et que les dernières poches de résistance furent détruites. Un médecin avait soigné en vitesse une blessure au couteau qu'il avait reçue à la jambe, et qui le brûlait. Il prit sa gourde, avala une gorgée, se rinça la bouche et recracha un mélange de sang et d'eau sur le sol.

— Emmenez-le à Alep, dit-il à l'officier en lui tendant un rouleau. Donnez-le à l'émir et dites-lui de le faire envoyer par les chevaux de poste au sultan Baybars. Cette nouvelle ravira Le Caire.

L'officier salua et partit sur-le-champ.

Les blessés étaient transportés à l'intérieur de la ville. Ishandiyar se dirigea en boitant vers les portes, et il grimaça lorsque son poids se porta sur sa jambe blessée. La bataille les avait vus triompher. Ils avaient écrasé les Mongols. Mais il était temps maintenant de compter les morts.

La citadelle, Le Caire, 1er mars 1276 après J.-C.

Baybars observait depuis l'estrade l'assemblée de généraux assis au sol, jambes croisées, à même les tapis et les coussins. Leurs voix graves bourdonnaient sourdement à ses oreilles. Résistant à l'envie pressante de bâiller, il se redressa sur le trône et agrippa les têtes de lion qui ornaient ses bras, métal solide et froid sous ses mains.

— Assez, Mahmud ! Je pense que nous connaissons tous ta position sur ce point maintenant.

Mahmud s'inclina, mais son visage reflétait clairement son irritation face à cette brusque remontrance.

— Émir Kalawun, dit Baybars, vous restez bien tranquille. Qu'en dites-vous ?

Kalawun sentit l'attention de la quinzaine d'hommes réunis dans la salle du trône se tourner vers lui. Il prit la coupe posée devant lui et but une gorgée de cordial, afin de se donner un moment pour rassembler ses pensées. Les plus jeunes, comme Mahmud, donnaient des signes d'impatience. Le conseil de guerre avait été animé, la tension planait depuis le début, les arguments se contrariaient sans résultat pendant plus d'une heure. Quand il fut prêt, Kalawun reposa la coupe sur la table basse posée au milieu des tapis et croisa le regard attentif de Baybars.

— Comme je l'ai déjà déclaré, seigneur, je ne vois pas l'intérêt de gâcher nos précieuses ressources à attaquer un peuple qui ne constitue pas une menace à l'heure actuelle.

— Qui ne constitue pas une menace ? s'exclama d'une voix hautaine un jeune homme proche de Mahmud. Jusqu'à la prochaine croisade qu'ils lanceront, vous voulez dire ? Chaque jour où nous les laissons en paix leur permet de se renforcer, leurs rois en Occident construisent des bateaux et réunissent des troupes pour nous attaquer. Nous ne pouvons pas leur donner cette possibilité !

— Notre économie est florissante grâce aux échanges avec l'Occident, répondit Kalawun. Et rien ne prouve qu'une croisade puisse avoir lieu dans un avenir proche. En fait, les rapports que nous recevons indiquent plutôt un manque d'enthousiasme à continuer la guerre.

— Même si nous détruisons les bases franques, les marchands n'arrêteront pas de venir. Ils ont besoin de nous. Les laisser occuper nos terres n'est pas nécessaire pour gagner de l'argent avec eux. Pourquoi leur faire bénéficier d'une ouverture pour attaquer, que ce soit dans une semaine ou dans dix ans ?

Le jeune général regarda l'assemblée à la ronde, en quête de soutien. Certains hochaient la tête.

— Chaque jour que les Francs passent sur ces rivages est une insulte.

— Seul un idiot part en guerre pour une insulte, riposta Kalawun d'une voix calme.

Piqué par le commentaire, le général eut un petit rire.

— Peut-être que tu as l'apparence d'un musulman, mais à l'intérieur tu as de plus en plus l'air d'un chrétien !

Cette déclaration fut suivie par une explosion de voix emportées dans la salle.

— Silence ! aboya Baybars, les yeux brillant de colère. Excusez-vous auprès de l'émir Kalawun, ordonna-t-il au général. C'est un général honorable et un musulman aussi dévot que moi. L'insulter, c'est m'insulter.

— Pardonne-moi, émir, murmura le général à l'intention de Kalawun. Ma langue a parlé trop vite.

— Pour qu'il soit efficace, tout effort de guerre doit se concentrer sur un seul ennemi à la fois, intervint un général plus âgé, venant à la rescousse de Kalawun. Les Mongols sont agressifs. En conséquence, je suis d'accord avec l'émir Kalawun. Ce que nous devons faire est évident.

— Nous faisons face à la situation à al-Bireh, fit Mahmud sans pouvoir se retenir. Ce n'est pas la première fois que les Mongols attaquent une de nos positions et je doute que ce soit la dernière.

Voyant que Baybars ne répondait rien, il s'enhardit :

— Que nos forces en Syrie s'affairent à contenir les Mongols sur l'autre rive de l'Euphrate, tandis que nos forces ici s'occupent des Francs. Alors, une fois que nous aurons repris toute la Palestine et détruit les derniers vestiges de la mainmise des Infidèles, nous pourrons marcher comme une seule immense et puissante armée en Anatolie. Nous pourrons battre les Mongols si nous sommes unis, sans craindre d'invasion franque par l'arrière. Mais nous ne pourrons jamais les battre si nous sommes divisés.

Il parlait avec passion et Kalawun nota avec inquiétude que le jeune homme se révélait un orateur convaincant.

— Tournons-nous contre les Mongols quand nous serons à égalité, continuait-il. D'abord, commençons par renvoyer chez eux les Francs et remettre la Palestine aux mains des justes. Les Mongols sont une distraction, ne nous laissons pas divertir.

— Une distraction ? le reprit Kalawun. Est-ce comme cela que tu parles d'une armée qui a détruit des nations et éradiqué des tribus entières ? Qui possède aujourd'hui la moitié du monde et contrôle les routes menant à l'Est.

Kalawun entendit les murmures approbateurs de quelques-uns des généraux, mais la plupart faisaient grise mine. Le visage de Kalawun se durcit en constatant leur réticence.

— Je n'ai pas conduit mon régiment en Cilicie il y a dix ans, je n'ai pas vu mes hommes se traîner sur des kilomètres de désert et des cols de montagne avant de mourir au fil des épées arméniennes, je n'ai pas fait tout ça pour que nous laissions aujourd'hui les territoires pris au cours de cette bataille à la portée des Mongols. Ils n'attaquent peut-être qu'une ville aujourd'hui, mais si nous leur donnons un pouce de territoire, les Mongols nous balaieront avec toute la puissance qu'ils peuvent réunir. Et tout ce que nous avons construit depuis Ayn Djalut n'aura servi à rien.

Baybars tressaillit en entendant le nom d'Ayn Djalut.

C'est là que les Mongols avaient subi la première défaite que le monde ait connue. C'était son œuvre. Ce jour-là, le triomphe avait été total. Les Mongols avaient été châtiés de l'attaque contre sa tribu, et de sa déchéance dans l'esclavage. Cette victoire annonçait la fin d'une ancienne vie, commencée dans les chaînes, et le début de son ascension vers le pouvoir. Le souvenir le rajeunit de quelques années. Il se sentait pétiller, anticipant sur la suite avec une assurance grandissante. Depuis si longtemps, les Francs lui étaient un liquide amer dans la bouche. Il n'avait pas le cœur d'en avaler les dernières gouttes maintenant, pas au moment où l'attendait dehors une force qui le faisait vibrer tout entier d'un cri de guerre strident et plein de jeunesse. Les Francs étaient enfermés dans des villes imprenables. Les Mongols attendaient au bord de son empire, ils le défiaient. Il désirait ressentir une nouvelle fois la sensation de l'épée dans sa main, le souffle chaud du désert sur son visage.

— J'ai pris ma décision, dit-il en interrompant les murmures entre ses hommes.

Les généraux se turent. Kalawun n'exprimait rien d'autre que la placidité, mais son cœur battait à tout rompre.

— Nous marcherons sur l'Anatolie.

Mahmud et quelques-uns de ses jeunes camarades parurent furieux, mais ils prirent garde de contenir leur émotion. Kalawun sentit une vague de soulagement l'envahir, mais elle reflua immédiatement. L'issue était quand même la guerre. Avant de mourir et d'abandonner son royaume à son fils, Baybars allait créer une autre tempête. Kalawun ne pouvait rien y faire. Et même s'il l'avait pu, il ne l'aurait pas fait. Il voulait la paix, mais les Mongols ne l'entendaient pas ainsi. Il lui fallait protéger son peuple.

— Je vais profiter de notre trêve avec les Francs pour me concentrer sur les Mongols, reprit Baybars. Je ne crois pas qu'ils la briseront. Ils craignent trop de perdre les territoires qu'il leur reste pour entreprendre un combat qu'ils savent impossible à gagner. Quand nous aurons pris l'Anatolie et que les Mongols auront fui, je m'occuperai des Francs. Quand j'aurai appris ce qui s'est passé à al-Bireh, conclut-il en se levant, je vous convoquerai pour discuter de notre stratégie.

Les généraux se retirèrent de la salle du trône en parlant à voix basse, et Kalawun s'arrangea pour sortir sans être interpellé. Il avait eu assez de débats pour la journée. Il passa par un couloir voûté où l'air entrant par les fenêtres agitait les feuilles des plantes ornementales dans un bruissement estival. Il arrivait presque au bout quand une silhouette grise se mit en travers de son chemin. Kalawun fronça les sourcils de dégoût en voyant Khadir lui grimacer un sourire.

— Émir Kalawun, salua le devin en s'inclinant exagérément.

— Qu'est-ce que tu veux ?

— Savoir ce qu'a décidé le conseil de guerre, répondit Khadir.

— Demande à ton maître, répliqua Kalawun en continuant son chemin.

Les yeux de Khadir s'étrécirent jusqu'à n'être plus que des fentes. Il décida de suivre Kalawun, en trottinant pour s'adapter au rythme des grandes enjambées de l'émir.

— Où donc, Kalawun, diriges-tu mon maître ?

— Je le dirige ?

Khadir s'avança devant lui. Kalawun voulut le contourner mais le devin fit un pas de côté pour l'empêcher de passer. Il gloussa.

— Tu vois comme nous dansons, dit-il en tournoyant gracieusement sur lui-même. C'est comme ça que tu as dansé devant le conseil ? Comme ça que tu as dansé devant mon maître pour l'étourdir et lui faire perdre la bonne direction ?

— Tu espionnais encore ?

Khadir sourit, et Kalawun se rappela qu'il avait fait bloquer le passage derrière le mur longeant la salle du trône. Il avait déjà vu Khadir s'y couler auparavant.

— Si tu sais comment s'est terminé le conseil de guerre, tu n'as aucun besoin de moi pour te le dire.

Il s'avança et Khadir sautilla prestement pour lui dégager le chemin.

— Je veux comprendre pourquoi tu détournes ses yeux des chrétiens, émir.

— C'est le sultan qui a décidé d'attaquer les Mongols.

— Non ! cracha Khadir avec un air soudain furieux. Ce n'est pas lui. Tu lui parles à l'oreille depuis des mois. Ne combats pas les Francs ! Ne combats pas les Francs !

— Je n'ai pas à t'expliquer mes raisons.

— Les trêves sont faites pour êtres brisées, émir. Il y a des hommes à l'ouest qui nous menacent : le roi de Sicile et Édouard d'Angleterre. Les Templiers ont un nouveau maître, et il est fort. Si l'un de ces hommes se dresse contre nous, ils seront des légions à le suivre. Nous savons tous les deux que notre maître a changé après la mort d'Omar.

Il fit mine de fermer son poing en voulant se saisir de l'air.

— Parti ! Comme ça ! Et avec lui, la destinée de notre maître. J'ai vu, Kalawun. J'ai *vu* comment nous perdrons cette terre.

Kalawun s'arrêta. Les yeux du vieil homme étaient exorbités.

— Oui, murmura Khadir en voyant le visage de Kalawun s'infléchir légèrement. Nous devons le sauver, toi et moi.

— Je ne changerai pas d'avis, Khadir, répondit Kalawun en secouant la tête. Je ne convaincrai pas Baybars d'attaquer les Francs alors que je ne crois pas à l'utilité de le faire.

— Pas ça, fit Khadir avec irritation, pas ça.

— Alors que me demandes-tu ?

— Pour que notre maître retrouve son ancienne gloire, il doit se venger par le sang de ceux qui l'ont détourné de son chemin, expliqua Khadir, le visage déformé par la haine. Les *Haschischins* ont payé, oui, ils ont payé. Mais pas ceux qui les ont engagés.

Tout en parlant des Assassins, la secte dont il avait été exclu, il hochait vigoureusement la tête et caressait d'un air absent la dague à poignée dorée qui pendait à sa ceinture.

— Nos sources pensent que l'assassinat a été commandité par des Francs.

Il siffla en voyant l'air perplexe de Kalawun.

— Nous devons trouver les Francs qui voulaient la mort de notre maître ! Il ne pourra retrouver son vrai chemin et battre les chrétiens que lorsque la vengeance aura été assouvie.

— Le passé est mort, Khadir, fit Kalawun en secouant la tête. Laisse-le reposer. Ce que tu proposes est insensé. Il faudrait des mois pour découvrir qui avait fait appel aux Assassins. Et même, il se pourrait que ces efforts soient vains.

— Nos troupes contrôlent maintenant les forteresses de cette secte. Interroger les Assassins ne posera aucun problème. Envoie Nasir. C'est un Syrien. Il connaît la région où ils résident.

— Non, dit Kalawun en s'éloignant.

— Je sais ce que tu fais avec Baraka, lança Khadir dans son dos.

Kalawun se retourna en prenant soin de masquer l'inquiétude que ces mots avaient fait naître en lui.

— Qu'est-ce que tu veux dire ?

— Ton influence sur ce garçon est chaque jour plus forte. Tu l'as marié à ta propre fille ! Seul un aveugle ou un homme qui te fait pleinement confiance ne verrait pas que tu essaies de gagner son approbation dans un but précis, poursuivit Khadir en se rapprochant de Kalawun. Tu ne l'aimes pas, je le vois. Et pourtant tu passes tes journées à lui donner des leçons et à l'entraîner. Ses tuteurs sont là pour ça.

— Est-ce une mauvaise chose de m'intéresser à mon propre gendre ?

Le visage du devin se tordit de mépris.

— Bah ! Tu vas bien au-delà des devoirs d'un père ou d'un ami. Tu veux asseoir ton pouvoir sur le trône, Kalawun. Je le *vois*.

Kalawun éclata de rire.

— Mais bien sûr que c'est ce que je veux.

Khadir tourna la tête et le regarda de biais, d'un air à la fois soupçonneux et troublé.

— Tout homme proche d'un trône cherche à vivre dans sa lumière, dit Kalawun. Je ne nie pas ce que tu avances, mais aucun général, aucune femme ni même aucun conseiller ne le ferait s'il disait la vérité. Je ne veux pas le trône pour moi-même. Je cherche à assurer la position de mes maîtres afin qu'ils puissent en retour me rendre des faveurs.

Le visage de Kalawun se figea soudain.

— Avant de jouer à tes petits jeux avec moi, Khadir, je te suggère de regarder ton propre avenir, car il ne sera ni très long ni très heureux si tu mets ma patience à l'épreuve.

Puis il s'en alla, avec, planté dans le dos comme une dague, le regard du devin.

Le soir approchait au Caire. Les ténèbres s'insinuaient entre les immeubles que le soleil couchant teignait d'orange tandis qu'Angelo se rendait à son lieu de rendez-vous. Au pied de la citadelle, les arbres du verger se balançaient tel un pendule au gré de la brise chargée des odeurs de fumée, de fumier et de nourriture de la ville dévalant la colline en contrebas. Derrière les murs, le Nil traçait son cours d'un noir de jais contre les ombres douces du désert. Angelo, qui avait laissé son cheval à l'écurie, resserra sa cape autour de lui.

Au fil des ans, il était venu au Caire en de nombreuses occasions pour y traiter des affaires avec les Mamelouks, apportant des cages de garçons pour leur armée en échange de sacs remplis d'or sarrasin. Mais l'affaire d'aujourd'hui était plus délicate et il avait fait attention de rester caché dans son logis jusqu'à ce que l'heure soit venue. Il avait joint son contact en payant un gamin des rues pour délivrer un message à la citadelle, et il lui avait répondu de le retrouver à cet endroit.

Angelo s'immobilisa. À l'autre bout du verger se trouvait un ancien réservoir au rebord écroulé. Là, dissimulé dans l'ombre projetée par l'enchevêtrement d'arbres, quelqu'un attendait.

— Vous l'avez ? dit Angelo en arabe tout en approchant.

L'homme portait une longue cape noire et un keffieh couvrait son visage. Seuls ses yeux étaient visibles lorsqu'il se leva. Il passa une main sous sa cape et en tira un étui en argent orné d'un liseré avec des motifs de fleurs de lotus.

Angelo s'en saisit. Il souleva le rabat et sortit le rouleau, qu'il déploya. Il jeta un coup d'œil au document, puis à l'homme qui le lui avait donné.

— Ça dit exactement ce que j'avais demandé ?

— Oui.

— Je présume que seul Kaysan sera capable de le lire ? demanda Angelo en rangeant l'étui dans le sac pendu à sa ceinture. Si ça tombe entre de mauvaises mains, ce serait mauvais pour nous tous.

— Pouvez-vous le lire ? répondit abruptement l'homme.

Angelo ignora son ton brusque.

— Et votre frère fera ce que vous demandez ? Il emmènera nos hommes à La Mecque le moment venu ?

— Oui.

Angelo plongea son regard dans celui de l'homme.

— Rappelez-vous ce qui est en jeu. Si vous me trahissez, si *quoi que ce soit* dans cette lettre met mes plans à mal, je ferai en sorte que votre frère et vous en souffriez les conséquences. Vous m'êtes redevable. Ne l'oubliez pas !

— Comment pourrais-je l'oublier ? murmura l'homme.

Alors qu'Angelo partait, l'homme lui lança :

— Et vous me donnerez ce que j'ai demandé ?

Angelo regarda en arrière.

— Quand nous aurons la Pierre, vous aurez tout ce que vous voudrez.

L'homme le regarda s'éloigner.

— Ça aura été long à venir, souffla-t-il entre ses dents.

8

Le quartier vénitien, Acre

12 mars 1276 après J.-C.

La porte s'ouvrit en grinçant trop fort. Will jeta un coup d'œil à travers la galerie vers le hall d'entrée désert. Des voix affaiblies lui parvenaient de la cuisine tandis qu'Elwen pénétrait dans le réclusoir et le faisait entrer à sa suite.

Le soleil illuminait la pièce, avec ses murs blanchis à la chaux et plusieurs miroirs ovales aux cadres argentés qui reflétaient la lumière aux quatre coins. Dans la pièce principale, une table et un banc étaient disposés près de l'âtre. La table débordait de papiers et une robe de soie bleue et un bonnet étaient accrochés à une perche à côté. En apercevant la robe, Will crut un instant que quelqu'un se tenait là et son estomac, déjà noué par l'anxiété, se retourna. Une porte menait à une autre pièce, occupée par un lit. La couverture du lit était d'un tissu et d'une conception extravagants : du damas prune tissé de fils d'or. Dans le reste de la chambre, les étoffes étaient tout aussi somptueuses : les draperies aux fenêtres, les coussins sur les sofas, une tenture fixée à côté de l'âtre, tout prêtait un air majestueux et sensuel aux deux pièces qui sans cela auraient paru toutes simples. Will sentit une délicate odeur de fleurs et remarqua une coupelle remplie de pétales séchés sur la table à côté du sofa. C'était sans doute la femme d'Andreas qui l'avait posée là. En dehors des papiers en désordre sur la table, l'endroit était tenu avec un soin tout féminin, un ordre délicat qui était bien moins austère que la netteté militaire à laquelle il était habitué. Il se souvint de sa mère arrangeant les fleurs dans la cuisine de son enfance en Écosse, sa petite sœur Ysenda accrochée à ses basques.

Elwen se dirigea vers le fauteuil près de la fenêtre. Elle se retourna en constatant que Will ne la suivait pas.

— Qu'est-ce qu'il y a ?

— On ne peut pas aller dans ta chambre ?

— À moins que tu veuilles la partager avec une domestique malade.

Ôtant la coiffe blanche qui couvrait ses cheveux, Elwen libéra une masse de boucles blondes et cuivrées. Puis elle s'assit et se pencha pour enlever ses chaussures, ce qui fit descendre le décolleté de la robe et offrit à Will une vue plongeante sur la peau pâle blottie entre ses seins. Le teint hâlé et couverte de taches de rousseur l'été, elle était aussi blanche que du marbre pendant l'hiver.

— Ne t'inquiète pas, le rassura-t-elle avec un sourire tout en croisant ses longues jambes sous elle.

— Andreas est au magasin ?

Elwen fit rouler ses yeux et tapota le coussin à côté d'elle.

— Et Besina et les filles sont au marché ?

— Tu le sais bien, dit Elwen en l'étudiant d'un air perplexe. Pourquoi t'intéresses-tu tant à eux, soudainement ? C'est à cause de la pièce ? demanda-t-elle en regardant autour d'elle. Tu es déjà venu ici, pourtant.

— Et j'étais déjà inquiet, répondit Will d'un air entendu.

S'approchant d'elle, il déboutonna la cape noire qui dissimulait son surcot blanc et la posa sur un siège avant de s'asseoir à côté d'elle, remarquant la blancheur absolue de sa robe dans la lumière du soleil.

— C'est risqué, fit-il.

— C'est risqué depuis que nous avons seize ans, Will... Qu'est-ce qui ne va pas ?

— Rien. Juré, ajouta-t-il en voyant qu'elle le regardait toujours d'un air soupçonneux, ses yeux vert pâle légèrement plissés.

Il avait envie de tendre la main et d'adoucir ses traits du bout des doigts. Sur eux, il voyait le temps passer.

— C'est juste que, depuis l'arrivée du grand maître, nous faisons tous bien attention à suivre la Règle. Tout le monde veut lui faire bonne impression, fit Will en grimaçant. Tu devrais voir les soupers que les cuisiniers préparent. Du sanglier sauvage cuit avec des pommes, du riz safrané, des douceurs au sucre et au miel.

— Je croyais que tu voyais plus grand, répondit sèchement Elwen tout en continuant à sourire. Alors, il te tient occupé ?

— Plutôt, oui. C'est pour ça que je ne suis pas passé depuis un moment. Je n'en ai pas eu le temps.

— En fait, moi non plus, dit Elwen en lissant avec un soin affecté sa robe. On m'a confié un nouveau travail plus intéressant.

— Un nouveau travail ?

— Depuis que le doge de Venise est devenu l'un des patrons d'Andreas, la demande pour sa soie s'est accrue et Tusco passe la majorité de son temps au magasin à Venise ou à organiser les transports. Andreas entraîne Niccolò à prendre en charge les navires.

En dehors de Catarina, dont il avait fait la connaissance par accident, Will n'avait jamais rencontré les fils d'Andreas, ni le reste de la famille dont il avait tant entendu parler. Il savait néanmoins que Niccolò s'intéressait à Elwen. Elle lui avait dit une fois, en riant, que le jeune Vénitien était venu une fois dans sa chambre en secret, avec des fleurs, la demander en mariage. Will savait pourquoi elle le lui avait raconté : pour lui rappeler qu'elle était désirable et qu'elle n'était pas encore à lui. Et ça avait marché. Désormais, dès qu'elle mentionnait Niccolò, il sentait le dard de la jalousie se planter en lui, et il lui arrivait d'être démangé longtemps après la piqûre initiale.

— Ce qui veut dire qu'Andreas a moins de monde pour le seconder au magasin, poursuivit Elwen. Il a besoin de quelqu'un pour l'aider à tenir les comptes, et les affaires n'intéressent pas Elisabetta et Donata. D'autant qu'il a déjà un prétendant en vue pour Elisabetta et que Donata aura bientôt quatorze ans.

Elwen s'interrompit un instant, un léger sourire aux lèvres.

— Il m'a dit qu'il me considérait de la famille et je suis déjà si impliquée dans les affaires que le choix lui a paru naturel.

— J'en suis ravi pour toi.

Will savait qu'elle travaillait dur pour le Vénitien. Lorsqu'elle était au palais du roi à Paris, où elle servait comme dame de compagnie de la reine, Elwen n'avait pas eu à se soucier de sa situation de demoiselle ; elle avait un toit et on la payait bien. Mais ce filet de protection lui avait été retiré, elle était indépendante et sa position était bien plus délicate. Peu de corporations encourageaient la présence des femmes, en dehors de la manufacture de tissu, de la brasserie et de petits métiers manuels tels que lingère ou bonne. Ce nouveau travail démontrait qu'elle était devenue irremplaçable à Andreas et à la marche de ses affaires ; ce qui confortait sa place. Sans lui, son existence en Acre aurait pu être difficile. Avec toutes les femmes qui voulaient échapper à la prison du mariage forcé et venaient en Orient en quête de liberté et d'indépendance, il n'y avait rien d'étonnant à ce qu'on comptât en ville une prostituée pour cinq hommes.

— Merci, fit Elwen en triturant le bonnet sur ses genoux. Mais ça signifie que je vais devoir travailler encore plus dur. Nous aurons moins de temps pour nous voir.

Elle le fixait.

— Ça m'est égal, tant que tu es heureuse.

Elle leva les sourcils et détourna les yeux. Will se mordit les lèvres en se demandant ce qu'il venait de dire. Il soupira profondément.

— D'ailleurs, moi aussi je suis monté en grade depuis que nous nous sommes vus. Le grand maître m'a fait commandeur.

Elwen se tourna vers lui.

— Commandeur ?

— Je suis aussi surpris que toi. Il m'a convoqué il y a deux semaines pour que je lui fasse mon rapport sur mes découvertes concernant l'attaque. Et il me l'a annoncé à la fin de notre entrevue.

— Ton rapport devait être bon, dit Elwen avec une pointe de sarcasme dans la voix. Tu as trouvé qui voulait le tuer ?

— Pas encore. Tout ce que nous savons, c'est que l'assaillant est italien. J'ai donc discuté avec les consuls de Venise, Pise et Gênes pour leur demander de mener leur propre enquête. Le consul vénitien m'a davantage aidé que les autres, mais même lui n'a rien trouvé sur notre homme, dit Will en haussant les épaules avec lassitude. Le problème, c'est qu'ils se méfient tous des hommes qui ne viennent pas de leur quartier. Nous vivons peut-être dans la même ville, mais avec les murs que nous bâtissons pour nous séparer les uns des autres, nous pourrions aussi bien vivre dans des pays étrangers. J'ai proposé au grand maître d'offrir une récompense pour toute information qui mènerait à la découverte de l'identité de son agresseur. Il a accepté. Nous avons envoyé des hérauts à travers la ville.

— J'ai entendu Niccolò en parler l'autre jour.

— Bien, fit Will, satisfait. Au moins, le message est passé.

Il se gratta la barbe, une habitude qu'il avait prise depuis quelque temps lorsqu'il était préoccupé.

— J'espère que quelqu'un se présentera bientôt. Je n'ai pas d'autre idée et je ne veux pas que le grand maître pense qu'il a commis une erreur en me promouvant.

Elwen saisit sa main et la retira de son menton.

— Arrête de te gratter comme ça, dit-elle doucement en secouant la tête. Tu as fait de ton mieux et il t'a récompensé. Cesse de te flageller, Will. Chaque fois qu'il t'arrive quelque chose de bien, tu te demandes quand on va te le retirer.

Tandis qu'il la regardait, Elwen devina ses pensées. Le jour où il avait été fait chevalier, il avait perdu son père, et elle-même. Tout en se maudissant, elle poursuivit :

— Tu ne peux pas tout réussir à la perfection. Tu essaies toujours de faire plaisir à tout le monde et c'est louable, mais tu dois aussi apprendre à te détendre.

— Écoute, répondit Will en lui serrant la main, je suis venu pour te voir, pas pour parler de mes frustrations. On peut recommencer depuis le début ?

Leurs deux mains étaient maintenant nouées. Elwen s'approcha de lui.

— On ne recommence rien du tout.

Will ferma les yeux tandis qu'elle se penchait pour l'embrasser. Il sentit ses lèvres effleurer les siennes avec une douceur telle que c'en était douloureux. Puis leurs bouches se collèrent l'une à l'autre. Il passa le bras autour de sa taille et la guida sur lui jusqu'à ce qu'elle l'enjambe, sa robe blanche remontant pour dévoiler ses cuisses. Mon Dieu, que de temps s'était écoulé depuis la dernière fois où ils s'étaient vus ! Ils s'écartèrent et Elwen planta ses yeux dans les siens, ses doigts traçant des sillons dans ses cheveux, sur sa nuque, jusqu'à son cou où palpitait une veine bleue.

— Tu m'as manqué, murmura-t-elle, puis elle l'embrassa pour qu'il ne voie pas les larmes qui lui venaient.

Les mains de Will remontèrent le long de ses cuisses pour lui étreindre à nouveau les hanches, mais Elwen saisit l'une d'elles et la pressa contre ses cuisses, sous les plis de sa robe. Ils sentirent les battements de leurs cœurs s'accélérer. Will caressa le creux de ses reins en l'écrasant contre lui tandis qu'elle se cabrait et l'embrassait dans le cou. Sa peau était brûlante. Étourdi de plaisir, il ouvrit à demi les yeux. Par-dessus l'épaule d'Elwen, il aperçut quelqu'un qui les épiait par la porte entrebâillée. Ce fut comme si on lui jetait une bassine d'eau glacée à la figure.

— Jésus !

— Quoi ? fit Elwen en se relevant soudain.

Elle suivit son regard et vit Catarina qui se tenait là. S'écartant sur-le-champ de Will, Elwen ajusta sa robe à la hâte et avança pieds nus vers la fillette. Elle prononça quelques mots en italien que Will ne comprit pas, puis la fit sortir de la pièce. Will était debout et il arrangeait son surcot froissé. Il entendit Catarina glousser et le mot *bisou.*

Un instant plus tard, Elwen réapparut.

— Qu'est-ce que tu fais ? demanda-t-elle en le regardant ramasser sa cape.

— Je sors de la chambre de ton maître avant que sa femme ne m'y trouve, que tu ne perdes ton travail et moi mon manteau, souffla-t-il en jetant sa cape sur ses épaules.

— Calme-toi, Will, dit Elwen en s'approchant de lui. Besina n'est pas revenue. Catarina ne l'a pas accompagnée au marché aujourd'hui. Je lui ai dit de jouer à l'étage mais elle a dû te voir entrer.

— Et si elle en parle à son père ? demanda Will, que son ton désinvolte n'apaisait pas. Tout allait bien tant qu'elle ne nous avait pas découverts, mais maintenant ? Si quelqu'un au Temple apprend que je…

— Ils ne le sauront pas, le coupa Elwen. Et ce n'est pas comme si personne n'était au courant pour nous deux.

— Robert et Simon savent, répondit vivement Will, mais ça fait des années et aucun d'eux ne me dénoncera.

— Everard aussi.

— Everard ne remarquerait même pas si tu te promenais toute nue dans la cour de la commanderie. Il ne s'intéresse qu'à son travail.

Elwen eut un sourire mutin en imaginant la scène.

— Je parie que si.

— Elwen, c'est sérieux. Avec Catarina qui rôde alentour, nous n'avons aucune intimité.

— Si nous étions mariés, nous aurions une maison, répondit-elle. Nous n'aurions pas à nous retrouver à des moments précis, quand tout le monde est absent. Je n'aurais pas à acheter le silence des bonnes avec des cadeaux et à laisser un drap pendre à ma fenêtre pour te prévenir quand il y a quelqu'un, et je ne me demanderais pas ce qui a bien pu se passer quand tu ne viens pas.

Will soupira.

— Tu sais que ce n'est pas possible.

Ils se regardèrent un moment en silence. Elwen serra les lèvres, puis secoua la tête.

— Je ne voulais pas que ça se passe comme ça aujourd'hui.

Will la regarda se diriger vers la table et en ouvrir un tiroir. Elle en sortit une bourse en cuir.

— Ouvre ta main.

— Elwen…

— Fais-le, insista-t-elle.

Il s'exécuta et Elwen secoua la bourse au-dessus de sa paume. S'en échappa une lourde chaîne en argent avec un petit disque attaché que Will retourna. Sur sa face était gravé un homme écrasant un serpent sous son pied.

— C'est saint Georges, expliqua-t-elle tandis qu'il le levait en pleine lumière pour le détailler.

— Il est magnifique, fit Will en relevant les yeux vers elle. Qu'est-ce que j'ai fait pour le mériter ?

— Quand je l'ai vu, j'ai eu envie de te l'offrir, fit-elle en haussant les épaules. Pour fêter mon nouveau travail.

— Je n'ai rien à t'offrir.

— Ce n'est pas le but d'un cadeau.

Elwen prit la chaîne et en ouvrit le fermoir. Will resta immobile pendant qu'elle se dressait sur la pointe des pieds pour le lui attacher. Le disque en métal était froid contre son cou.

— C'est pour te rappeler qu'il est toujours là pour veiller sur toi. Ce n'est qu'une babiole.

Pour Will, la douceur du cadeau était teintée d'amertume et de culpabilité. Ce n'était pas qu'une babiole. Elwen en connaissait la signification. Il lui avait raconté qu'il avait trouvé la statue du saint patron du Temple brisée dans la chapelle de Safed et qu'elle avait fini par symboliser pour lui l'enterrement de son père ; quelque chose de cassé, mais aussi d'achevé. Il aurait voulu avoir quelque chose à lui offrir en retour, autre chose que sa manière frénétique de faire l'amour lorsqu'ils en avaient l'occasion. Mais il avait peur qu'elle ne le prît comme une rétribution.

— Merci, murmura-t-il.

Elle baisa doucement ses lèvres, la passion ayant reflué et cédé la place à la tendresse. Will la serra brièvement contre lui.

— Ce sera mieux la prochaine fois, dit-il en la quittant. Je te le promets.

Quand il fut parti, il emprunta la rue des négociants en vin qui menait aux portes du quartier. La rue était à peine assez large pour qu'il passe, envahie comme elle l'était par des marchands, des hommes dirigeant avec impatience des ânes qui brayaient et des charrettes à bras remplies de barriques et de nourriture. Des femmes édentées et des enfants au visage couvert de crasse tendaient leur main au flot infini des passants et des hommes assemblés sur le seuil des boutiques, discutant les marchandises, les prix et leurs arrangements. Pendus à des cordes de chanvre tendues entre les maisons comme des bannières de fête, des vêtements séchaient tandis que quelques cochons fouissaient les détritus et les excréments dont la rue était parsemée. L'odeur rassurante du pain frais venant d'un four banal se mélangeait au parfum écœurant du haschich et aux arômes puissants du vin. Will avait l'impression de traverser un océan de sons et d'odeurs tout à la fois engageants, délétères et repoussants.

Tout en marchant, il passa mentalement en revue les affaires dont il devait s'occuper dans l'après-midi. En un sens, c'était une bénédiction que son entrevue avec Elwen ait été écourtée. Avant les vêpres, il devait vérifier auprès des hérauts que la nouvelle de la récompense avait été répandue dans tous les quartiers. Il lui faudrait ensuite faire son rapport au maréchal et au grand commandeur, après quoi il essaierait de voir Everard. Les affaires dont le grand maître l'avait chargé l'avaient empêché de parler au prêtre depuis plusieurs jours. La dernière fois qu'il l'avait vu, Everard était rongé par ses inquiétudes au sujet du roi Édouard. Will ne lui avait pas été d'un grand secours, sauf en lui annonçant qu'il avait bien écrit à Garin. Il n'y avait pas grand-chose de plus à faire. Il faudrait des mois pour que la lettre parvienne en Angleterre.

Will atteignait le bout de la rue lorsqu'il sentit une pression sur sa cape. Il fit volte-face, persuadé d'avoir affaire à un vide-gousset, mais sa main empoigna un petit garçon. Celui-ci poussa un cri en sentant la main de Will agripper sa tunique élimée et le soulever de terre. Will allait le relâcher quand il réalisa avec stupeur qu'il le connaissait.

— Tu étais sur les quais, grogna-t-il en le tenant fermement. Le jour où le grand maître a été attaqué.

Will ignora les exclamations d'énervement et les grognements de tous ceux qui devaient maintenant les contourner pour avancer. Quelqu'un lui dit de laisser cet enfant tranquille, mais sans prendre la peine de s'arrêter.

— Lâchez-moi, cria le garçon dans un latin approximatif. Vous me faites mal !

— C'est hors de question. Tu vas encore t'enfuir.

— Non ! Je veux parler avec vous ! Ça fait des heures que je vous suis.

Will le fixa un instant avant de le reposer et de le tirer par le bras hors de la foule. Juste avant les portes, il s'engouffra dans une allée étroite. Elle était déserte.

— Qu'est-ce que tu faisais sur les quais, ce jour-là ? demanda Will en tournant le garçon face à lui.

Sa tête se pencha avec un air lamentable. Will l'étudia. Il était squelettique et il avait des poches sous les yeux. Il paraissait affamé et ses vêtements effilochés semblaient ne tenir ensemble que par miracle : une bonne rafale de vent et il se retrouverait tout nu.

— Quel est ton nom ? dit-il plus doucement.

— Luca, répondit le garçon en reniflant et s'essuyant le nez du revers de la main.

— Pourquoi me suivais-tu, Luca ?

— J'étais devant le Temple, ce matin. Je voulais entrer, mais je vous ai vu. Alors, je vous ai suivi. Quand vous êtes entré dans cette maison, j'ai attendu. Je...

Luca blêmit mais il poursuivit quand même.

— Je voulais vous dire quelque chose.

— Sur l'homme qui a essayé de tuer le grand maître ?

— Ce n'était pas sa faute, fit Luca en levant les yeux. Il n'avait pas le choix.

Ses yeux étaient pleins de larmes.

— Qui n'avait pas le choix ?

— Mon frère, Marco. Il voulait s'occuper de ma mère et de moi. Mais maintenant il est mort et Sclavo n'a pas payé et ma mère va encore plus mal qu'avant. Je lui ai dit qu'il est parti chercher du travail. Je ne peux pas lui dire qu'il est mort.

— Qui est Sclavo ? demanda Will, tout ouïe.

— Il est méchant, fit Luca avec l'air d'être en colère. Je voudrais qu'il soit mort lui aussi, pour ce qu'il a fait.

— Ce Sclavo a payé ton frère pour attaquer le grand maître.

Luca hocha la tête.

— Pourquoi voulais-tu venir à la commanderie nous en parler ? demanda Will en devinant la réponse.

— J'ai entendu parler de la récompense, avoua Luca à voix basse.

À travers ses larmes, Will sentait aussi de la méfiance.

— Je dois acheter des potions à ma mère.

— Je comprends, fit Will en observant quelques instants le garçon. Comment connais-tu le latin ?

— C'est Marco qui m'a appris, marmonna Luca. Il m'a dit que je devais apprendre pour avoir un meilleur travail que lui, peut-être devenir clerc ou quelqu'un d'important.

Will lui sourit, puis hocha la tête.

— Je te donnerai la récompense si tu me dis où trouver Sclavo.

— Oh ! dit Luca, visiblement stupéfait par la facilité avec laquelle s'était conclue la transaction. Il habite le quartier génois, dans la vieille partie. Il a une taverne là-bas. Tout le monde l'appelle le Sarrasin.

9

La citadelle, Le Caire

12 mars 1276 après J.-C.

Baraka grimpa sur les blocs de pierre tombés à terre et pénétra dans la pièce la plus basse de la tour. Son nez le démangeait à cause des couches de poussière en suspension dans l'air. La veille, un tremblement de terre avait provoqué l'effondrement de la partie supérieure de la tour d'angle, que les maçons trouvaient déjà fragile. Des gravats avaient dévalé les escaliers depuis tout en haut pour se répandre au sol, bloquant l'ouverture de l'autre côté. Le séisme avait causé peu d'autres dommages à la citadelle, en dehors de quelques maisons à Fostat, qui s'étaient écroulées en tuant au moins cinquante personnes. Les maçons viendraient plus tard dans la journée pour constater les dégâts et commencer les réparations. Baraka scruta la pièce vide, puis regarda en direction du passage voûté en partie obstrué par lequel il était arrivé. Il menait à un autre, plus étroit, qui coupait à travers la muraille extérieure, perforée de meurtrières. Le passage était noyé dans une obscurité que ses yeux ne parvenaient pas à percer. Entendant crier à l'extérieur, Baraka revint prudemment à l'entrée de la tour et jeta un œil dehors, la lumière du soleil l'éblouissant.

Près de la tour du côté opposé de la muraille, derrière une rangée d'arbres, deux gardes mamelouks tiraient un homme sur la terre broussailleuse. Il hurlait et se débattait, ce qui lui valut un coup de poing dans les côtes de la part d'un des soldats. Après quoi il s'affala dans leurs bras et ils le traînèrent jusqu'à une large grille en bois fixée au sol. Deux autres gardes mamelouks qui se trouvaient là se penchèrent et tirèrent sur une corde attachée à la grille. Celle-ci s'ouvrit dans un grincement, révélant des ténèbres impénétrables. L'homme se réveilla soudain, horrifié, et hurla à l'intention de ses gardes, la tête rejetée en arrière :

— Je suis innocent ! *Innocent !*

Les deux gardes qui le tenaient le jetèrent sans plus de cérémonie dans le trou où il disparut, son cri s'évanouissant comme un écho. Les deux autres Mamelouks relâchèrent la chaîne et la grille retomba lourdement.

Dans l'ombre fraîche de la tour, Baraka frissonna. Avant, il lui arrivait de faire de mauvais rêves à propos des oubliettes de la citadelle. La grille s'ouvrait et il était incapable de s'arrêter, il s'approchait de plus en plus, jusqu'à ce que la terre se dérobât sous ses pieds et qu'il tombât, sans fin. L'un de ses amis, au courant de sa peur, avait pris un malin plaisir à lui décrire les conditions de vie à l'intérieur de la prison, une caverne taillée dans la roche qui descendait à vingt mètres de profondeur. C'était un endroit effrayant, peuplé de fous et d'assassins, de voleurs et de violeurs. Ils s'agitaient dans les ténèbres, assaillant bave aux lèvres les jeunes et les faibles jetés dans leur repaire de boue et de crasse inimaginables, où les chauves-souris pendaient du plafond en grappes traversées de convulsions. L'ami de Baraka avait fait allusion à un garçon emprisonné pour avoir volé du pain, et qui avait été dévoré vivant par ces captifs faméliques.

Baraka fut soudain tiré de sa sombre rêverie par un bruit dans son dos. Khadir se glissait dans la pièce en sautant furtivement par-dessus les pierres. Baraka croisa les bras, son surcot émeraude et jais – assorti à son turban – épousant les formes de sa poitrine.

— Je finissais par croire que tu ne viendrais plus.

— Pardonne-moi, maître, dit Khadir d'une voix obséquieuse, mes jambes ne me portent pas aussi vite que les tiennes.

— J'attends depuis une éternité.

— Il n'y a que quelques minutes que nous sommes convenus de nous retrouver ici.

— Je ne te parle pas de ça, le coupa Baraka. J'attends depuis une éternité que tu m'expliques ton plan. Ça fait presque deux mois. Tu as dit que tu savais comment faire en sorte que mon père me prenne en considération. Tu as dit qu'il faudrait que je déclenche une guerre.

— Ah, oui ! fit Khadir en hochant la tête d'un air solennel. Mais nous devons encore attendre quelqu'un.

Baraka toussa tandis que Khadir dissimulait un sourire. Le jeune homme commença à faire les cent pas et jura en trébuchant sur des décombres. Un instant plus tard, un homme apparut dans le passage voûté. Baraka le fixa d'un air alarmé, la culpabilité lui faisant monter le rouge aux joues, son esprit, à la recherche d'une explication valable à sa présence dans cette tour déserte avec le devin, était paralysé.

— Émir Mahmud, bredouilla-t-il lorsque le jeune général s'avança.

— Maintenant, nous pouvons commencer, fit Khadir, et Baraka réalisa que c'était lui que le devin attendait.

— Je ne peux pas rester longtemps, dit Mahmud en jetant un coup d'œil au-dehors pour vérifier qu'il n'y avait personne dans la cour.

— Qu'est-ce qui se passe ? demanda Baraka, que la présence du puissant général rendait nerveux.

Mahmud regarda vers Khadir.

— Vous ne lui avez pas expliqué ?

Khadir était plus petit que le général d'une cinquantaine de centimètres, mais Mahmud recula d'un pas lorsque le vieillard s'approcha de lui.

— Je voulais être certain d'avoir votre soutien avant de le faire devant le garçon.

Baraka était irrité d'entendre parler de lui comme s'il n'était pas là, mais il retint sa langue, impatient de savoir ce que les deux hommes voulaient dire.

— L'émir Mahmud a accepté de nous prêter assistance, dit Khadir en se tournant vers Baraka. Lui aussi voit bien que notre maître ne sait plus après quoi il court.

— Je vous aiderai, dit Mahmud à Baraka, mais mon rôle dans cette affaire doit rester secret. Vous comprenez ?

— Bien entendu, il comprend, siffla Khadir, ce n'est pas un enfant. Un jour, il sera ton sultan !

Les joues de Baraka rosirent à nouveau, mais de fierté cette fois. Enhardi, il planta ses yeux dans ceux de Mahmud.

— Ce que veut dire Khadir, je pense, c'est que je mérite un peu plus de respect, émir.

— Mes excuses les plus sincères, mon prince, murmura Mahmud en jetant un regard noir à Khadir.

— Ton impudence est pardonnée, dit Baraka, cette soudaine autorité lui procurant un frisson de plaisir.

Il aurait voulu en dire plus, peut-être faire s'agenouiller devant lui le général, mais Khadir reprit la parole avant qu'il en ait le temps.

— En Palestine, près de la cité d'Acre, il y a un village, mon prince, dit le devin. Un repaire d'espions francs. Ils pistent nos soldats et rapportent leurs mouvements aux chefs des Infidèles en Acre.

Baraka haussa les épaules avec indifférence.

— Ça arrive tout le temps. Nous-mêmes avons des espions et des émissaires en Acre qui nous font part des actions des chrétiens, n'est-ce pas ?

— C'est vrai, fit Khadir en hochant respectueusement la tête. Nous en avons.

— Votre père nous a fait un rapport à ce sujet, fit Mahmud en interrompant Khadir. Mais il refuse de s'en occuper, il dit qu'il veut se concentrer sur ses plans pour l'Anatolie avant de s'attaquer aux chrétiens. En signant le traité de paix, nous avons accepté que les Francs conservent les quelques possessions qu'il leur reste. Ce village fait partie de cet accord. L'attaquer constituerait une déclaration de guerre.

Le visage de Mahmud se tordit d'impatience face à l'expression vide de Baraka.

— Si leur village est mis à sac, les Francs seront obligés de riposter.

— Pas simplement mis à sac, le corrigea Khadir, il faudra plus pour embraser les chrétiens d'une sainte rage. Ce doit être un *massacre.*

Le dernier mot, Khadir le prononça avec tendresse, comme s'il s'était agi du nom de sa bien-aimée.

— Leurs hommes doivent être mis en pièces, les femmes souillées et les enfants réduits en esclavage. Nous devons les *provoquer.*

Baraka eut enfin l'air de comprendre, puis il secoua la tête.

— Quoi que nous fassions, les chrétiens ne nous attaqueront pas. Ils en sont incapables. Leurs forces sont insignifiantes comparées aux nôtres. Même si vous décidiez mon père à détruire le village, ça ne déclencherait aucune guerre.

— Ton intelligence m'éblouit, fit Khadir en lui adressant un rictus qui se voulait un sourire. Mais nous ne voulons pas qu'ils nous attaquent. Nous voulons qu'ils réagissent en proportion. Œil pour œil, glousse-t-il. C'est ce qu'ils voudront faire.

— Ils se tourneront sans doute vers nos émissaires en Acre, expliqua Mahmud à Baraka. À l'abri dans leur forteresse, là où nous ne pouvons pas les atteindre. Ils demanderont à Baybars une compensation, vraisemblablement qu'on relâche des prisonniers chrétiens, peut-être même qu'on leur rende certains territoires, en se servant de nos émissaires comme otages. Le sultan refusera et les chrétiens, avec leur arrogance et leur rage, tueront sans doute nos hommes.

— Comment pouvez-vous être sûr que mon père refusera ?

— Il a rarement accédé à leurs requêtes par le passé, répondit Mahmud avant que Khadir ait eu le temps de répondre. Et il y sera d'autant moins enclin que l'attaque sur le village ne sera pas de son fait. Car ce n'est pas lui qui donnera l'ordre. Il s'est déjà très bien fait comprendre, il ne fera pas une chose pareille. Il faut l'arranger pour lui.

— Mais seul mon père, ou l'un de ses émirs, peut...

Baraka fronça les sourcils en scrutant Mahmud.

— Vous allez ordonner l'attaque ?

— Non, répondit vivement Mahmud. Comme je l'ai dit, mon rôle doit rester secret.

— Nos soldats doivent penser que l'ordre vient de Baybars. Un message sera envoyé en son nom, avec son sceau apposé. Vous en faites votre affaire ? demanda Khadir à Mahmud.

— Ce sera fait ce soir.

Khadir frappa de joie dans ses mains.

— Nous allons armer l'arbalétrier, dit-il en se tournant vers Baraka. Et c'est *toi* qui placeras le carreau.

— Comment cela ?

— Quand le sultan apprendra qu'un ordre a été donné en son nom et en utilisant son sceau, il fera mener une enquête, expliqua Mahmud avec calme. On ne doit pas découvrir que Khadir ou moi-même sommes impliqués. Selon toute probabilité, nous serions emprisonnés ou exécutés.

— Tu dois lui dire que c'est toi, fit Khadir en le regardant.

Le simple fait d'y penser remplit Baraka de terreur.

— Je ne peux pas ! Ça le mettra dans une telle *colère* !

— Tu lui expliqueras tes raisons, insista Khadir d'une voix caressante. Tu lui diras comment tu as étudié la situation, tout ce que tu sais sur ses victoires contre les Francs. Tu lui raconteras que tu as entendu les rapports sur les espions et que tu as voulu l'aider. D'autres affaires l'occupaient et ton seul but était de l'aider, de lui montrer que tu n'es plus un petit garçon.

— Je ne peux pas, répéta Baraka, les yeux tournés vers l'entrée de la tour, regardant, au-delà de la rangée d'arbres, la grille du donjon. *Je ne peux pas.*

— Alors il ne te prendra jamais au sérieux ! glapit Khadir, ce qui fit sursauter Baraka, avant de reprendre sur un ton adouci : Je l'ai *vu*. Si tu ne fais pas ce que je te propose, il ne te fera jamais confiance et quand tu deviendras sultan, personne ne te respectera, personne ne te suivra.

Baraka essaya d'avaler sa salive mais il avait la bouche sèche. Ces mots ressemblaient tellement à ceux qui se bousculaient dans son esprit, causant son tourment...

— Je...

— Vous êtes son héritier, intervint Mahmud d'un ton ferme. Vous seul pouvez endurer son courroux sans risquer de punition. Quand les chrétiens riposteront à notre attaque après que Baybars aura rejeté leurs demandes, le sultan sera obligé de réagir. Les autres généraux et moi-même nous en assurerons. Tant que les Francs ne nous causent aucun mal, votre père peut les oublier mais, une fois l'équilibre rompu, son gouvernement ne pourra plus brandir l'excuse de l'absence de menace des Francs pour nous calmer. Vous voyez certainement qu'il n'y a pas de meilleur moyen ? Khadir m'a dit que vous compreniez notre besoin de chasser les Infidèles de nos terres.

Mahmud avait prononcé ces dernières phrases d'une voix insidieuse. Baraka regardait les deux hommes et leurs yeux, sombres et clairs, qui le sondaient. Il avait l'impression de rapetisser sous leurs regards d'adultes, il sentit sa nouvelle autorité lui échapper. Nous savions que tu n'aurais pas le courage d'agir, disaient ces visages. Après tout, tu n'es qu'un enfant.

— Je le comprends, répondit-il sans réfléchir, s'agrippant à son reste de prestige et désireux d'avoir leurs faveurs. Très bien, je le ferai.

Mahmud le scruta un instant puis hocha la tête, l'air satisfait, avant de se tourner vers Khadir :

— Je vais préparer l'ordre d'attaquer.

Tandis que Mahmud sortait par le passage voûté, Khadir sourit à Baraka.

— Tu t'es trouvé un allié aujourd'hui. Un allié puissant. Mais tu dois tenir ta langue jusqu'à ce que l'heure soit venue.

— Comment saurai-je que c'est le cas ?

— Quand nous serons en guerre avec les chrétiens, répondit Khadir en gloussant.

Puis il reprit un air solennel.

— Je te guiderai. Pour le moment, nous devons attendre et voir quels fruits *tous* nos petits arbres vont porter.

Baraka fronça les sourcils et Khadir lui sourit, un doigt sur les lèvres.

— Tout, absolument tout, vient à point...

Aisha traversait les couloirs comme un fantôme, inclinant sa tête au point de presque toucher du menton sa modeste robe tandis qu'elle passait devant les gardes mamelouks et leurs capes brillantes, les administrateurs, les généraux et les esclaves. Elle tenait un seau en bois et plaçait subrepticement sa paume dessus chaque fois que le tas de linge qu'il contenait commençait à s'agiter. Quelques gardes la suivirent du regard, mais aucun ne l'interpella pour lui demander ce qu'elle fabriquait et elle put se rendre sans encombre dans une partie plus calme de la citadelle.

Là, la solitude était un baume après le vacarme constant du harem. Empruntant des passages coupant à travers les murs extérieurs entre deux tours, Aisha parvint à un petit réduit, un ancien poste de garde ou une réserve de nourriture désaffectée, avait-elle pensé en le découvrant. Agenouillée dans la pénombre, elle posa le seau à terre et déplia lentement les linges. Un petit museau brun tout renfrogné lui jeta un regard accusateur en s'extrayant des draps.

— Je suis désolée, murmura-t-elle en laissant le singe grimper sur son bras et se percher sur son épaule.

Puis il poussa quelques cris et elle lui donna une figue pour le calmer. Elle s'assit dos au mur et se détendit en regardant le singe manger. Elle ne lui avait toujours pas donné de nom. Ce qui l'avait contrariée un temps, comme si ça signifiait qu'il ne lui appartenait pas ou qu'elle ne le connaissait pas vraiment. Mais maintenant, elle aimait qu'il n'eût pas de nom. Ça lui donnait une autonomie. Il s'appartenait à lui-même et n'avait pas besoin de marque de propriété. Le singe émit un petit bruit, comme un gazouillement, et elle lui caressa la tête. Le séisme l'avait angoissé. Au grand dégoût de Nizam, sa belle-mère, Aisha l'avait gardé au lit avec elle la veille au soir.

— Tu partages le lit avec mon fils, lui avait reproché Nizam en voyant le singe sortir de sous les draps le matin, pas avec de la *vermine* !

Quand elle était entrée pour la première fois au harem royal après son mariage avec Baraka, abandonnant sa mère et le harem tranquille qui appartenait à son père, Aisha avait été pleine de reconnaissance pour Nizam. C'était la mère de Baraka, une femme impérieuse aux formes sculpturales et dotée d'une élégante crinière noire et d'un regard farouche. Elle dirigeait le harem et avait pris Aisha sous son aile dans ce palais où vivaient ensemble plus de cent femmes, certaines au titre d'épouse ou de concubine, mais la plupart comme esclaves. C'était un lieu plein de rumeurs et d'intrigues perverses, le règne des cliques et de la discorde où, Aisha l'avait appris à travers les commérages des filles les plus jeunes, le meurtre n'était pas rare. Les quatre femmes du sultan avaient leurs goûteuses personnelles pour les défendre contre le poison. Baybars n'était pas un sultan particulièrement porté sur l'amour et nombre de ces filles, cadeaux de divers princes et généraux désireux de l'impressionner ou de lui plaire, n'avaient même jamais vu son lit. La concurrence pour son affection était brutale entre ses épouses et celles qui voulaient obtenir un meilleur statut, devenir peut-être l'une des favorites, voire une épouse au cas où l'une des quatre viendrait à mourir.

Au début, avec sa position enviable de femme du futur sultan – celui-ci étant trop jeune pour disposer de son propre harem –, Aisha inspirait aux jeunes femmes de la suspicion et de l'antipathie. C'est elle qui portait les plus belles robes fabriquées par les esclaves, comme Nizam en avait décidé. Deux eunuques noirs étaient chargés de satisfaire ses besoins quotidiens ; ils l'escortaient aux bains communs, lui apportaient de la nourriture, des boissons et des friandises lorsqu'elle en exprimait le désir. Chaque jour, elle était baignée et massée par des femmes esclaves, Nizam l'avait ordonné, et la pilosité qui, à son grand embarras, avait commencé à se manifester était supprimée dans la douleur, avec des pinces à épiler, de même qu'on lui ponçait la peau jusqu'à ce qu'elle luise. Les premiers temps, toute cette attention la gênait. Elle éclatait d'un rire inextinguible durant les massages et protestait vertement durant les longues séances d'épilation. Mais elle avait fini tout simplement par s'en lasser et, désormais, c'était un vrai calvaire.

Nizam avait pris l'habitude de surveiller sa toilette, disant aux esclaves d'utiliser plus de savon, ce qui lui piquait les yeux, et de lui brosser les cheveux jusqu'à ce qu'elle ait le cuir chevelu à vif. Depuis son mariage,

Aisha n'était allée qu'une fois dans le lit de Baraka et elle avait conscience que Nizam la tenait pour responsable de ce que son *cher* petit garçon ne l'ait pas rappelée. Le seul bienfait qu'elle tirait de n'être plus la favorite de Nizam, c'est que quelques-unes des autres filles étaient moins froides avec elle. Seules ces amitiés naissantes, son singe et certaines de ses leçons, à savoir la poésie et la danse – elle haïssait la broderie – l'empêchaient de sombrer dans le désespoir. Sans compter les balades qu'elle s'autorisait quand Nizam était occupée, car elle pouvait s'échapper par une grille mal fixée dans l'un des bâtiments où elle prenait ses bains.

Parfois, elle pensait qu'elle pourrait s'aventurer plus loin : quitter la citadelle, aller en ville. Mais elle aurait des ennuis si elle se faisait prendre et la disgrâce qui tomberait sur son père serait telle qu'elle ne s'y osait pas. Elle était aussi terrifiée par le chef des eunuques, un Nubien colossal à la peau d'ébène chargé de punir les filles, en les fouettant ou en les exécutant, en fonction de la gravité de leur crime. La plupart des hommes esclaves étaient lents et stupides, la castration rendait leur voix aussi aiguë que celle des filles, leurs torses étaient imberbes et leurs corps étaient mous et léthargiques. Aisha les trouvait à la fois très intriguants et viscéralement repoussants. Ce n'étaient ni des hommes ni des femmes. D'une certaine façon, ce n'étaient même pas des êtres humains, juste des objets qu'on avait fabriqués, à partir de beurre ou de savon, quelque chose de souple et malléable qui se pliait à ce qu'on lui disait. Le chef des eunuques était d'une autre matière. Peut-être sa position lui donnait-elle davantage l'occasion d'exercer son esprit ou bien sa castration était-elle différente, Aisha ne savait pas. Mais il était aussi vif et dangereux qu'un serpent, et le malheur frappait inévitablement les filles qui attiraient sa colère ou l'insultaient.

Aisha reposa sa tête contre le mur, savourant le sentiment de liberté que lui procurait le silence. Au début, elle avait été soulagée que Baraka ne la rappelle pas dans sa chambre, mais depuis quelque temps il lui arrivait de se demander pourquoi il ne la faisait pas venir. Il fallait convenir que la nuit de noces avait été un supplice qu'aucun des deux n'avait envie de revivre, mais elle ne croyait pas que ce fût sa faute.

Elle s'était présentée à lui vêtue d'une robe en soie des plus simples, le visage fardé, le cou et les poignets couverts de bijoux et d'or, un puissant parfum la suivant partout. Nizam et les autres femmes lui avaient expliqué ce qu'elle devait faire, et bien qu'elle eût le cœur battant et les mains tremblantes, elle essaya. Après qu'elle était entrée, Baraka resta assis pendant ce qui lui parut une éternité, sans dire un mot, le visage pâle et l'air maussade. Ils s'installèrent côte à côte au bord du lit sur lequel étaient répandus des pétales, dans un silence si insupportable qu'Aisha, au désespoir, finit par se tourner vers lui et l'embrasser. Leurs dents s'entrechoquèrent quand ils ouvrirent la bouche et elle dut refouler l'envie de rire qui lui vint instantanément. La sensation de sa langue dans sa bouche était étrange, comme un poisson visqueux se trémoussant de manière désagréable. Il y eut un bref moment de tâtonnement inepte de sa part jusqu'à ce que, frustrée par sa maladresse, elle s'allongeât sur le lit en l'attirant. Il resta ainsi, étendu sur elle, pendant plusieurs longues minutes avant de rouler sur le côté et de quitter la chambre à grandes enjambées en claquant la porte derrière lui.

Aisha soupira et ouvrit les yeux en se demandant si elle ne devrait pas envoyer un message à Baraka. Ils pourraient parler. Nizam ne saurait pas qu'ils ne feraient que parler ; elle serait ravie et cesserait de l'accabler. Peut-être Baraka désirait-il davantage une amie qu'une épouse ? Si ça signifiait qu'elle aurait régulièrement le loisir d'échapper au harem sans craindre de se faire attraper, elle pourrait se forcer à l'apprécier. Elle se raidit en entendant des bruits de pas dans l'obscurité. Elle serra la laisse du singe et se fit toute petite, les genoux remontés contre le menton. Les bruits de pas s'accentuèrent. Glacée, Aisha essaya de ne faire qu'un avec les ténèbres tandis qu'une grande silhouette passait non loin d'elle revêtue d'un uniforme de commandant. Elle reconnut l'homme : elle l'avait vu le jour de son mariage. Elle relâcha sa prise sur la laisse du singe lorsqu'il se fut éloigné. Cependant, alors qu'elle était sur le point de partir, elle entendit un autre bruit, plus léger. Elle avait à peine eu le temps de le remarquer que déjà un autre homme traversait la pièce. Celui-là, elle le connaissait de nom, et de réputation. Elle cessa de respirer tandis que Khadir sortait du réduit, les yeux scintillant dans la lumière bleu-vert venue d'une ouverture plus loin dans le mur.

Elle attendit encore quelques instants, puis elle se leva et récupéra le seau. Ce couloir était toujours désert et elle ignorait pourquoi les deux hommes en arrivaient, mais de toute évidence elle ne pouvait y rester, c'était trop risqué. Elle allait sortir quand elle entendit encore quelqu'un d'autre arriver, cette fois d'une démarche lourde, pesante. Elle se colla au mur du réduit mais, dans la manœuvre, coinça la queue du singe. Celui-ci poussa un petit cri perçant. Les pas s'arrêtèrent. Aisha demeurait aussi immobile qu'une statue, la laisse du singe maintenue d'une main ferme tandis que celui-ci lui lacérait l'épaule. Les pas s'avancèrent, lentement. Elle aurait voulu courir, mais était trop effrayée pour bouger. Aisha s'attendait à voir le chef des eunuques, Baybars ou Nizam, si bien qu'en apercevant Baraka elle poussa un petit soupir de soulagement. Pour sa part, le prince semblait encore plus terrifié qu'elle, ses yeux sombres étaient grands ouverts sous sa frange de boucles épaisses. Pendant quelques secondes, ils se fixèrent en silence. Puis Aisha parvint à lui adresser un sourire.

— Bonjour.

Les yeux de Baraka, soupçonneux, se rétrécirent.

— Qu'est-ce que tu fais ici ?

— Je me promenais. Ta mère sait que je suis là, ajouta-t-elle, après quoi elle se maudit d'être si stupide.

Il n'aurait qu'à demander à Nizam pour découvrir qu'elle mentait. Il avait l'air encore plus soupçonneux maintenant. Elle commença à se sentir énervée rien qu'à voir son air troublé.

— Et toi, qu'est-ce que tu fais là ? rétorqua-t-elle.

— Rien qui te concerne.

Aisha perçut une certaine crainte dans sa voix.

— Tu étais avec Khadir ? demanda-t-elle, intriguée par sa propre inquiétude.

— Pourquoi ? Qu'est-ce que tu as entendu ? s'énerva-t-il en approchant d'elle.

— Quoi ?...

Baraka l'attrapa par le bras.

— Qu'est-ce que tu as entendu ?

— Lâche-moi !

Aisha se débattait pour se libérer, il lui faisait mal. Le singe poussa un hurlement et sauta de son épaule, et la laisse lui échappa des doigts.

— Je n'ai rien entendu ! cria-t-elle à Baraka tandis que le singe partait du réduit en courant le long du couloir. Laisse-moi !

Baraka la maintint encore quelques secondes, pinçant cruellement sa peau entre ses doigts, puis il la relâcha et se détourna.

Aisha le fixa des yeux en se massant le bras, qui arborerait des marques le lendemain.

— Idiot de garçon, dit-elle entre ses dents.

Baraka pivota d'un coup et lui envoya une gifle en plein visage, en y mettant toute sa force.

Le choc projeta Aisha contre le mur, où elle demeura, incapable de réagir autrement qu'en se frottant la joue et en le fixant, les yeux pleins de larmes impossibles à arrêter. Le petit sourire qui retroussait le coin de la bouche de Baraka la blessa davantage encore que la gifle, elle eut l'impression qu'il retournait un couteau à l'intérieur de la plaie. Baraka sortit en l'abandonnant là, dans le réduit.

* * *

Kalawun traversait les couloirs du palais en examinant les documents qu'il tenait à la main.

— Émir Kamal, interpella-t-il un homme qu'il croisait. Avez-vous vu le sultan cet après-midi ?

— Il visite la mosquée al-Azhar, répondit le général. Il avait peur que le séisme d'hier ne l'ait endommagée.

— Alors je le verrai à son retour. Merci.

Tandis que l'émir s'éloignait, Kalawun s'arrêta au beau milieu du couloir pour regarder l'un des documents. Les éclaireurs en Cilicie venaient d'envoyer un rapport dont il avait hâte de discuter avec Baybars. L'activité à la frontière allait dans le bon sens. Ces nouvelles arrivaient au bon moment. L'équilibre du pouvoir au sein de la cour était toujours instable depuis cet orageux conseil de guerre. Plus vite la campagne d'Anatolie serait mise en œuvre, plus les généraux réfractaires seraient contraints de s'aligner. Mais si Baybars était à la mosquée, son absence pouvait durer.

Tout récemment, il semblait être devenu obsédé par les réparations. Kalawun croyait savoir pourquoi. Reconstruire la mosquée était simple. Pierre après pierre, jusqu'à ce que la structure soit achevée. Construire un territoire était plus compliqué. Ce n'étaient que des points sur la carte, des frontières perpétuellement mouvantes. La mosquée s'élevait. Baybars pouvait la regarder chaque matin en appréciant sa contribution. Mais ses fréquentes visites avaient attiré l'attention. La semaine précédente, un opposant à la majorité sunnite, un musulman chiite, l'avait attaqué. L'homme lui avait jeté des pierres en criant le nom d'Ali avant de se perdre dans la foule. Baybars n'avait pas été blessé et on n'avait pas tardé à rattraper son agresseur, qui avait été crucifié. Mais cet épisode avait perturbé le sultan. Il s'en était défendu, cependant Kalawun le connaissait depuis trop longtemps pour ne pas s'en apercevoir. Les attaques contre sa personne et son statut s'étaient multipliées ces derniers mois, et il était peu probable que celle-ci soit la dernière.

Kalawun était sur le point de se rendre aux quartiers des administrateurs quand une silhouette grise vola vers lui à travers le couloir. Il grogna de surprise en recevant Aisha dans ses bras. Elle tremblait, le corps parcouru de sanglots. Sa surprise se mua en inquiétude. Il la prit par les épaules et la fit reculer pour mieux la voir. Elle avait les yeux rougis et gonflés. Des mèches de cheveux sortaient librement de son hijab et tombaient sur son visage couvert de larmes. Kalawun fronça les sourcils et les mit de côté pour observer la marque écarlate sur sa joue.

— Qu'est-ce que c'est ? demanda-t-il. Aisha ? Parle-moi. Qu'est-ce qui t'est arrivé ?

Son ton ferme parut la rasséréner.

— Je l'ai p... perdu, p... père, bafouilla-t-elle.

— Perdu qui ?

— Mon singe. Il s'est enfui.

— Nizam est-elle au courant que tu es sortie du harem ?

Aisha évita son regard et Kalawun poussa un profond soupir.

— Tu ne dois pas sortir sans autorisation, Aisha. Combien de fois dois-je te le dire ?

Il l'attira dans une pièce vide à proximité, puis se tourna vers elle l'air furieux mais son expression s'adoucit en voyant les larmes perler au coin de ses yeux. Il caressa la marque rouge imprimée sur sa joue.

— Qu'est-ce qui s'est passé ?

— Baraka, cria-t-elle, il m'a giflée !

— Quoi ? s'exclama Kalawun, avec l'impression soudaine d'être frappé par quelque chose de lourd, de métallique et froid.

— Il était dans l'un des couloirs près du coin nord des murs. Ceux près de la tour effondrée.

— Vous y étiez ensemble ?

Aisha secoua la tête.

— Il y était avec Khadir, je crois. Il y avait aussi un officier. Je pensais que c'était désert, dit-elle en levant vers lui des yeux honteux. J'y étais allée pour jouer.

Kalawun s'abstint de tout commentaire. Il chercha rapidement les raisons possibles à la présence conjointe de Khadir et Baraka. Pour autant qu'il sache, ils parlaient rarement ensemble. Les menaces et insinuations de Khadir, l'autre semaine, lui revinrent en mémoire et il n'en fut pas rassuré.

— Cet officier ? Le connais-tu ?

— Il portait une cape jaune. Je vous ai vus ensemble à mon mariage, avant que je vienne te parler.

— Mahmud, songea soudain Kalawun d'un air pensif. Viens. Je vais te raccompagner au harem et tu présenteras tes excuses à Nizam.

Sans laisser le temps à Aisha de protester, il ajouta :

— Ensuite, je demanderai à mes hommes de chercher Fakir pour toi.

Il vit dans les yeux de sa fille un intense sentiment de gratitude.

— Merci, père, dit-elle sans se soucier de lui rappeler que le singe ne s'appelait plus comme ça maintenant.

Et, en fin de compte, il n'y eut pas besoin d'organiser des recherches car, en arrivant au harem, ils trouvèrent le singe assis sur le lit d'Aisha, ce qui eut le don d'énerver Nizam.

Laissant sa fille, Kalawun revint vers le palais, l'esprit occupé par l'image de sa joue rougie. Il s'obligea à se concentrer pour réfléchir aux raisons que Baraka, Khadir et Mahmud pouvaient avoir de se réunir dans une partie vide du palais. Mais il fut incapable de se l'expliquer et n'aima pas le sentiment de malaise qui s'ensuivit.

— Émir Kalawun.

Kalawun vit Baybars qui traversait la cour, suivi par deux Bahrites. Il hésita un moment à évoquer tout cela avec le sultan, mais une petite voix l'en dissuada. Il valait mieux ne rien dire pour le moment.

— Seigneur, je vous cherchais. J'ai reçu des rapports de Cilicie, nous devrions nous pencher dessus.

Baybars hocha la tête.

— Voyons ça tout de suite, dit-il en ôtant ses gants en chevreau. Mais d'abord, une chose, Kalawun. Je voulais t'en parler hier, mais le tremblement de terre me l'a sorti de l'esprit. J'ai parlé avec Khadir et il m'a suggéré d'envoyer quelqu'un interroger les Assassins, maintenant qu'ils sont sous mon contrôle, afin de découvrir qui les avait payés pour me tuer.

— Seigneur, répondit Kalawun, furieux que Khadir ait passé outre ses conseils, est-ce bien sage ? Je crois que nous avons d'autres problèmes à résoudre, devons-nous utiliser des hommes et gaspiller des ressources pour ce qui pourrait se révéler une enquête sans résultat ?

— Khadir pense que Nasir serait parfait pour cette mission.

Kalawun perçut dans le ton de Baybars que sa décision était déjà prise.

— Je suppose que tu peux t'en passer ? lui demanda Baybars.

— Seigneur, fit Kalawun en hochant la tête, soumis.

Baybars l'étudia un moment.

— Je ne te le demanderais pas si je ne pensais pas que c'est nécessaire, dit-il en détournant les yeux. J'ai toujours eu trop de mal à accepter la mort d'Omar pour vouloir en connaître le fin mot. J'ai assouvi ma vengeance en prenant sous mon joug les Assassins et leur territoire. Je croyais que ça suffirait.

Son regard se reporta sur Kalawun, ses yeux bleus étaient aussi entiers et intransigeants que le ciel du désert.

— Mais les mots de Khadir ont réveillé en moi le désir enfoui depuis longtemps. Je veux savoir qui est responsable, Kalawun. Dis à Nasir de me trouver des noms, dit-il avec un sourire glacial. Maintenant, discutons de ces rapports.

Kalawun marcha en silence aux côtés de Baybars, l'esprit aiguillonné par la colère. Khadir était une vipère pis encore que ce qu'il croyait. Il n'avait jamais fait confiance au devin. Mais le vieillard s'ingérait de plus en plus dans les affaires du sultan. Et Kalawun se demanda, une fois de plus, d'où venait son intérêt pour Baraka.

Plus tard dans la soirée, Kalawun quitta la citadelle et retourna sur l'île de Rhoda, où il vivait avec sa famille et son régiment. Durant son entretien avec Baybars, son esprit avait été trop préoccupé par les détails de la campagne pour penser à quoi que ce soit d'autre. Mais en revenant vers l'île, ses pensées se tournèrent à nouveau vers la joue rougie de sa fille et le sourire sournois de Khadir.

Il emprunta le pont pour franchir le Nil, l'eau dérivant lentement sous ses pieds. En atteignant l'autre rive, il éperonna sa monture pour grimper à vive allure le chemin bordé d'arbres qui menait au palais. L'imposant édifice élevait sa masse sombre sur le ciel pourpre, les tours où logeaient les soldats Mansuriyya pointant comme des cornes sur une tête. En le voyant approcher, les gardes postés à l'entrée se redressèrent. Parvenu dans la première cour, Kalawun descendit de selle. Un domestique s'empressa de mener le cheval aux écuries.

Kalawun entendit le carillon sonner avant même d'entrer dans la cour intérieure, le son traversant les passages voûtés jusqu'à lui. Dehors, deux jeunes gens se battaient. Autour d'eux, d'autres garçons de neuf à seize ans formaient un cercle. Tous portaient des vestes en cuir par-dessus leurs courtes tuniques en laine, ainsi que des tahfifas, ces élégants turbans enroulés autour de la tête.

Leurs visages prouvaient leurs diverses origines, mais la majorité d'entre eux étaient des Turcs au teint vermeil. Parmi eux se dressait la grande silhouette élancée de Nasir. Il portait la cape bleue en soie des Mansuriyya, des bandes de tissu sur son bras indiquant son nom et son rang. Les jeunes garçons autour de lui étaient les derniers esclaves achetés pour le régiment, même s'ils s'entraînaient depuis déjà deux ans. Avec la destruction de nombreuses forteresses chrétiennes, les Mamelouks s'étaient retrouvés avec un surplus d'esclaves et la paix qui avait suivi n'avait pas diminué cette réserve. Plus on les prenait jeunes, mieux cela valait. Les garçons étaient plus faciles à entraîner que des hommes brisés arrachés à leurs familles après un siège. Impressionnables, ils se soumettaient rapidement à la sévérité du régime militaire et se convertissaient sans rechigner à l'islam ; on pouvait les modeler à volonté.

À cause des murs qui l'entouraient et empêchaient le soleil d'entrer, il faisait froid dans la cour. Les fenêtres et les chemins d'accès ressemblaient à des centaines d'yeux braqués sur les deux garçons en train de se battre. On entendit un grand *bam* quand l'un d'eux frappa au beau milieu du bouclier en bois poli, grand et rond, celui de l'infanterie, que tendait à bout de bras son adversaire.

— Halte !

Les deux garçons s'arrêtèrent, pantelants, et Nasir s'approcha.

— C'était un bon contre, Shiban, dit-il au garçon dont le bouclier arborait maintenant une nouvelle bosse.

Il tourna la tête et vit Kalawun approcher. Il s'inclina devant son supérieur et jeta un ordre sec aux garçons, qui l'imitèrent, têtes fléchies à l'unisson. Puis il désigna deux d'entre eux.

— Commencez les étirements, lança-t-il.

Et il rejoignit Kalawun, posté à quelque distance de là.

— Émir.

Kalawun s'obligea à sourire à l'officier.

— Comment se déroule leur entraînement ? Ils ont l'air de plus en plus forts.

— Les plus jeunes progressent, dit-il à voix basse en les observant, mais les autres sont turbulents. Il y en a un qui a presque dix-sept ans. Je crois qu'il vaudrait mieux le faire entrer au régiment. À mon avis, il est prêt.

Kalawun hocha la tête.

— Très bien. Je vais arranger ça.

Il se tut. Le silence était peuplé des bruits que faisaient les deux garçons se préparant au combat.

— J'ai besoin que tu fasses quelque chose pour moi, Nasir.

Il lui expliqua l'ordre donné par Baybars. Quand il eut terminé, Nasir garda un moment le silence.

— Puis-je savoir pourquoi on m'a choisi pour cette mission, émir ? demanda-t-il en secouant la tête, sourcils froncés. Pourquoi n'avoir pas pris plutôt l'un des Bahrites ?

— C'est Baybars qui l'a demandé. Tu connais la région où vivent les Assassins.

Nasir détourna les yeux. Kalawun aperçut dans ses yeux une violence qu'il n'avait pas vue depuis longtemps.

— Et eux, émir ? demanda Nasir en montrant les garçons. Je les ai achetés, je les entraîne. Ils sont habitués à moi, à mes méthodes.

— Un autre officier continuera ton travail pendant que tu seras parti. Je suis désolé, Nasir, ajouta-t-il après un moment. Si je le pouvais, j'enverrais quelqu'un d'autre. Je sais que ce sera dur pour toi de retourner là-bas.

Le regard de Nasir revint sur lui.

— C'est le passé, émir, fit-il avec un léger sourire mais les yeux toujours durs. Je remplirai mes devoirs.

Kalawun posa une main sur l'épaule de son officier.

— Je le sais, mon ami.

10

Le quartier génois, Acre

12 mars 1276 après J.-C.

Le soleil commençait à plonger à l'ouest tandis que Will menait son cheval à travers les rues encombrées du quartier génois. Au sommet de plusieurs palais, des magasins et des échoppes, des drapeaux de San Marco, le saint patron de Venise, flottaient encore. Les Génois revenaient peut-être peu à peu dans le quartier de leur défaite, mais il semblait que Venise n'était pas pressée de desserrer son étreinte. À ses côtés trottait Robert, et ils étaient suivis par quatre Templiers. C'était la première fois que Will avait d'autres chevaliers sous ses ordres et il s'était senti légèrement intimidé lorsqu'il avait dû leur demander de le suivre en ville.

— Je suppose que tu veux que je t'appelle sire, s'était plaint Robert. Peut-être auras-tu une autre promotion si ce Sclavo est bel et bien l'organisateur de l'attentat ? À ce rythme, tu seras grand commandeur l'année prochaine.

Les autres étaient tous, eux aussi, des chevaliers expérimentés avec qui Will s'entraînait depuis des années, mais ils acceptaient son autorité sans discuter et, quand ils entrèrent dans le vieux quartier, il se sentait plus sûr de lui.

— Comment allons-nous trouver la taverne ? C'est un vrai dédale, ici.

Will jeta un coup d'œil à Robert.

— Le gamin m'a dit que c'était derrière la savonnerie.

— Le Sarrasin ? dit Robert, pensif. C'est vrai ?

Will ne répondit pas. Il observait les rues devant lui en essayant de se repérer. Il était rarement passé dans ce quartier et les allées sinueuses avaient de quoi le rendre confus. Il aperçut la flèche de l'église San Lorenzo, qui s'élançait majestueusement par-dessus le désordre des toits, et désigna une étroite ruelle qui partait de la rue principale au milieu d'un fouillis d'échoppes.

— Je pense qu'elle va nous mener à l'église. De là, nous devrions pouvoir trouver le marché. La savonnerie se trouve à proximité.

Plus ils avançaient, plus la ruelle rétrécissait. Pendant presque tout le chemin, Will n'avait entendu parler que le dialecte vénitien autour de lui, mais tandis qu'ils longeaient le grand atelier abandonné qui avait abrité par le passé la savonnerie génoise, les accents commencèrent à changer. Dans cette partie ancienne du quartier, un secteur à l'abandon, étaient restés les Génois qui n'avaient pas les moyens de fuir en exode à Tyr avec leurs compatriotes. Ici, les enfants déambulaient dans la rue pieds nus et à moitié dévêtus. Les allées dégoulinaient d'eaux sales jetées le matin par les fenêtres, les rats y fourmillaient et les ordures s'entassaient, avec leur odeur puante qui attirait les mouches. Des visages méfiants s'encadraient dans les portes entrebâillées sur le passage des chevaliers, des familles entières vivaient ensemble dans des pièces prévues pour deux personnes. C'était un endroit infernal et Will fut content, après quelques erreurs de direction, de tomber sur la taverne.

Le Sarrasin formait un angle avec une rue plus large près des murs, c'était un grand bâtiment en pierre enjambant la rue qui ressemblait davantage à un atelier qu'à une auberge. Il n'y avait aucune enseigne, ni sur la porte ni au-dessus, et c'est en demandant à un passant qu'ils le trouvèrent.

Will revint avec les chevaliers à une allée latérale un peu plus haut.

— Essayons de nous faire discrets, dit-il en tendant les rênes de sa monture à l'un des hommes. Attendez-moi ici.

Il prit dans sa sacoche la cape noire qu'il avait portée chez Elwen et l'enfila par-dessus son manteau. Elle était grande et couvrait à la fois son surcot et son manteau, mais même ainsi il avait toujours l'air déplacé par rapport aux miséreux affamés du quartier.

— Tu y vas tout seul ? demanda Robert en l'attrapant par le bras.

Will se tourna vers lui.

— J'y vais en reconnaissance. J'aurai sans doute plus de chance de dénicher Sclavo tout seul que si nous y allons l'épée à la main. Je reviendrai si je le trouve et nous irons l'arrêter tous ensemble.

Il partit dans la ruelle en laissant chevaliers et chevaux derrière lui. Le crépuscule tombait, enveloppant la ville d'une pénombre blafarde. Il avait presque atteint l'entrée de la taverne lorsqu'il entendit de bruyantes acclamations s'élever de quelque part derrière le bâtiment. Will regarda alentour mais la façade en pierre ne trahissait aucun signe de vie, n'offrant aucun indice sur ce qui pouvait bien se passer.

La porte était gondolée et il dut la pousser avec l'épaule. Elle s'ouvrit à moitié puis se coinça sur le plancher. Un souffle chaud d'air confiné lui tomba dessus lorsqu'il entra. La pièce était plongée dans le noir, emplie d'un voile de fumée provenant d'un feu près de s'éteindre. Quelque chose frotta contre sa jambe et il vit un chien hirsute fuir la queue basse vers le fond de la pièce. Le plafond était bas et parcouru de poutres biscornues. En passant entre les deux rangées de bancs et de tables alignées dans la longueur, il vit des formes affalées autour du morne rougeoiement des lampes à huile. Le sol collait sous ses semelles et l'odeur de vieille bière lui envahissait les narines. À travers les portes du fond lui parvint, assourdi, un vacarme. Il y arrivait lorsqu'elles s'ouvrirent et que déferlèrent sur lui lumière et bruit. Deux hommes passèrent en vacillant à côté de lui, une chope à la main, et, en s'avançant, Will se trouva soudain au bord d'une foule compacte, un mur d'hommes.

La taverne donnait à l'arrière sur une grande cour entourée de bâtiments délabrés, une grange aux allures de caverne et le mur qui séparait le quartier génois de l'enceinte majestueuse des chevaliers de Saint-Jean. Des torches étaient allumées tout autour de l'arc de cercle formé par les hommes, éclairant les fûts entassés, les caisses et les visages des hommes alignés en cercle, avec un grand espace vide au milieu. Quelques hommes jetèrent un rapide coup d'œil à Will tandis qu'il fermait les portes de la taverne et se glissait parmi eux, tenant sa cape fermée, mais l'attention générale était tournée sur l'espace vide devant eux, et Will ne fut pas long à constater que l'espace en question n'était pas vide du tout.

En son centre se trouvaient deux hommes. Tous deux, à en juger par leur apparence, étaient arabes, sauf qu'ils ne portaient pas les robes ou les turbans habituels de leur peuple, mais les courtes tuniques et les braies communes des paysans occidentaux, de même qu'ils étaient rasés et avaient les cheveux mal peignés. L'un était plus grand et massif que l'autre, et il avait un visage sinistre à la lumière des torches, qui repoussait le bleu profond de ce début de soirée. Il portait un sabre cabossé dans la main gauche alors que la droite pendait mollement le long de ses hanches. Tandis qu'il arpentait le cercle, Will aperçut une cicatrice horrible qui courait sur son avant-bras, du coude au poignet. La chair cicatrisée était rose et blanc, le bras déformé ne pouvait plus remplir aucune fonction. Il marchait d'un pas mesuré, agrippant fermement son arme. Son adversaire, plus petit, impressionnait moins. Il tenait son épée droit devant lui, le corps immobile, rivé par la tension. Quand l'homme à la cicatrice avança, il recula, la sueur sur son visage brillant à la lumière des torches. Will avait entendu parler de ces combats, mais il se demandait ce que faisait cet Arabe terrifié dans le cercle lorsque, soudain, il s'élança vers les spectateurs. Ceux-ci reculèrent comme une vague, mais des hommes à la musculature impressionnante lui firent face en brandissant d'un air menaçant massues et épées et le forcèrent à retourner combattre sous le déluge d'invectives que lui hurlait la foule impitoyable. Will comprit alors à quoi il assistait et le nom de la taverne prit soudain tout son sens.

Le plus petit cria quelque chose en arabe, une prière se dit Will, puis il se jeta sur son opposant, l'épée tendue devant lui comme une lance. Épouvanté, Will anticipait ce qui allait suivre. L'autre évita la charge malhabile d'un pas sur le côté en ramenant son sabre en arc de cercle. La lame s'enfonça dans l'arrière de la tête de l'homme avec un bruit horrible. Puis il la libéra et le petit Arabe s'écroula sans provoquer d'enthousiasme particulier dans le public.

Révolté par ce spectacle, Will vit encore trois hommes armés, des Italiens d'après leur allure, s'avancer en faisant signe au vainqueur de poser son sabre à terre. Il fit ce qu'on lui disait avec la docilité résignée des esclaves et ils l'emmenèrent dans la grange tandis que deux hommes ramassaient le cadavre, laissant une grande mare de sang dans la poussière. Dans la cour, l'argent circulait de mains en mains. Will profita de cette occasion pour se frayer un chemin dans la cohue. Il y avait quatre autres hommes armés devant la grange où l'on avait emmené l'Arabe. Dans ce qui avait été auparavant des stalles pour chevaux, fermées maintenant par de lourdes grilles en bois, Will aperçut un groupe clairsemé de ce qui ne pouvait être que des prisonniers. Il y avait là des Arabes, quelques Mongols et sans doute des Circassiens. Les gardes ouvrirent l'une des grilles et sortirent un garçon efflanqué qui n'avait sans doute pas plus de seize ans. Will en avait assez vu.

Il se tourna vers un homme derrière lui qui tenait une chope dans une main et une bourse dans l'autre. D'après la coupe de ses vêtements, Will devina que c'était un marchand, et pas des plus opulents.

— Connaissez-vous Sclavo ? demanda-t-il en latin.

L'homme se concentra sur lui avec difficulté, puis il tendit sa chope en direction de la grange.

— Là-bas, articula-t-il d'une voix indistincte.

En suivant du regard la direction approximative de son geste, Will tomba sur un groupe d'hommes assis sur des bancs à l'écart de la foule. L'un d'eux, au centre, était mieux habillé que les autres, un manteau de soie verte flottant autour de lui sans parvenir à dissimuler sa silhouette squelettique. Il avait des cheveux fins et ternes, une barbe mal taillée, et son visage crevassé portait les traces d'une ancienne maladie. À ses pieds étaient couchés deux énormes chiens. L'un des hommes armés marcha jusqu'à lui, se pencha et lui dit quelque chose à l'oreille, et les deux molosses levèrent la tête en grognant.

— Celui en vert ? demanda Will à l'ivrogne.

Le marchand hocha la tête en chancelant.

— C'est lui.

Will commença à traverser la foule en sens inverse tandis qu'un des hommes de Sclavo poussait le garçon décharné dans la cour en lui enfonçant une épée dans les reins.

— Qu'est-ce que tu racontes ? s'exclama Robert, l'air écœuré, lorsqu'il fut revenu dans l'allée et qu'il eut raconté aux chevaliers ce qu'il venait de voir. Ce sont vraiment des animaux !

L'un des autres chevaliers, Paul, un homme stoïque d'environ quarante ans, haussa les épaules.

— Ce n'est pas notre problème, intervint-il en se tournant vers Will. Si vous voulez mon opinion, commandeur, je crois que nous devrions nous concentrer sur la raison de notre venue.

— Je suis d'accord, répondit Will.

Il allait poursuivre mais Robert protesta :

— Il y a plus de cent hommes là-dedans, dont au moins neuf gardes armés. Il nous faudrait des renforts pour nous occuper de ce qui s'y déroule. Et même si j'ai autant envie que vous d'intervenir, ce n'est pas notre quartier. Quand nous aurons capturé Sclavo, nous ferons un rapport au conseil génois. C'est à lui d'y mettre fin.

— S'il fait quoi que ce soit…, dit un autre chevalier, qui s'appelait Laurent. Si Sclavo les a achetés, il peut faire ce qu'il veut de ses esclaves. Personne n'y changera rien.

— Sauf si le Temple fait pression sur le consul, fit Will d'une voix ferme en regardant Robert. Et je m'assurerai que ce soit le cas. Si Baybars apprenait cette atrocité, il demanderait une compensation. La paix est déjà assez fragile sans des chiens comme Sclavo pour la déstabiliser.

Robert opina après un moment.

— Comment procédons-nous ? demanda-t-il finalement.

— D'après ce que j'ai vu, à part la taverne elle-même, le seul moyen de sortir de la cour est de passer par une allée, du côté gauche, qui part entre une grange et le mur. Laurent et toi couvrirez cette allée au cas où Sclavo essaierait de s'enfuir.

Will décrivit le propriétaire du Sarrasin.

— Manteau vert, le visage plein de cicatrices, répéta Robert en hochant la tête. Avec ça, nous devrions le reconnaître.

— Je passerai avec les autres par la taverne.

— Est-ce que nous nous déguisons ?

Will ôta sa cape noire et la fourra dans son sac.

— Non. Je veux qu'ils sachent qui nous sommes.

Robert grogna d'un air féroce.

— Ça devrait les emplir de la crainte de Dieu.

— Exactement. La plupart d'entre eux sont de petits commerçants et des artisans. Je doute qu'ils nous posent un problème.

— Et les gardes ? demanda Paul.

— Ils ont l'air de canailles, pas de guerriers, et leurs armes sont assez simples. La mort pour quiconque blesse un Templier. Ils le savent aussi bien que nous. Je pense que nous pourrons les maîtriser.

Une fois réglés tous les détails, Will laissa Robert et Laurent se poster au bout de l'allée, avant de mener les trois autres chevaliers dans la taverne. Il s'inquiétait de laisser leurs montures sans surveillance, mais il avait besoin de tous les hommes avec lui. Tout ce qui comptait, c'était d'arrêter Sclavo.

Il enfonça la porte du Sarrasin et pénétra dans l'obscurité épaisse de la pièce, entendant une fois de plus des acclamations.

— Il a des chiens, murmura-t-il aux chevaliers.

Paul hocha la tête et saisit la poignée de son épée.

Les quelques occupants de la pièce étaient trop saouls ou trop surpris pour réagir à l'irruption de quatre chevaliers dans leur environnement, même quand ceux-ci enfoncèrent les portes de la cour.

Pendant quelques secondes, les hommes dans la cour, dont l'attention était concentrée sur ce qui se déroulait dans le cercle qu'ils formaient, ne remarquèrent pas ce qui se passait. Puis, tandis que Will et les chevaliers commençaient à s'enfoncer, ils réalisèrent peu à peu qu'il arrivait quelque chose d'inhabituel. L'arrivée des chevaliers provoqua alors un mouvement de foule. Ceux qui étaient le plus proches des portes les virent en premier.

Les regards jusqu'alors braqués sur le combat se tournèrent vers eux, craintifs, car Will et les chevaliers avaient tiré leur épée. Les hommes au premier rang du combat crièrent en sentant qu'on les poussait dans le dos, là où le garçon déjà connu de Will était embarqué dans un combat à mort avec un jeune Mongol. Un cri retentit. *Des Templiers !* Les hommes se bousculèrent pour sortir au plus vite, la plupart cherchant sans réfléchir à atteindre les portes et devant contourner les chevaliers. Le combat au centre de la cour continuait, mais les gardes armés s'étaient tournés pour voir d'où venait l'agitation.

— Hé ! lança l'un d'eux en se faufilant dans leur direction. Qu'est-ce qui se passe ici ?

En voyant Will s'extraire de la foule, suivi par Paul et les autres, le garde s'arrêta net.

— Qu'est-ce que vous voulez ?

Sa phrase resta plus ou moins suspendue en l'air, Paul lui ayant assené un coup de coude sauvage en plein visage. Voyant leur camarade à terre, du sang coulant de son nez brisé, les hommes reculèrent.

Mais le désordre avait attiré l'attention de Sclavo qui traversait la cour avec d'autres gardes et ses deux chiens qui tiraient sur leur laisse en aboyant avec férocité. Le combat avait cessé, les deux garçons regardant autour d'eux avec une expression de stupeur craintive.

— Que signifie tout cela ? demanda Sclavo d'une voix rêche, âpre comme du papier sablé.

Il examinait les chevaliers avec un air de défiance, décidé à leur tenir tête. Cinq de ses gardes se postèrent autour de lui, formant un cercle protecteur.

— C'est un établissement privé. En dehors de la juridiction du Temple.

— Pas ce soir, Sclavo, répondit froidement Will. Nous sommes ici pour vous arrêter.

Certains hommes fuyaient la cour en suivant l'allée près de la grange.

Les yeux de Will scrutèrent les gardes autour de leur gringalet de maître.

— Vous feriez mieux de trouver quelqu'un d'autre à servir. À moins que vous n'ayez l'intention de nous combattre ?

Sa voix possédait une autorité naturelle, mais les mots résonnaient encore plus fortement venant d'un homme en manteau blanc. Deux des gardes baissèrent leur arme et s'éloignèrent.

Sclavo se tourna vers eux.

— Restez où vous êtes, bande de rats ! leur hurla-t-il, puis son regard revint se porter sur Will. M'arrêter pour quoi ? Quelles charges retenez-vous contre moi ?

Ses chiens tiraient avec insistance sur leur laisse et Will se demandait comment il avait la force de les retenir.

— Vous êtes dans ma propriété, continua Sclavo. Tout m'appartient ici. Même eux, ajouta-t-il en désignant d'un geste du menton les deux garçons.

— Votre établissement ne nous intéresse pas, répondit Will. Nous venons vous arrêter pour la tentative d'assassinat contre le grand maître du Temple. Voilà l'accusation portée contre vous.

Les yeux de Sclavo s'agrandirent. L'instant d'après, il lâchait les chiens et prenait la fuite. Ce fut alors le signal de filer aux derniers clients, d'où s'ensuivit une débandade. L'un des molosses sauta sur Will, qui se défendit d'un coup de fauchon. La lame lui ouvrit le flanc droit et le chien retomba à terre, prostré et frémissant.

— Attrapez Sclavo ! cria-t-il à deux des chevaliers au milieu de la cohue.

Trois des gardes qui protégeaient Sclavo s'étaient enfuis mais il en restait encore deux. Paul avança vers le premier mais celui-ci laissa tomber sa massue et se mit à courir. Will approcha de l'autre, un colosse italien qui brandissait une énorme lame, s'attendant qu'il suive cet exemple, mais il déchanta en le voyant venir à sa rencontre.

Will se plaça en position de combat, mais il avait à peine eu le temps de bloquer ses appuis que déjà l'Italien allongeait son épée. Le coup fut terrible. L'homme était bien entraîné et, malgré sa taille, il se déplaçait rapidement. Will était lui-même un combattant véloce, mais il portait une cotte de mailles et le poids supplémentaire le gênait. De son côté, l'Italien ne portait qu'un mantel en cuir et un pantalon de laine. La témérité suicidaire de l'homme était troublante : il n'avait aucune raison de combattre. Mais peut-être était-il mû par autre chose que le devoir. À en juger par son regard farouche, il semblait désirer ce combat. Will se concentra sur son adversaire en faisant abstraction de tout ce qui l'entourait. Il n'était pas en très bonne forme. Il avait passé tellement de temps à traquer ceux qui avaient ourdi la tentative d'assassinat du grand maître qu'il en avait délaissé son entraînement habituel. Mais l'épée dans sa main trouva vite son rythme familier et il botta et para bientôt au milieu de la cour couverte de sang.

Les deux garçons étaient partis, ils avaient disparu avec les spectateurs, et les prisonniers encore dans la grange faisaient trembler leurs cages en implorant les chevaliers dans diverses langues pour qu'ils les libèrent. Will dérapa dans la poussière, son opposant s'avança et l'attaqua en pleine poitrine. La cotte de mailles détourna le coup et la lame ne réussit qu'à taillader son surcot. Ce fut quand même un choc et Will, poussé par la frayeur, se remit en ordre de combat. Le visage de l'homme s'altéra quelque peu, montrant soudain des signes d'inquiétude. Leurs épées s'entrechoquèrent, rebondirent et revinrent se river l'une à l'autre. Will le poussa sans ménagement vers une pile de caisses pour gêner ses mouvements. L'Italien essaya de l'en empêcher, mais sans succès. Sa peur était maintenant visible. L'épée de Will tournoyait dans sa main. Il grimaçait, ses yeux verts brillant à la lumière des torches, le cœur battant à tout rompre.

— *Pax !* hurla soudain l'homme. *Pax !*

Il esquiva l'épée de Will et jeta la sienne au sol en levant les bras en l'air.

— *Pax !*

Will parvint à arrêter son épée à quelques centimètres du flanc de l'homme. Sa respiration était hachée et de la sueur perlait sur son avant-bras.

— Will !

Will tourna la tête et vit Robert et Laurent traverser la cour avec Paul et les autres. Ils tiraient entre eux un Sclavo au visage tuméfié. Celui de Robert était lui aussi contusionné et son regard avait une lueur assassine. Il était sur le point de dire quelque chose, mais soudain il eut une expression alarmée.

Au même moment, Will sentit un mouvement derrière lui. Il pivota. L'Italien avait réussi à attraper son épée et allait le transpercer. Il eut tout juste le temps de placer son fauchon en protection et les lames se heurtèrent en crissant. Il dévia alors le coup sur le côté, ce qui laissa les défenses de son adversaire grandes ouvertes, et ramena le fauchon dans un mouvement circulaire qui frappa l'homme à l'épaule. La lame s'enfonça dans la chair jusqu'à ce qu'un os l'arrête. L'Italien hurla et son arme tomba de sa main désormais inutile, puisqu'il avait les nerfs sectionnés. Will poussa du pied l'épée et chancela pendant que ses camarades arrivaient en courant.

— Mon Dieu ! s'exclama Robert en voyant l'homme qui gémissait. Je t'ai distrait.

— Je vais bien, fit Will, pantelant, tout en regardant Sclavo contempler, bouche bée, son garde blessé. L'essentiel, c'est que vous l'ayez attrapé.

— Il a fallu se battre, répondit Robert d'une voix dure.

Il passa avec précaution sa langue à l'intérieur de sa joue meurtrie.

— Je crois que cette charogne m'a cassé une dent.

Les yeux de Sclavo se portèrent sur Will.

— Vous avez le mauvais homme, lança-t-il.

— Nous verrons ça au Temple. Ouvrez les cages, dit Will en se tournant vers Paul. Dis aux prisonniers qu'ils sont libres. Robert, Laurent et moi allons ramener Sclavo au Temple. Les autres, je veux que vous vous rendiez chez le consul de Gênes pour lui expliquer ce qui vient de se passer. Je parlerai moi-même au grand maître pour voir si nous pouvons faire fermer cet endroit demain.

— Ça ne devrait pas être trop difficile, intervint Robert en lançant un regard noir à Sclavo.

— J'ai engagé l'homme qui a agressé votre grand maître pour le compte de quelqu'un d'autre, grogna Sclavo. Si vous m'accordez la clémence, je vous dirai tout.

— Ramenons-le, dit Will à Robert.

— C'est ma dernière offre, cria Sclavo.

Son visage exprimait la terreur, mais il paraissait déterminé.

— Je vous dis ici et maintenant qui voulait sa mort si vous m'épargnez.

Will hésita. Ce n'était pas à lui de prendre la décision, mais au grand maître ou au sénéchal. En revanche, sa mission consistait à découvrir qui voulait assassiner le grand maître et si ce n'était pas Sclavo, alors son travail n'était pas terminé.

— Qui était-ce ? demanda-t-il finalement.

— Jurez que vous m'épargnerez, exigea Sclavo.

— Je le jure, fit Will. Maintenant, dites-moi.

— Un marchand génois, répondit instantanément Sclavo, il s'appelle Guido Soranzo.

Le Temple, Acre, 12 mars 1276 après J.-C.

Angelo s'efforça de faire taire son animosité lorsque la porte du réclusoir s'ouvrit pour révéler l'impérieuse silhouette de Guillaume de Beaujeu. En tant que fils aîné et favori de son père, il se trouvait rarement en position subalterne et il avait du mal à s'y plier, en particulier quand il était en colère. Il s'inclina néanmoins devant le grand maître.

— Merci, Zaccaria, dit Guillaume en ignorant Angelo et en hochant la tête à l'intention du Sicilien.

Zaccaria inclina la tête avant de se poster à l'écart, un peu plus loin dans le couloir. Laissant la porte ouverte, Guillaume entra dans la pièce. La mâchoire crispée, Angelo le suivit à l'intérieur.

— Maître, dit-il en repoussant la porte, je suis quelque peu surpris que vous m'ayez fait venir, alors que nous nous étions mis d'accord sur le fait que c'est moi qui vous contacterais, et seulement en cas d'absolue nécessité.

Il faisait une chaleur étouffante dans le réclusoir, un feu brûlait dans l'âtre et des bougies illuminaient la scène d'une lumière diffuse.

— J'avais l'intention de venir vous voir plus tard dans la semaine. J'ai le message du Caire que vos chevaliers doivent porter. Mais ils ne m'ont pas laissé le prendre, poursuivit-il d'une voix plus dure en oubliant ses manières courtoises. Ils ont insisté pour que je vienne ici, sur vos ordres. Il faudra que je revienne plus tard avec le rouleau et chaque rencontre nous fait courir des risques. Maître ? demanda-t-il, ses yeux noirs jetant des éclairs à Guillaume de Beaujeu qui se versait un verre de vin. Notre sécurité compte-t-elle si peu pour vous ?

— Pourquoi Guido Soranzo voudrait-il ma mort ? demanda Guillaume en retour, d'une voix calme, en se tournant vers Angelo son verre à la main.

Angelo fixa le grand maître.

— Où avez-vous entendu cela ?

— Ici même, il y a une heure, de l'homme que Guido a engagé pour trouver quelqu'un prêt à me tuer.

Guillaume but une gorgée de vin.

— Un de mes chevaliers l'a arrêté plus tôt dans la soirée. Je l'ai interrogé moi-même et il ne fait aucun doute qu'il dit la vérité. Je suppose que vous n'êtes au courant de rien ?

Le grand maître examina Angelo d'un air placide. Pour la première fois, celui-ci sentit l'inquiétude le gagner.

— Non, maître, dit-il vivement. Je n'ai aucune idée de ce qui pourrait pousser Guido à commettre une chose pareille.

Il secouait la tête en réfléchissant à toute allure.

— Il a bien fait comprendre qu'il ne collaborerait pas de gaieté de cœur quand mon père lui a exposé ses intentions, mais depuis il a fait preuve de bonne volonté. Ses affaires devraient bénéficier autant que les nôtres de cette stratégie. Je ne vois pas pourquoi il voudrait supprimer notre meilleure chance de réussir.

Angelo avait posé la main sur l'avant-bras de Guillaume en prononçant cette dernière phrase.

— Ses affaires ? s'étonna Guillaume d'une voix qui ne dissimulait pas son irritation. Je ne fais pas tout cela dans le but d'arranger vos *affaires*, Vitturi. Souvenez-vous-en.

Il finit son vin et s'écarta du Vénitien.

— Bien entendu, maître, bien entendu, tenta de le calmer Angelo d'une voix faussement grave. J'essayais juste de deviner les mobiles qu'il pourrait avoir.

Il regarda un moment Guillaume arpenter la pièce.

— Le plus important, désormais, est de savoir quels dégâts il a pu faire. Nous devons découvrir si Soranzo nous a trahis. S'il a dévoilé nos plans.

— Que suggérez-vous ? demanda le grand maître.

— Je vais sur-le-champ me rendre chez lui pour lui parler.

Guillaume s'immobilisa. Il perdait à nouveau son sang-froid et regardait Angelo d'un air sarcastique.

— Vous espérez qu'il vous livre cette information comme ça ? Non, je ne crois pas. Et il a des gardes personnels, non ? S'il est responsable de la tentative d'assassinat, il sait qu'il risque la mort. Je doute que vous puissiez l'interroger avec une épée à travers la gorge.

Angelo se redressa.

— Dans ce cas, laissez-moi emmener une compagnie de chevaliers et je le ferai arrêter.

— Un marchand dirigeant une compagnie de Templiers ?

Guillaume alla vers la porte.

— Je les enverrai moi-même.

— Je connais Guido, maître, lança Angelo dans son dos. Il ne parlera pas à vos chevaliers. Nous ne sommes pas comme vous. Nous échangeons de l'argent, des marchandises, pas des coups d'épée. Je le comprends. Je peux le faire parler.

Guillaume s'était arrêté à la porte.

— Il n'y a pas que vous à être affecté par sa trahison, renchérit Angelo. D'ailleurs, si nous sommes exposés, de nous tous, c'est vous qui avez le moins à perdre. C'est mon père et moi qui sommes venus vous trouver avec ce plan. Laissez-moi m'occuper de Soranzo à ma façon.

— Aucun Templier ne se laissera diriger par vous, dit Guillaume en se retournant.

— Ils le feront si vous le leur ordonnez, répliqua Angelo. Dites-leur que je suis un ancien associé de Soranzo et que vous m'envoyez pour l'interroger. Donnez à l'un de vos hommes la responsabilité de l'expédition, mais laissez-moi l'interroger. Vous savez que j'ai raison, ajouta-t-il.

Un éclair traversa les yeux de Guillaume et Angelo pensa qu'il était allé trop loin. Il cherchait une manière de se rétracter lorsque Guillaume ouvrit la porte.

— Maître, dit Angelo d'une voix où perçait l'effroi.

— Zaccaria.

Des bruits de pas se firent entendre.

— Oui, sire ?

— Réunissez les autres. Et trouvez le commandeur Campbell. Il escortera Angelo Vitturi à la maison de Soranzo.

Angelo se sentit triompher. Mais, l'instant d'après, la rage le submergea. Cela faisait des mois qu'il était obligé de subir les commentaires désobligeants et le tempérament infect de Guido Soranzo, et il apparaissait aujourd'hui qu'il conspirait contre eux depuis le début. Il ignorait les dégâts qu'il avait causés à leur plan pour initier une guerre et, incidemment, pour sauver les affaires des Vitturi. Mais il était certain d'une chose : Guido allait payer. Et il paierait cher.

11

Le quartier génois, Acre

12 mars 1276 après J.-C.

— Gardez les portes. Ne laissez passer personne.

— Oui, sire.

Guido Soranzo regarda les gardes traverser le couloir, l'épée à la main, mais il ne se sentit pas rassuré pour autant. Il sursauta quand une main se posa sur son épaule. Sa femme se tenait derrière lui, l'air confuse et inquiète. Elle portait une robe richement brodée par-dessus une tenue de nuit en soie qui flottait autour de ses formes généreuses.

— Que se passe-t-il, Guido ? Ma servante vient de me réveiller en me disant que tu veux que nous partions.

Guido l'empoigna fermement, ce qui lui coupa le souffle.

— Va réveiller les enfants et emballe autant d'affaires que possible. Ne prends que des choses que nous pourrons emmener au port.

Il regarda le large couloir, ses tapisseries ornées, ses statues en grandeur réelle, la lumière des torches qui jouait sur les surfaces marbrées.

— Nous allons devoir laisser le reste.

— Guido, tu me fais peur.

— Est-ce que tu me fais confiance ? lui demanda-t-il d'une voix angoissée.

Elle hocha la tête d'un mouvement hésitant.

— Alors fais-le pour moi. Je t'expliquerai tout plus tard, mais il faut que nous montions dans un bateau le plus vite possible. Je veux partir pour Gênes cette nuit.

Désemparée, mais obéissante, sa femme se laissa pousser dans la direction de la chambre des enfants. Quand elle fut partie, Guido se précipita vers son cabinet de travail. Arrivé là, il alla directement à un coffre situé derrière la table. Il s'interrompit un instant avant de l'atteindre, ses yeux s'étant posés sur une balle en cuir par terre. Une seconde, il se sentit irrité : combien de fois avait-il dit à son fils de ne pas jouer là ? Puis la réalité refit surface et il dut refouler une envie de pleurer. Il les avait tous mis en péril. Et pourquoi ? Plus d'argent ? Non, se dit-il, furieux, ce n'était pas pour l'argent. Il l'avait fait parce que c'était la seule chose à faire. Il fallait arrêter le grand maître et les autres : ils s'apprêtaient à tout détruire. Mais, tout au fond de lui, une petite voix triste n'était pas d'accord.

Il était aux vêpres à l'église San Lorenzo quand il avait appris la descente au Sarrasin. D'après ce que les gens disaient, les Templiers avaient arrêté son propriétaire et libéré les esclaves musulmans. Incapable de glaner des informations précises au milieu de ces rumeurs, Guido avait quitté sa place et était sorti de l'église. Des dizaines de questions tourbillonnaient dans sa tête et il s'était rendu à la hâte jusqu'à la taverne, en glissant dans les rues fangeuses, son pantalon de velours bientôt couvert de boue et d'excréments. Un groupe d'enfants en haillons l'avait suivi, d'abord en réclamant l'aumône, puis en pourchassant pour rire cet homme pantelant et suant dont ils se moquaient. Le temps qu'il arrive au Sarrasin, Guido était trempé de sueur et avait le souffle coupé. En voyant un Templier sortir de la taverne avec plusieurs hommes aux couleurs de la garde génoise, il avait décidé de ne pas s'approcher davantage. Il ne lui avait pas fallu longtemps pour trouver quelqu'un qui sache ce qui venait de se passer : la nouvelle circulait dans tout le quartier. Pour une poignée de pièces, les informateurs s'étaient battus pour raconter comment les Templiers avaient arrêté Sclavo pour la tentative de meurtre sur le grand maître.

Après avoir appris cela, Guido était reparti chez lui comme s'il avait le diable à ses trousses. Sauf qu'il avait approché le palais avec une grande prudence, craignant de le voir grouiller de Templiers. Au départ, la peur qu'il éprouvait pour sa survie personnelle avait été plus forte que son inquiétude pour sa famille et il avait pensé quelques instants à fuir vers les quais. Mais, écœuré par sa propre lâcheté et motivé par un sentiment de culpabilité, il s'était peu à peu empli du désir de les défendre et avait avancé d'un pas déterminé, prêt à combattre.

En cet instant, tandis qu'il ouvrait le coffre pour y prendre une dague en argent, il réalisa à quel point il tremblait. Tenir une arme dans ses mains ne devrait-il pas l'aider à surmonter son impuissance frustrante ? Par les fenêtres lui parvint un bruit de sabots perturbant cette nuit tranquille. Guido serra dans sa main potelée la poignée de la dague. Un de ses gardes lança un avertissement, puis il entendit un cri d'agonie. Et les portes du palais s'ouvrirent dans un fracas retentissant.

Le Temple, Acre, 12 mars 1276 après J.-C.

Le roi Hugues III de Chypre se rassit sur sa confortable selle, tête haute, tandis qu'il dirigeait sa jument blanche rue Sainte-Anne, dépassant le couvent du même nom dont le haut clocher disparaissait dans l'obscurité. Le quartier était plongé dans le silence, la plupart des habitants étant rentrés chez eux passer la nuit. Hugues et son entourage, composé de gardes royaux, de son conseiller solennel, Guy, se déplaçaient dans un halo de lumière orangée provenant par les torches que tenaient trois des gardes. Les flammes illuminaient les murailles extérieures du Temple qui s'élevaient sur leur droite, avec des plantes grimpantes accrochées aux pierres et de petits lézards noirs qui détalaient quand la lumière passait sur eux. Au bout de quelques mètres, ils aperçurent l'énorme tour qui surplombait les portes du Temple avec, au-dessus de ses tourets, les quatre lions d'or se dessinant dans la nuit. Les portes étaient fermées.

Hugues surprit son conseiller en train de le regarder.

— Qu'y a-t-il, Guy ?

Ce dernier semblait hésiter à parler, mais il se lança :

— Êtes-vous certain de vouloir le faire maintenant, seigneur ? Ne vaudrait-il pas mieux attendre demain ?

— Si je viens le matin, il sera à la chapelle, il mangera, il assistera à une réunion du chapitre ou participera à telle ou telle autre activité qu'il ne pourra interrompre, *à son grand regret*, fit Hugues d'une voix ironique. À cette heure de la nuit, je le défie de trouver pareille excuse.

Guy acquiesça, mais sans avoir l'air convaincu.

— J'y vais seul.

— Seigneur…

Hugues leva sa main gantée.

— Je désire lui parler en privé, d'homme à homme. Peut-être me montrera-t-il le respect qu'il m'a toujours refusé.

La compagnie atteignit les portes et Hugues sauta de selle avec agilité en maintenant la cape dorée ceinte élégamment autour de sa taille. L'un des gardes prit les rênes de la jument, un autre mit pied à terre et s'approcha de la porte découpée dans le lourd battant en bois décoré de barreaux d'acier enchevêtrés. Il frappa du poing tandis que Hugues retirait ses gants et passait la main dans ses boucles noires. Son visage au teint mat était tendu.

Ils entendirent un verrou tourner de l'autre côté, puis virent la lumière d'une torche, et un homme apparut, vêtu de la tunique noire des sergents du Temple. Il portait un casque et une petite épée nouée à la ceinture.

— Oui ?

— Monseigneur Hugues III, roi de Chypre et de Jérusalem, demande une audience auprès de Guillaume de Beaujeu.

Le garde avait parlé d'une voix forte, en s'appliquant à bien articuler, comme s'il s'adressait à un public nombreux. Le sergent eut l'air un peu surpris.

— Je crains que le grand maître de Beaujeu ne reçoive plus de visiteurs.

— Alors, il me le dira lui-même, intervint Hugues en s'avançant pour que le sergent puisse le voir.

— Votre Majesté...

Peu à l'aise, il s'inclina par réflexe.

— On m'a donné l'ordre le plus strict de ne pas...

— Je suis roi, dit Hugues avec patience, comme si le sergent ne lui avait pas adressé la parole. À vrai dire, je suis le roi de toute cette région.

Il ramena sa main gracile dans son dos.

— C'est mon privilège d'aller partout où je le souhaite. Votre grand maître sait que je veux lui parler.

Il commençait à perdre le flegme dont il voulait faire preuve.

— Trois fois je l'ai invité à venir me voir, et trois fois il a refusé. Vous me laisserez entrer ou je jure que maître de Beaujeu connaîtra ma colère !

Il dit ces derniers mots avec une telle véhémence que le sergent recula d'un pas.

— Je vais le lui dire, Majesté, mais je ne peux vous garantir une réponse favorable, dit-il en ouvrant grande la porte. Faites entrer vos hommes. Vous pouvez attendre dans le poste de garde si vous le désirez. Il y a du feu.

Hugues se détendit quelque peu.

— Merci, dit-il cordialement en passant la porte avec les hommes de sa suite menant un à un les chevaux.

Le sergent échangea quelques brèves paroles avec ses camarades du poste, puis il traversa la cour vers le palais du grand maître. La compagnie royale s'installa comme elle le pouvait dans l'inconfortable office au pied de la tour, sous les yeux des sergents du Temple. Hugues resta sur le seuil, à regarder d'un air maussade la grande cour bordée de bâtiments impressionnants. Il était outré par ces hautes murailles qui l'empêchaient d'entrer à sa guise ; outré aussi que ces Templiers y soient intouchables, enfermés comme ils l'étaient dans leur sanctuaire privé. Le reste de la ville n'était pas sans clivages, mais du moins son autorité n'était-elle pas sans cesse remise en question dans les autres quartiers. Les gens l'y écoutaient, le traitaient comme un roi. Ici, on lui donnait l'impression qu'il s'imposait, et qu'il devrait s'en excuser. Et il haïssait ce sentiment. Haussant les épaules, il s'obligea à se tenir droit. Il se moquait de savoir pour qui les chevaliers se prenaient, ou s'ils avaient les faveurs du pape à Rome. Peut-être ne pouvait-il pas les toucher ici, mais à Chypre leurs domaines n'étaient pas des forteresses aussi imprenables. Il avait du pouvoir sur eux. Et s'ils le poussaient dans ses retranchements, Dieu sait qu'il l'utiliserait. Cette pensée l'emplit d'une confiance renouvelée et, quand le sergent revint lui annoncer que le grand maître le recevrait brièvement, il se sentit sûr de son fait.

Cinq minutes plus tard, il pénétrait dans le réclusoir du grand maître. Guillaume se détourna de la fenêtre quand le sergent ouvrit la porte. Son visage était à peine visible dans l'obscurité, et son expression indéchiffrable. Les deux hommes se firent face d'un côté à l'autre de la pièce. Hugues était plus petit, svelte plutôt que musclé et, à vingt-six ans, il était plus jeune que Guillaume de quatorze ans. Mais il garda son maintien en présence du grand maître. Il y eut un long moment de silence pendant lequel ni l'un ni l'autre ne fit le moindre mouvement, chacun d'eux attendant que l'autre s'inclinât en premier.

Finalement, Hugues serra ses mains dans son dos.

— Je suis heureux que vous ayez accepté de me voir, maître de Beaujeu.

— On dirait que je n'avais guère le choix, répondit Guillaume. Il est tard, seigneur. Qu'y a-t-il de si important qui mérite que nous nous rencontrions à cette heure ?

— Ce n'est pas encore l'heure des complies, rétorqua Hugues, irrité par l'aplomb de Guillaume. Et il m'a semblé qu'il n'y avait pas de meilleure heure pour vous voir, puisque je vous ai fait appeler à d'autres heures de la journée et qu'on m'a répondu que vous étiez occupé à une chose ou à une autre.

Ses yeux fixaient le grand maître avec un éclat brillant.

— J'aimerais savoir quelles affaires vous ont empêché de vous adresser à moi depuis votre arrivée sur mes terres. Il est de coutume pour les dignitaires de rendre hommage à leur roi. Ou n'êtes-vous pas au courant de cet usage ?

Guillaume plissa les yeux mais le ton de sa voix, lorsqu'il prit la parole, ne laissait rien deviner de ses émotions.

— J'ai rendu hommage à mon roi. En Sicile.

Hugues crut que cette remarque allait le faire exploser, mais par un effort herculéen il réussit à maîtriser sa fureur. Le conseil de Guy, un peu plus tôt, lui revint à l'esprit : Vous devez mettre le grand maître de votre côté. Je crains que ce ne soit le meilleur moyen d'éloigner Charles d'Anjou de votre trône.

— Charles est sans doute votre roi en Sicile, maître de Beaujeu, dit Hugues d'une voix contrite. Mais en Outremer, je suis souverain. La Haute Cour en a décidé ainsi. D'après la loi, c'est moi, et non Maria, qui suis le plus légitime à Jérusalem. La question a été tranchée.

— Pas en ce qui concerne le pape. Pas en ce qui me concerne.

— Pourquoi disputer mon droit ? Parce que Charles est votre cousin ? insinua Hugues. Je vous croyais au-dessus des mesquineries du népotisme.

— Ça n'a rien à voir avec le sang, c'est une question de pouvoir, répliqua Guillaume. Charles a le pouvoir de lever des armées et de diriger une croisade. Il a le pouvoir de retourner la mer qui menace de nous submerger. Vous n'avez pas fait la démonstration de votre empressement à reprendre nos territoires perdus. Vous avez préféré vous soumettre aux exigences de Baybars sur Beyrouth plutôt que de risquer votre position. J'ai même entendu dire que vous lui payez un tribut maintenant. Vingt mille dinars par an ?

Sans laisser à Hugues le temps de répondre, Guillaume reprit :

— Le pape est au courant, c'est pourquoi il a conseillé à Maria de vendre ses droits à Charles.

Il n'y avait aucune malice dans sa voix, ses propos étaient directs, clairs.

— Vous devriez vous retirer, Hugues, laisser Charles faire pour nous tout ce que vous ne ferez pas.

— Vous êtes fou ! cracha Hugues. Est-ce que *vous* vous retireriez si je vous le demandais ?

— Si c'était pour le bien de l'Outremer, alors oui, répondit Guillaume d'une voix profonde. Je ferais n'importe quoi pour nous ramener la terre de Dieu.

Hugues secoua la tête, inflexible.

— Vous croyez que Charles se soucie de ce qui se passe ici ? Son frère est mort en envahissant Tunis, sur son conseil, au lieu de venir en Palestine où nous avions besoin de lui.

— Le roi Louis est mort de la fièvre.

— Le roi Charles ne s'est jamais sali les mains. Il s'intéresse plus à ajouter Byzance à son empire qu'à reconquérir des territoires en Outremer. Vous devrez vous débrouiller quand vous compterez sur lui.

Hugues porta la main à sa poitrine.

— Moi, je combattrai à vos côtés si vous me rendez hommage, dit-il d'une voix adoucie. Soyez avec moi et nous reprendrons la Terre sainte ensemble. Parlez au pape, aidez-moi à empêcher la vente de ces droits et laissons Charles nous aider quand il en aura envie.

Hugues tendit au grand maître sa main couverte de bagues pour qu'il l'embrasse.

— Jurez maintenant.

Guillaume observa un long moment le roi.

— Vous ne vous préoccupez que de votre trône, laissa-t-il enfin tomber. Pas de la Terre sainte.

La main tendue de Hugues oscilla, puis retomba. Cette fois, rien ne pouvait plus apaiser sa rage.

— Comment osez-vous ! s'énerva-t-il. Vous êtes idiot, Beaujeu. Un satané idiot ! Je conserverai mon trône avec ou sans votre aide et quand Charles sera obligé de rentrer en Sicile la queue entre les jambes, ne venez pas chercher de l'aide ou de l'amitié de mon côté. Vous et moi, nous sommes maintenant des ennemis.

Cette dernière phrase, prononcée avec emphase, fut accompagnée d'un doigt vengeur pointé sur Guillaume.

Revenu aux portes, Hugues ne prit pas la peine de récupérer son cheval. Il passa devant ses hommes qui attendaient et sortit de la commanderie avant que les sergents n'aient pu lui ouvrir les portes. Guy se dépêcha de le suivre après avoir ordonné aux gardes de leur amener leurs montures.

— Monseigneur !

Hugues s'immobilisa brusquement et pivota. Guy tressaillit en constatant la violence de son regard.

— Monseigneur ? répéta-t-il timidement.

— Je veux que vous écriviez au roi Édouard d'Angleterre.

— Je l'ai déjà fait il y a plusieurs mois.

Guy s'exprimait d'une toute petite voix.

— Eh bien écrivez-lui encore, riposta Hugues. Pourquoi n'a-t-il pas répondu, pour l'amour de Dieu ?

— Je suppose que la réunion ne s'est pas bien déroulée ?

— Le roi Édouard est le neveu de Charles d'Anjou, et un proche ami du pape, fit Hugues en ignorant la question. Peut-être aurons-nous plus de chance avec lui.

Il était sur le point de repartir, mais il se retourna à nouveau, le poing fermé.

— Nous devons faire quelque chose, Guy. Je ne vais pas laisser ce trône à ce bâtard et à ces rois de pacotille !

Le quartier génois, Acre, 12 mars 1276 après J.-C.

Will attrapa Angelo par le bras tandis que le garde s'écroulait sur le sol devant les portes en se tenant la poitrine.

— Qu'est-ce que vous faites, par tous les diables ! Nous sommes ici pour arrêter Soranzo, pas pour tuer des hommes.

Angelo se défit de l'étreinte de Will pendant que les quatre chevaliers siciliens menés par Zaccaria rassemblaient les trois autres gardes.

— Il brandissait une épée, répondit froidement Angelo. Qu'est-ce que j'étais censé faire ? Hein, monsieur le chevalier ? ajouta-t-il d'un air moqueur.

Will observa la blessure du garde. Elle était superficielle, mais il savait qu'elle lui faisait mal quand même.

— Il ira bien, dit-il aux autres gardes.

En se redressant, il fit signe à l'un d'entre eux.

— Aidez-le à se lever.

L'homme, que Zaccaria avait désarmé, s'avança prudemment et prit par les épaules le garde qui geignait à leurs pieds.

Angelo se dirigea vers la maison qui s'élevait devant eux. Des torches flambaient aux fenêtres de l'étage et Will aperçut une ombre passer fugitivement.

— J'y vais en premier.

Angelo hésita, puis il fit un geste accompagné d'un sourire hostile.

— Je vous en prie.

Quand il arriva à proximité de la porte, Will entendit un bébé crier à l'étage. Les gardes semblaient les attendre : les portes du palais étaient barrées et ils avaient tiré leurs épées.

Lorsqu'ils étaient revenus à la commanderie avec Sclavo, le grand maître avait paru indécis, préférant attendre au lieu de l'envoyer arrêter Soranzo sur-le-champ. Après avoir interrogé Sclavo, il avait remercié Will. Celui-ci, avant de quitter les cachots, avait évoqué la question de la récompense, sans mentionner le fait que Luca était le frère de son agresseur. Le grand maître, distrait, lui avait répondu que les fonds seraient prêts dès le lendemain matin. Prévoyant d'envoyer Simon livrer l'argent à Luca, Will était retourné à ses quartiers où il avait entrepris de lire une traduction à laquelle Everard lui avait demandé de jeter un œil il y avait des semaines de cela, mais on l'avait convoqué dans la cour. L'y attendaient les quatre gardes personnels de Beaujeu et un homme à peu près du même âge que lui avec leurs chevaux. Zaccaria lui avait présenté l'étranger, en lui expliquant qu'il était chargé de l'escorter au palais génois, où le Vénitien interrogerait Guido Soranzo, dont il était un ancien associé. Ce qui avait eu le don d'intriguer Will. Pour que le grand maître fasse appel à un associé de Soranzo, il fallait d'abord qu'il connaisse le Génois, chose qu'il n'avait pas indiquée quand Will lui avait fait son rapport.

Son étonnement initial avait entre-temps cédé la place au malaise. Il n'arrivait pas à comprendre pourquoi le grand maître envoyait un marchand interroger Soranzo, quelles qu'aient été leurs relations par le passé, alors qu'il pouvait tranquillement demander l'aide d'Angelo une fois le Génois enfermé dans une de leurs cellules. Will ne faisait en aucun cas confiance au Vénitien. Il y avait quelque chose de personnel dans cette mission. Quelque chose qu'il ignorait.

En ouvrant les portes du palais, son sens du danger sonna l'alarme dans son esprit, pas seulement à cause de la maison plongée dans le noir, mais aussi en raison du Vénitien en cape noire derrière lui qui avait mis à terre ce garde avant même que Will n'ait eu le temps de s'emparer de son épée.

Au-delà de la porte, un couloir s'étirait dans l'obscurité, en dehors d'une lueur vacillante éclairant faiblement le sol à quelques pas sur sa droite. Agrippant son fauchon, Will entra. Ses bottes faisaient un bruit sourd sur le carrelage. Entendant le plancher grincer à l'étage, il leva la tête et se dirigea vers l'escalier.

— Commandeur Campbell.

Will se retourna pour savoir ce que voulait Zaccaria. Les yeux du Sicilien scintillaient dans la pénombre.

— Que devons-nous faire des gardes ?

Will regarda derrière lui. Francesco et Alessandro, deux chevaliers siciliens, pointaient leurs épées vers les gardes du palais, le blessé tenant un chiffon couvert de sang contre son torse. Il s'aperçut qu'il serait stupide de faire rentrer les gardes : ils pourraient donner l'alerte dans toute la maison. Il se maudit de n'avoir pas réfléchi à la question et le regard placide de Zaccaria le mit mal à l'aise. Alors qu'il avait dix ans de plus que lui, le Sicilien était moins gradé, mais il était probablement plus proche du grand maître que quiconque et il ne manquerait pas de lui faire un rapport complet sur son commandement dès leur retour. Will était habitué à s'occuper de lui-même. Il n'avait jamais réalisé à quel point tout devenait plus compliqué quand il fallait aussi prendre en main un groupe d'hommes.

— Restez ici avec les gardes, murmura-t-il à Alessandro et Francesco. Restez vigilants au cas où Soranzo essaierait de fuir.

Pendant qu'ils se mettaient en position, Will grimpa les escaliers, Zaccaria, Angelo et Carlo, le quatrième Sicilien, juste derrière lui.

En haut s'ouvrait un large couloir éclairé par des torches aux flammes erratiques. Il y avait quatre portes du côté droit et trois du côté gauche, plus une tout au bout. Elles étaient toutes fermées. Will avança avec prudence vers la première mais il s'arrêta car il venait d'entendre à nouveau le bébé crier. C'était assourdi, mais suffisant pour savoir que ça venait de plus loin dans le couloir, peut-être la deuxième porte à droite. Il se tourna vers Zaccaria et lui fit signe. Le Sicilien hocha la tête et ils approchèrent ensemble de la porte, les armes prêtes. Quand Will ouvrit d'un coup sec la porte, des cris retentirent à l'intérieur de la chambre, où une douzaine de personnes s'abritaient derrière deux gardes terrifiés. Il y avait là trois hommes ressemblant à des domestiques, quatre femmes, six enfants et, subissant l'étreinte étouffante d'une femme replète vêtue d'une robe brodée, un bébé. Les deux gardes avaient tiré leur épée, mais ils ne bougeaient pas.

— Tout va bien, leur dit Will. Nous n'avons pas l'intention de vous faire du mal.

— Qu'est-ce que vous voulez ? demanda la femme dodue d'une voix rendue perçante par la peur.

— Nous voulons parler à Guido Soranzo, répondit Will, qui baissa son arme tout en regardant du coin de l'œil les gardes pour éviter un geste malencontreux.

— Il n'est pas ici, repartit-elle, mais ses yeux se détournèrent de Will en parlant et il sut qu'elle mentait.

Will était sur le point de lui redemander où était son mari quand la voix d'Angelo se fit entendre derrière lui.

— Où est Guido ? Dis-le-moi avant que je t'arrache la langue.

La femme sursauta et l'un des enfants s'accrocha à sa robe en commençant à pleurer. Will allait ordonner à Angelo de sortir mais son attention fut attirée par un vacarme au fond du couloir. Angelo se mit à courir.

— Surveillez-les ! fit Will à Zaccaria en se lançant à sa poursuite.

— Aidez-moi ! fit une voix étranglée à l'intérieur de la chambre.

— Ouvre la porte, Guido, cria Angelo.

Tout en jurant, il recula de quelques pas et se jeta de tout son poids contre la porte. Le loquet se brisa et la porte s'ouvrit. Angelo entra en agitant devant lui sa longue épée au pommeau en cristal.

En entrant, Will crut d'abord que la pièce, une chambre à coucher, était vide, et il fut surpris d'entendre un autre hurlement, jusqu'à ce qu'il comprenne qu'il venait de la fenêtre. Sous le rebord se trouvait une boîte ouverte, avec des bijoux brillants répandus sur le sol. Sur le rebord lui-même, deux mains potelées se cramponnaient désespérément à la pierre lisse. Lâchant son épée, Will courut jusqu'à la fenêtre et parvint tout juste à attraper l'une d'elles au moment où elles commençaient à glisser.

— Dieu du ciel, sauvez-moi ! geignit une voix en contrebas.

— Aidez-moi, fit Will, le souffle court, à Angelo, sentant que la main en sueur était en train de lui échapper.

Après avoir rengainé son épée, Angelo vint à sa rescousse. À eux deux, ils réussirent à hisser un homme pantelant et transpirant, qui s'affala à leurs pieds.

Par la fenêtre, Angelo jeta un regard méprisant à la cour pavée, deux étages plus bas.

— Est-ce que tu t'es soudain imaginé que tu savais voler, Guido ?

Il donna un coup de pied au marchand.

— Debout.

— S'il te plaît, Angelo, le supplia Guido en levant les mains et en fixant de ses yeux pleins de larmes le jeune Vénitien. S'il te plaît, ne fais pas de mal à ma famille.

— Personne ne sera blessé si vous nous dites ce que nous voulons savoir, dit Will en ramassant son fauchon.

Angelo passa devant Will.

— À partir de maintenant, je m'en occupe, commandeur Campbell.

— Je suis responsable, répondit Will qui détestait de plus en plus l'arrogance du Vénitien.

— Votre grand maître vous a chargé de m'accompagner ici pour que je puisse interroger cet homme, répliqua Angelo d'une voix tendue. Vous avez joué votre rôle. Laissez-moi jouer le mien, maintenant.

Will entendit un toussotement poli à l'entrée de la chambre et il vit Zaccaria qui se tenait sur le seuil.

— Puis-je vous dire un mot, commandeur ?

Une fois Will sorti, Zaccaria tira la porte derrière eux.

— Le grand maître nous a informés que Vitturi a toute autorité dans cette maison, commandeur. Nous devons exécuter ses ordres.

Will ne perçut pas de critique dans les paroles du Sicilien, seulement de la franchise.

— C'est un roquet.

La voix d'Angelo s'élevait derrière la porte.

— Réponds-moi, espèce de misérable !

Zaccaria fixa la porte.

— C'est bien possible. Mais ce n'est pas à nous d'en décider. Nous ne faisons qu'obéir. N'est-ce pas, commandeur ?

Au bout d'un moment, Will finit par acquiescer.

— La famille est-elle en sécurité ?

Il pouvait voir Carlo qui se tenait toujours devant la porte où femmes et enfants étaient regroupés.

— Nous avons désarmé les gardes et les avons calmés autant que possible.

— Rejoins tes camarades et attendez-moi, lui ordonna Will.

Zaccaria sembla vouloir dire quelque chose, mais il se ravisa et inclina la tête.

— Oui, commandeur.

Will resta devant la chambre à attendre. Les minutes s'égrenèrent, seuls les pleurs du bébé et les cris d'Angelo de l'autre côté de la porte brisant le silence de la nuit. Le Vénitien parlait à voix basse et Will n'entendait que des fragments de la conversation.

— L'as-tu dit à quelqu'un d'autre ?

La question fut répétée plusieurs fois. Il entendit aussi la voix de Guido.

— C'était le marché ! Je le jure ! Je voulais le marché du transport ! C'est tout !

En réponse se fit entendre un sifflement.

Will voulait s'approcher, mais Zaccaria l'observait, et même s'il était l'officier le plus haut gradé, il savait que Guillaume apprendrait toute interruption du travail en cours. Il ne goûtait pas du tout l'éventualité de perdre le grade de commandeur dont on venait à peine de le gratifier. Il entendit d'autres cris, puis un hurlement discordant, suivi d'un cri plus intense.

La porte s'ouvrit d'un coup sec et Angelo apparut, la main sur sa joue où une estafilade était visible. La lame de son épée était pleine de sang. Plus loin, Will put voir Guido, allongé sur le sol, le poing serré et le visage tordu de douleur.

— Cette ordure avait une dague, dit Angelo en passant à côté de Will et en remontant le couloir pour se rendre dans la chambre où la famille de Guido attendait.

On entendit un gémissement et Angelo en sortit en tirant un garçon par le bras.

— Qu'est-ce que vous faites ? demanda Will tandis qu'Angelo traînait le garçon dans le couloir.

— Je lui ai expliqué quelles seraient les conséquences s'il ne parlait pas.

— Non, dit Will d'une voix résolue en se plantant devant le Vénitien. Je ne vous laisserai pas blesser un enfant pour faire parler Soranzo. Je me fiche des ordres donnés par le grand maître.

— Laissez-moi passer, commandeur, grogna Angelo en poussant le garçon devant lui.

Au même moment, les deux gardes désarmés se précipitèrent en dehors de la chambre où était regroupé le reste de la famille. Plusieurs domestiques se ruèrent pour les aider et Zaccaria cria quelque chose à Will. Jurant, celui-ci accourut pour aider ses hommes, laissant Angelo emmener le garçon dans la chambre où Guido était toujours prostré sur le sol. Will se baissa pour passer entre Zaccaria et le garde que le Sicilien maintenait au mur. Il y eut un hurlement dans le couloir. Will pivota et vit Angelo enfoncer sa lame dans le corps de Guido.

— Non ! cria-t-il en courant vers la chambre.

Le hurlement continuait, une note stridente pareille à une trompette sonnant l'alarme. Will crut qu'il venait de Guido, jusqu'à ce qu'il entre et voie le garçon, qui avait été jeté à terre et regardait son père, les yeux révulsés. Le hurlement sortait de sa bouche.

Angelo se tourna vers Will.

— C'est fini. J'ai eu ce que je voulais.

Will voulut se pencher vers l'enfant mais Angelo l'attrapa par le bras.

— J'ai dit que c'était fini, commandeur.

Zaccaria cria à nouveau. La femme de Guido, en entendant le hurlement, s'était jetée sur le Sicilien. C'était une femme forte et le chevalier, qui tenait toujours le garde contre le mur, n'avait pas pu la maîtriser.

Will dégagea son bras et se rendit auprès de Guido tandis que sa femme courait dans le couloir.

— Mon mari ! cria-t-elle. Mon Dieu, *qu'avez-vous fait !*

Elle se précipita sur Angelo mais celui-ci la saisit par les poignets, qu'il tourna avec adresse pour lui tordre sans remords les bras dans le dos.

Will s'accroupit à côté de Guido. Il avait un trou net et ensanglanté dans la poitrine. Will était sur le point de se lever quand le marchand ouvrit les yeux. Il gargouilla et du sang coula sur son menton. Il grognait, les yeux grands ouverts. Non, il ne grognait pas, réalisa Will. Les cris de sa femme et les jurons d'Angelo se répondaient en écho dans la chambre, couvrant ses paroles. Will approcha son oreille.

— Ton grand maître et toi, vous brûlerez, articula péniblement Guido. La Pierre noire provoquera votre chute, non votre salut. Je le jure. *Je le jure !*

Il inspira une dernière fois puis s'effondra, immobile.

Will se remit sur ses talons tandis que la femme de Guido se résignait à la prise d'Angelo et se mettait à sangloter. Le Vénitien la relâcha et elle glissa sur le sol.

— Commandeur Campbell, amenez-moi jusqu'au grand maître. J'ai l'information que je suis venu chercher. Nous en avons fini ici.

Ignorant Angelo, Will s'approcha de la femme de Guido et l'aida à se remettre debout. Son visage s'affaissa en voyant le cadavre de son mari.

— Je suis désolé, lui dit Will d'une voix apaisante. Ça n'était pas censé se passer comme ça.

Elle fit une grimace et lui cracha au visage. Puis elle se jeta sur le corps de son mari et prit sa tête entre ses mains.

Tandis que Will essuyait le crachat de sa joue, il croisa les yeux noirs d'Angelo Vitturi. Le Vénitien le fixa un moment avant de quitter la chambre. Will le laissa prendre de l'avance, puis il sortit à son tour en laissant la famille Soranzo à son cadavre et à sa douleur. Il retrouva l'air nocturne avec un sentiment d'hébétude, les derniers mots de Guido se répétant dans sa tête.

La Pierre noire provoquera votre chute, non votre salut.

12

Le quartier vénitien, Acre

16 mars 1276 après J.-C.

Le magasin situé rue de la Soie était frais et sombre. Il le restait toujours, même dans la fournaise de l'été, volet fermé devant la fenêtre pour empêcher les rouleaux de tissu de déteindre à la lumière. Elwen s'emplit de l'odeur familière de la pièce. Le magasin en avait une particulièrement riche, presque suave. Des centaines de rouleaux de tissu étaient alignés sur les étagères, prêts pour le transport jusqu'à Venise et, de là, vers toutes les villes d'Occident. Elwen arpenta les rayons en comptant les rouleaux, une dernière vérification avant les préparatifs de l'expédition. Elle caressa du plat de la main un rouleau luxueux de samit, l'un des favoris de son ancienne maîtresse, la reine de France, qui avait été pendant des années l'une des meilleures clientes d'Andreas. Elwen regarda derrière elle en entendant celui-ci marmonner. Il fouillait dans une pile de documents qu'elle avait rangés plus tôt sur l'établi.

— Où est le registre des marchandises ?

Elwen alla droit vers une étagère derrière l'établi, se hissa sur la pointe des pieds et en tira un ouvrage épais relié en cuir. Andreas le récupéra en souriant. C'était un homme rondouillard et corpulent, large d'épaules, avec de grandes mains et un long visage encadré par des cheveux de la même couleur que du métal dépoli.

— Je ne sais pas comment je faisais avant que tu ne sois là, lui dit-il en humectant son pouce pour feuilleter les pages.

Les premières pages étaient couvertes de son écriture négligée, les dernières par des rangées de chiffres bien ordonnées, tracées avec soin par Elwen. Du doigt, il passa en revue les chiffres de la dernière page.

— Tu as vérifié que chaque rouleau est enregistré ?

— Deux fois.

Andreas hocha la tête, ravi.

— J'emmènerai ça à Niccolò pour qu'il puisse surveiller le chargement du bateau demain, annonça-t-il en fermant le livre. Nous devrions bien nous en tirer avec cette cargaison.

En le voyant glisser le livre dans son sac et se mettre à siffler un air, Elwen eut un léger sourire. Elle aimait le voir heureux, elle aimait savoir que tout allait bien pour sa famille et pour lui.

Andreas était un marchand depuis vingt-cinq ans. Il lui avait expliqué à quel point il avait été difficile de bâtir des affaires en s'installant face à des familles vénitiennes déjà établies et puissantes. Son père lui avait appris la comptabilité, s'attendant à ce qu'il suive son exemple mais Andreas s'était révélé un élève peu motivé, captivé uniquement par les récits des royaumes lointains que lui racontaient les marchands dont son père tenait les livres. Il écoutait avec une avidité effrayée ces histoires d'esclaves plongeant au large des côtes arabes à la recherche de perles, et ressortant des eaux bleues frémissantes avec des poignées de coquilles grises pour acheter leur liberté. Il s'accrochait à chaque mot tandis qu'ils évoquaient pour lui les bêtes étranges, les montagnes bleutées et les lunes rousses au-dessus du désert, ou qu'ils lui susurraient des contes à propos de femmes parfumées au teint d'ébène.

Pendant des années, Elwen avait aussi voulu voyager, ne trouvant le repos nulle part, ni dans la masure de Powys, avec ses deux pièces qu'elle partageait avec sa mère muette, ni dans les couloirs sombres et pleins d'échos du palais royal à Paris. Une fois, elle avait demandé à Andreas s'il trouvait la réalité aussi belle que le rêve.

— Plus belle, avait-il répondu. Car dans mes rêves, je n'avais pas une femme et des enfants aussi beaux.

Elwen avait hoché la tête en gardant le silence. Sa propre réalité était un peu différente de ce qu'elle avait imaginé.

Andreas posa le sac sur la table.

— Je sais que nous avons dû beaucoup nous agiter dernièrement et que je ne t'ai pas montré comment tenir le registre, comme je te l'avais promis.

Il leva la main pour empêcher Elwen de l'interrompre.

— Mais j'ai besoin que tu fasses quelque chose pour moi. La foire du printemps de Kaboul, je veux que tu y ailles à ma place. Niccolò part pour Venise, le marché d'Orient arrive bientôt, et avec Besina prête à accoucher, je ne peux tout simplement pas partir, même une seule journée.

Il sourit en voyant l'expression d'Elwen.

— Tu es étonnée ?

— Je n'ai jamais acheté.

— Mais si, bien sûr que tu as déjà acheté.

— Avec vous, corrigea-t-elle.

Andreas secoua la tête.

— Tu ne connais pas tes propres talents, Elwen. Je t'ai observée, dit-il en tapant le coin de son œil avec son majeur. Je vois que tu sais y faire.

Il la regarda froncer les sourcils, évaluant la situation d'un air songeur. Il n'avait pas pris cette décision à la légère, et elle ne l'accepterait pas non plus sans y réfléchir sérieusement.

Elwen avait l'esprit vif et l'envie d'apprendre, mais ce n'était pas ce qui enrichissait un marchand. Il fallait savoir charmer, négocier, vendre, et elle avait un don naturel pour tout cela. Les fournisseurs locaux du marché d'Acre l'adoraient. Quand il l'y avait emmenée la première fois pour lui montrer comment estimer la qualité d'une étoffe, Andreas avait été surpris de voir les prix dégringoler quand elle essayait, avec un petit rire embarrassé, de poser des questions aux vendeurs en maniant les quelques mots d'arabe qu'elle connaissait. Plus tard, quand elle lui avait appris qu'on l'avait souvent envoyée sur les marchés de Paris pour y acheter des articles de luxe destinés à la reine, Andreas avait entraperçu une possibilité.

— Est-ce sûr ? lui demanda Elwen. Les routes ?

— Je ne t'y enverrais pas si ce n'était pas le cas, répondit Andreas. Le traité signé avec le sultan Baybars nous autorise le passage sur les chemins de pèlerinage de Palestine. Kaboul est à un peu moins d'une journée de cheval d'ici, Giorgio et Taqsu t'accompagneront.

Ces hommes constituaient l'escorte d'Andreas, ils conduisaient son chariot lorsqu'il se rendait chez des fournisseurs acheter de la soie. Giorgio était un soldat vénitien à la retraite, ancien membre de la garde de la ville, et Taqsu était un ancien esclave bédouin qu'Andreas avait acheté sur le marché d'Acre une quinzaine d'années plus tôt. Il avait affranchi le jeune Bédouin dès le lendemain et lui avait proposé un salaire. Taqsu ne l'avait jamais quitté depuis, et il lui servait à la fois de guide et d'interprète. Elwen connaissait les deux hommes et elle les appréciait.

— Tu pourras emmener Catarina, ajouta Andreas en voyant qu'elle était sur le point d'accepter. Besina a besoin de se reposer. En plus, elle m'accompagne tous les ans et elle serait déçue de ne pas y aller cette fois.

— D'accord, fit Elwen avec un grand sourire. Merci.

Puis elle montra les étagères :

— Tout est prêt. Est-ce que vous avez besoin de moi pour autre chose ?

— Nous avons fini de travailler pour aujourd'hui. Mais il faut que je te parle d'une dernière chose.

Andreas s'appuya sur l'établi.

— Cet homme que tu vois, Elwen. Qui est-ce ?

Cette question la secoua autant que si Andreas l'avait giflée en pleine figure. Il n'était plus temps de dissimuler sa culpabilité ou ses craintes ; elles s'affichaient sur ses joues qui avaient rougi instantanément et dans ses yeux verts grands ouverts.

— Catarina m'en a parlé, dit-il.

Elwen pencha la tête.

— Andreas, je suis désolée. Je...

— Ça n'est pas un problème. En fait, j'en suis même ravi.

— Ravi ?

— Tu es une très belle femme, Elwen. Mais tu as presque trente ans. Tu as toujours été toute seule. Besina m'a épousé quand elle avait quatorze ans et elle a amené la joie dans ma vie. Au moins, je sais maintenant pourquoi tu refuses les avances de Niccolò, ajouta-t-il.

Elwen rougit davantage encore.

— Ce n'est pas que je ne veux pas...

Elle s'interrompit, cherchant les mots en italien. Parfois, ils lui venaient facilement et coulaient comme de source, à d'autres moments, en particulier quand elle était nerveuse, son débit était lent et haché.

— Tu n'as pas à m'expliquer. En revanche, j'ai besoin de savoir si tu continueras à travailler pour moi lorsque tu seras mariée. Ton mari le permettra-t-il ?

Les yeux d'Elwen étaient rivés au sol.

— Il est chevalier du Temple, Andreas.

Andreas parut choqué.

— Un Templier ? Catarina ne me l'avait pas dit.

Il poussa un long soupir.

— Je ne suis plus si ravi que cela. Ce n'est pas une vie. Vivre dans le péché, dans le secret ? Ne veux-tu pas avoir d'enfants ? Et une famille ? Je pense à toi comme à l'une de mes filles, Elwen, dit-il d'une voix plus douce. Je veux que tu sois heureuse. Si cet homme ne peut t'offrir cela, alors je prie pour que quelqu'un d'autre le fasse.

— Je ne peux pas contrôler mes sentiments, répondit Elwen, les yeux brûlants. J'aimerais en être capable, mais je l'aime depuis que nous sommes enfants. Nous avons grandi ensemble en France. Nous étions fiancés, alors.

— Avant qu'il devienne chevalier ?

— Il m'a demandé de l'épouser le jour où il a prononcé ses vœux. Je sais, dit-elle dans la foulée devant son expression incrédule. Nous allions nous marier en secret.

— Et qu'est-ce qui s'est passé ?

Elle soupira.

— C'est une longue histoire. Disons qu'il a été trahi par un ami et qu'il a fait quelque chose qui m'a profondément blessée. Ce n'était pas vraiment sa faute, mais nous avons rompu ce jour-là et il est venu ici, en Acre, pendant que je restais à Paris.

— Et maintenant, vous êtes revenus à votre point de départ ?

Elwen poussa un rire sans joie.

— Sauf que j'ai plus de rides.

— Quittera-t-il l'Ordre pour toi ?

Elwen garda le silence un instant.

— Non, dit-elle enfin. J'ai cru un temps qu'il le ferait, mais plus maintenant. Il est devenu commandeur. Il a attendu si longtemps pour devenir chevalier. C'est ce qu'il a toujours voulu. Je crois…

Elle fronça les sourcils.

— Je crois que lui ôter son manteau reviendrait à lui arracher une partie de lui-même. S'il n'était plus chevalier, ce ne serait plus Will. Si je l'aime, je dois tout aimer de lui, non ? Je veux qu'il soit heureux. Est-ce mal ?

— Mais qu'est-ce que tu deviens, dans tout ça ?

Elwen passa la main dans ses cheveux, les ébouriffant quelque peu. Andreas était songeur.

— J'ai entendu parler d'hommes rejoignant le Temple avec leurs femmes.

— Seulement s'ils sont déjà mariés, le corrigea Elwen. Ils peuvent rejoindre l'Ordre, mais ils ne portent pas le manteau blanc et, s'ils prononcent le vœu de chasteté, ils ne peuvent plus partager le lit de leur femme. Si l'un de ses maîtres apprenait mes rencontres avec Will, on lui retirerait son manteau et il serait exclu. Et de toute façon, ajouta-t-elle, je n'ai aucune envie d'entrer au Temple. Devenir nonne dans un monastère ne ressemble pas à la vie que je veux mener.

— Et lui ne veut pas d'une vie séculière. Que vas-tu faire ?

Elwen tordit ses cheveux, l'air absent.

— Je ne sais pas, Andreas, répondit-elle en fermant les yeux. Je ne sais vraiment pas.

Le Temple, Acre, 16 mars 1276 après J.-C.

— Tu as vu Elwen ces derniers temps ?

— Parle moins fort, répondit Will à voix basse en se levant du banc où il était assis.

La tête de Simon apparut derrière le cheval dont il était en train de s'occuper.

— Désolé, dit-il tout en continuant à brosser les flancs de la bête. Personne ne peut nous entendre ici.

Will regarda alentour les voûtes en pierre des écuries. Les stalles, à cet endroit, accueillaient des destriers : les chevaux de guerre massifs que montaient les chevaliers pendant les combats, et qui portaient comme eux des armures durant les charges. Les palefrois et les chevaux de bât, utilisés par les sergents ou pour les courts déplacements, logeaient dans une écurie adjacente.

— Quand même, répondit-il à Simon en souriant, je préfère ne pas en parler. C'est toi que je suis venu voir. Je n'ai pas eu beaucoup de temps pour les amis, dernièrement. Maintenant que j'ai une minute, je n'ai pas envie de la passer à parler de moi.

— J'aurais préféré, pourtant. Ce n'est pas comme si j'avais grand-chose à raconter, coincé ici toute la journée.

Il se redressa et s'essuya le front avec le bras, avec pour résultat d'étaler la crasse sur ses sourcils.

— Quoique j'aie parlé avec Everard hier.

— Ah ?

— Il avait l'air fâché. Plus que d'habitude, je veux dire.

— Qu'est-ce qu'il t'a dit ?

— Rien de précis, il m'a juste demandé si nous nous étions vus récemment. Il voulait savoir où tu étais.

Will fronça les sourcils.

— Il n'est pas venu me voir.

— Tu connais Everard. J'imagine qu'il voulait que je te le dise, tu sais, histoire de ne pas avoir à te convoquer. Il préfère que tu ailles le voir de toi-même.

Will se gratta le menton d'un air absent. Sa barbe lui écorchait le bout des doigts.

— Je n'ai pas eu le temps de lui rendre visite, pas depuis que nous avons découvert qui était derrière l'agression du grand maître.

— Ah bon ? fit Simon en dressant la tête. Et pourtant tu traînes ici, alors que tu ne veux parler de rien ?

Will ne répondit pas. C'était vrai : il évitait le prêtre. Everard voudrait savoir ce qui s'était passé chez Guido Soranzo, il serait au courant des rumeurs, il aurait même peut-être appris, de la bouche du sénéchal, qu'un homme nommé Sclavo était détenu au cachot pour ses liens avec l'attentat contre le grand maître. Will n'avait jamais été doué pour mentir au prêtre. Everard saurait qu'il lui cachait quelque chose.

Depuis qu'il était revenu de chez Guido, Will avait pensé à plusieurs reprises aller trouver le prêtre pour tout lui raconter : à propos de Sclavo, de la décision du grand maître d'envoyer un étranger au Temple interroger le suspect, et des dernières paroles de Guido. Mais son inquiétude pour le vieillard l'en empêchait. Everard était frêle, souffrant, et il croulait déjà sous le fardeau du possible double jeu d'Édouard. L'idée que le grand maître pourrait être impliqué dans quelque chose de compromettant serait capable de le pousser au fond du précipice. Avant de parler à Everard, il voulait en savoir davantage.

Il s'était creusé la tête à rechercher le sens que pouvait cacher la malédiction prononcée par Guido, mais il n'en tirait rien. Il n'avait jamais entendu parler d'une pierre noire, pas plus qu'il n'arrivait à comprendre pourquoi le grand maître brûlerait à cause d'elle. Il n'y avait qu'une seule personne, en dehors d'Everard, à qui il aurait pu en parler : Elias, un vieux rabbin qui tenait une librairie dans le quartier juif. Elias connaissait l'existence de l'Anima Templi et il les avait aidés à trouver des traités très rares en vue de les traduire. Ils avaient même à l'occasion utilisé son magasin pour diffuser les connaissances qu'ils jugeaient importantes. Il faisait commerce de livres sur tous les sujets, de l'histoire à la médecine, de l'astrologie à la magie étrange pratiquée par les hommes tatoués du désert. Il n'était ignorant dans presque aucun domaine. Will devait simplement trouver un moyen de lui poser la question sans que ça revienne aux oreilles du prêtre.

— Je suis sûr que je verrai Everard au souper, dit-il à Simon qui haussa les épaules.

— Sire Campbell.

Will se retourna et vit Zaccaria à l'entrée de l'écurie. Le Sicilien lui faisait signe.

— Le grand maître de Beaujeu désire vous voir dans ses quartiers.

Quand Will entra dans le réclusoir du grand maître, Guillaume était assis à sa table de travail. La lumière du soleil projetait un grand carré éblouissant sur les papiers dispersés devant lui. Il tenait une plume à la main.

— Commandeur, le salua-t-il sans relever la tête. Fermez la porte derrière vous.

Il plongea la plume dans un flacon d'encre et continua à rédiger sa lettre tout en poussant des petits soupirs.

— Vous vouliez me voir, maître.

Après trois lignes supplémentaires, Guillaume posa sa plume.

— Vous avez agi comme il fallait l'autre nuit, dit-il finalement en se renfonçant dans son fauteuil. Je n'ai pas eu l'occasion de vous remercier depuis que vous m'avez rendu votre rapport. Une fois de plus, je suis votre obligé. Grâce à vous, l'homme qui souhaitait ma mort a dû répondre de ses actes.

Will voulut s'abstenir de répondre, mais il réalisa qu'il n'y tenait plus.

— J'aurais préféré que Guido Soranzo réponde de ses actes dans nos cachots, maître, plutôt que dans sa maison, devant ses propres enfants.

Guillaume observa Will un moment en ne laissant rien paraître de ses pensées.

— Il est vrai que le procès n'a pas été des plus ordinaires. Mais Angelo Vitturi m'a informé qu'il n'avait pas eu le choix. Soranzo l'a attaqué. Il l'a tué en se défendant.

— Je crois que nous aurions pu l'éviter en arrêtant Soranzo et en l'amenant ici pour l'interroger.

— En agissant ainsi, nous aurions laissé à Soranzo une chance de relever sa garde. Vitturi avait davantage de chance d'obtenir des réponses dans une situation où il était vulnérable.

Le grand maître parlait d'un ton patient, mais Will y percevait des intonations qui lui suggéraient qu'il était en terrain dangereux.

— Et avez-vous eu les réponses à vos questions, maître ?

Will savait qu'il en faisait trop mais il n'avait pas pu s'en empêcher. Il s'aperçut qu'il était en colère contre le grand maître, qu'il lui en voulait de l'avoir envoyé en mission avec l'imprévisible Angelo sans aucune explication valable, et qu'il éprouvait désormais pour lui une défiance ambiguë.

Les manières de Guillaume changèrent soudain, il devint plus léger.

— Il semble que Soranzo voulait monnayer ma mort en échange d'un contrat.

— Un marché ?

— Au concile de Lyon, j'ai obtenu l'approbation papale pour la construction d'une flotte qui desservirait la mer Méditerranée. Sa mise en œuvre a déjà débuté en France. Soranzo était constructeur naval et ses affaires périclitaient. Si j'étais mort, la construction de cette flotte serait revenue aux chevaliers de Saint-Jean, avec qui Soranzo avait conclu un accord.

— Oh ! fit Will d'un air surpris.

Guillaume éclata de rire. Les rides de son front disparurent et son visage rajeunit instantanément de quelques années.

— On dirait que vous êtes déçu. Vous attendiez-vous que cet homme ait des motivations plus dignes pour justifier ses actes, William ? Quelque chose de plus distingué, de plus noble ?

— Non, s'empressa de répondre Will.

— Pour vous dire la vérité, j'ai moi-même été déçu, l'apaisa le grand maître, son sourire évanoui. Jusqu'où l'homme est prêt à s'abaisser pour tirer profit d'un cadavre…

Will ne répondit pas. Avait-il tort ? Le grand maître ne savait-il rien de plus que cela ? Il avait l'air si sincère. En même temps que ses pensées se formaient, Will désira soudain que ce fût vrai. Il voulait croire Guillaume. Il y avait une franchise rassurante chez le grand maître, quelque chose de solide, de fiable.

— Enfin, reprit Guillaume en se levant et en se dirigeant vers une armoire, c'est fini. Peut-être pouvons-nous maintenant retourner à nos devoirs.

Ouvrant les battants, il se pencha et en sortit un long tube. Pendant qu'il revenait à sa table de travail, Will reconnut un étui à rouleau, délicatement filigrané d'argent.

— J'ai une nouvelle mission pour vous.

Will saisit l'étui que lui tendait Guillaume.

— J'ai besoin que vous ameniez ceci à un certain Kaysan. C'est l'un de nos espions. Ce rouleau contient des informations très sensibles à propos de nos ennemis sarrasins que nous lui demandons de confirmer.

Guillaume revint à sa chaise.

— Kaysan appartient à un groupe de mercenaires chiites qui œuvrent sur les routes de pèlerinage qui vont de la Syrie ou de l'Irak vers l'Arabie. Ils sont payés pour protéger les commerçants et les pèlerins en route pour La Mecque des tribus du désert qui attaquent leurs caravanes et exigent des taxes illégales. Kaysan habite le village d'al-Ula, à trois jours au nord de Médine, la ville sainte des Sarrasins où se trouve le tombeau de leurs prophètes. Vous vous y rendrez avec Zaccaria, Carlo et Alessandro. Francesco est malade. Quel est le nom de votre ami ? Celui qui vous a aidé à capturer Sclavo ?

— Robert de Paris ?

— Emmenez-le aussi, répondit Guillaume en hochant la tête. Comme je vous l'ai dit, Kaysan travaille sur les chemins de pèlerinage. Il est souvent en déplacement, vous devrez peut-être attendre un moment avant qu'il revienne à son village. Les chrétiens de Syrie font du commerce sur ces routes, vous voyagerez donc sous le déguisement de marchands. L'un des guides du Temple vous conduira. Al-Ula est le dernier village arabe où les chrétiens peuvent pénétrer. Au-delà, seuls les Sarrasins peuvent emprunter les routes de Médine et de La Mecque. Donnez le nom de Kaysan en arrivant sur place. Les gens le connaissent. Vous partez demain.

Will sentit l'étui argenté lui brûler la main.

— Des informations sensibles, maître ?

— Des informations très sensibles ! souligna Guillaume avec emphase. Soyez sur vos gardes, William. Cette route est semée de périls. Faites en sorte que ce rouleau soit en sécurité.

— Oui, maître.

Guillaume reprit sa plume. Mais en voyant que Will ne partait pas, il leva des yeux étonnés.

— Y a-t-il autre chose ?

Will secoua la tête. S'il existait des réponses à ses questions, ce n'était pas ici qu'il les trouverait.

— Non, maître.

13

Les quais, Acre

15 avril 1276 après J.-C.

Près du rivage, les oiseaux tourbillonnaient en poussant des cris, leur vol en spirale se découpant dans le demi-jour de l'aurore. Les premiers rayons du soleil resplendissaient à l'est, nimbant d'une lumière mordorée les clochers, les dômes et les tours qui s'élevaient au-dessus des murs d'Acre. Debout sur le pont, Garin porta la main devant ses yeux pour se protéger de l'éblouissement.

Acre.

Il avait passé presque cinq ans de sa vie dans cet endroit, pourtant il lui était aussi inconnu que n'importe quelle ville étrangère. Il n'était pas étonnant qu'il ne reconnût rien. Quand il était venu pour la première fois en Terre sainte, on l'avait affecté à Jaffa et Antioche. Après la chute de ces deux places fortes devant l'armée de Baybars, il était revenu en Acre, où il n'avait passé que deux semaines avant de se retrouver enfermé dans les cachots du Temple pendant quatre ans. Ses souvenirs de la ville consistaient en un mélange de bruits et d'odeurs, les pâles fantômes qui l'accompagnaient dans sa prison : la vibration des vagues, les embruns de la mer et les cris des oiseaux. Depuis qu'il était monté à bord de ce vaisseau, six mois plus tôt à Londres, il attendait qu'Acre apparaisse à l'horizon avec l'hostilité latente d'un homme s'apprêtant à affronter un vieil ennemi. La légère excitation qu'il ressentait en voyant la ville s'approcher le surprenait. Peut-être était-il seulement content de voir la terre ferme après avoir passé autant de temps en mer, à moins que ce ne fût la perspective de liberté que la ville lui offrait. Quoi qu'il en soit, il était de plus en plus agité quand ils parvinrent à l'entrée du port.

Il attrapa son sac posé dans un coin du pont où il s'était tenu pendant tout ce voyage. Les autres messagers du roi avaient des robes de fonction et traversaient sur des bateaux majestueux, mais le roi Édouard avait fait valoir que sa mission exigeait de la discrétion. Ainsi ne portait-il pas des vêtements en velours, mais une chemise et des braies en simple coton, ainsi qu'un manteau de laine en mauvais état. Le vaisseau à bord duquel il avait voyagé transportait de la laine et son équipage se constituait de gaillards londoniens. Au départ, Garin s'était ennuyé à mourir. Mais au large des côtes françaises, il avait découvert que son vil entourage prodiguait certaines distractions grâce auxquelles il put passer le temps, à savoir boire et jouer.

Dès que la passerelle fut jetée sur le quai, les matelots commencèrent à décharger les marchandises. Le capitaine descendit à terre et traversa les quais pour se rendre à la maison des douanes. Garin jeta un coup d'œil aux membres de l'équipage, mais ils étaient occupés par la cargaison et, de toute façon, il n'avait rien à leur dire. Le soleil dans les yeux et les exclamations des pêcheurs dans les oreilles, il emprunta la passerelle jusqu'aux quais où régnait l'agitation. La solidité du pavé sous ses pieds, après un si long voyage en mer, lui fit un choc, et il fut envahi par une sensation de vertige qui le fit vaciller. Après quelques pas incertains, il s'aperçut néanmoins qu'il arrivait à marcher à peu près droit en se concentrant sur un élément immobile. Le regard fixé bien droit sur les grilles en acier massif de la ville, Garin lança le sac sur son épaule et se mit en route.

Ayant dépassé les tours circulaires des bâtiments où l'on faisait du sucre et les innombrables échoppes et tavernes alignées près des quais, il pénétra vraiment dans la ville. Les marchands avaient déjà commencé leur boniment au marché pisan, recouvert d'une canopée géante de lourdes tentures rouges et bleues, suspendues là afin de protéger les vendeurs de l'insolation. L'estomac creux de Garin émit un gargouillis en voyant un homme au teint hâlé vidant un panier de grenades sur un étal près de fruits jaune-vert incurvés dont il se souvint qu'on les appelait des pommes du Paradis. Garin ouvrit son sac et en tira une bourse en cuir pleine de pièces. Il approcha de l'homme et désigna les grenades en levant deux doigts.

L'homme grimaça un sourire qui dévoila des chicots noirâtres et saisit deux fruits.

— Vous venez d'arriver ? demanda-t-il avec un fort accent français en regardant du côté des quais.

Garin acquiesça en tendant l'argent.

— Bienvenue au Paradis, dit l'homme en lui donnant les fruits avec un gloussement.

Garin s'éloigna en fourrant la bourse et l'une des grenades dans son sac. Tirant une fine dague d'un étui accroché à sa ceinture, il découpa le fruit, révélant sa chair sombre et généreuse en pépins. Il regarda alentour tout en dégustant la grenade et en essayant d'affermir ses appuis. Il savait que le Temple était à sa gauche, il voyait ses murs d'enceinte un peu plus loin, mais il n'était pas encore prêt à y aller. Il avait d'autres affaires à régler avant.

Garin n'avait jamais eu l'opportunité d'explorer la ville, mais il savait à peu près quelle direction il devait prendre. Il quitta le marché pisan et suivit une allée vers le nord. Il n'avait pas encore beaucoup progressé quand il entendit crier son nom. Derrière lui se trouvaient deux hommes trapus dotés d'une musculature impressionnante. L'un était chauve, avec le crâne qui pelait à cause des brûlures du soleil, l'autre avait une touffe épaisse qui lui couvrait une partie du visage.

— Tu as pris quelque chose qui ne t'appartient pas, de Lyons, dit le chauve d'une voix bourrue.

Il transpirait et avait le souffle court comme s'il venait de courir. Garin soupira d'un air las.

— Je l'ai gagné, Walter.

— Tu as triché, répondit Walter en pointant un doigt accusateur sur Garin. Tu perds pendant des mois. Et tout à coup, la dernière nuit à bord, tu gagnes tout ? Tu avais tout prévu depuis le début.

— La partie était intéressante, fit Garin de sa voix toujours lasse, mais il s'était débarrassé de la grenade et avait passé le pouce dans sa ceinture, près de la dague.

— Rends-le-nous, nabot, grogna le compagnon chevelu de Walter.

Le visage de Garin exprima soudain une colère contenue.

— Nabot ? répéta-t-il avec un petit rire narquois. Tu crois m'intimider avec des insultes, John ?

Son sourire avait disparu. Il jeta son sac à terre et avança vers eux.

— Il fut un temps où j'aurais pu vous faire pendre, noyer et écarteler pour m'avoir parlé sur ce ton. Cette époque est révolue, je ne porte plus le manteau. Mais je n'ai rien oublié de ce qu'on m'a enseigné.

Walter repoussa John.

— Il est à moi.

Garin continuait de marcher à pas très lents, presque sans avancer, et Walter vint vers lui, les poings levés. Le matelot donna le premier coup de poing, que Garin esquiva en se baissant avec agilité avant de le contrer d'un coup de coude en pleine mâchoire. Sa tête partit en arrière et il poussa un cri de douleur, vacillant et crachant du sang car il s'était mordu la langue.

— *Fumier*, grogna-t-il en revenant à l'attaque.

Garin feinta à gauche le deuxième coup de poing et contourna à nouveau la défense brouillonne de Walter. Cette fois, il le frappa à l'œil et y gagna une douleur aiguë dans les articulations, le signe d'un coup bien porté. Walter tituba en se tenant le visage, et John s'avança à son tour. Garin leva les poings, mais il ne s'attendait pas à une charge aussi foudroyante de la part d'un homme aussi costaud et il dut reculer pour tenter de bloquer ou d'éviter un déluge de coups rapides comme l'éclair. Mais l'un d'entre eux le toucha et il sentit son nez craquer sous le choc du poing de John. Un sang épais, acide, remplit immédiatement le fond de sa gorge et des larmes l'aveuglèrent tandis que la douleur hurlait en lui. Crachant au sol pour se dégager la gorge, il s'avança, aiguillonné par la rage. Ignorant les coups qui pleuvaient sur lui, Garin réussit à attraper les cheveux de John et il tira d'un coup sec vers le bas en levant le genou. Le nez de John se brisa et sa lèvre inférieure éclata contre ses dents. Garin le releva sans ménagement avant de le laisser s'écrouler au sol, où sa tête cogna durement. Il ne s'en remit pas. Essuyant le sang qui lui coulait sur le visage, Garin enjamba John et retourna vers Walter qui regardait, médusé, son camarade à terre. En voyant Garin sortir sa dague, le matelot recula de quelques pas, puis il se retourna et partit en courant.

Garin le regarda s'en aller, après quoi il rengaina la dague et se pencha sur John pour inspecter sa ceinture. Une petite bourse y pendait derrière une flasque en cuir. Il fit couler dans sa gorge une rasade de son mauvais vin et grimaça. Puis il se rinça la bouche avant de recracher le tout en jetant la flasque sur John, toujours inconscient.

Des types comme ceux-là ne se rendaient pas compte. Ils le regardaient et tout ce qu'ils voyaient, c'était un homme près de la trentaine, apparemment sans métier ni statut, un homme agréable, affable, brave, dont ils pouvaient se moquer ou tirer quelques pièces ; peut-être une sorte d'érudit. Pas un homme dont il fallait se méfier, capable de tricher aux dés ou de leur voler leur femme, et encore moins de leur trancher la gorge au beau milieu de la nuit. Ils n'avaient pas remarqué les cicatrices, qu'il prenait soin de cacher sous ses cheveux blonds tombant comme un rideau et sous sa barbe foncée. Ils n'avaient pas remarqué sa façon de se déplacer, fluide, vive, comme il l'avait appris en s'entraînant à l'épée, ou sa manière de dormir en ne leur tournant jamais le dos. Non. Ils ne s'étaient pas rendu compte de tout cela.

Attrapant son sac, Garin quitta l'allée et remonta la rue des Trois-Mages en direction du palais royal d'Acre.

Kaboul, royaume de Jérusalem,
15 avril 1276 après J.-C.

Elwen posa délicatement le tissu sur le revers de sa main pour en inspecter la trame.

— Il est magnifique, dit-elle en relevant les yeux sur le vendeur.

— Je fais bon prix, annonça l'Arabe en souriant.

Un homme entre deux âges, à côté, montra du doigt un rouleau de samit chatoyant en demandant son prix, et le vendeur alla lui répondre. Elwen sentit quelqu'un qui la poussait dans le dos et elle se tourna : une femme qui essayait de se frayer un chemin lui adressa un sourire d'excuse. Bien qu'il eût commencé dès l'aube, le marché était toujours plein de monde. La foule se pressait, les vendeurs criaient leurs prix, les acheteurs se penchaient sur les marchandises éparpillées sur les étals pour négocier. La foire du printemps de Kaboul abritait surtout des vendeurs de tissu, mais il y avait aussi quelques marchands d'épices, de teintures et d'encens. Une odeur de viande grillée au poivre flottait dans l'air brûlant, et la mélodie envoûtante d'une lyre voguait au-dessus du vacarme de la cohue. Dans l'ombre d'une église en pierre, le plus grand bâtiment du village, le joueur de lyre attirait un public nombreux en chantant des airs dans une langue qu'Elwen n'avait pas su identifier.

— Est-ce le dernier, mademoiselle ?

Elwen se tourna vers Giorgio. Il avait pris un coup de soleil sur le visage, son nez était rubicond.

— Taqsu a presque fini de charger le chariot.

— Je vais peut-être acheter quelques-unes de ces étoffes, répondit Elwen en tâtant du bout des doigts le tissu. Je crois qu'Andreas va l'adorer.

Elle le montra au Vénitien.

— Qu'est-ce que vous en dites ?

Giorgio leva les mains au ciel en signe d'impuissance.

— Mademoiselle, le peu que je connais à propos des tissus pourrait tenir sur une tête d'épingle. Tout ce que je peux dire, c'est qu'Andreas vous fait assez confiance pour vous laisser le remplacer ici, donc je suppose que vous pouvez vous en remettre à vous-même pour prendre une décision.

Elwen lui retourna son sourire.

— Vous avez raison.

Elle regarda par-dessus la foule en direction des chariots et des charrettes. Escortes et guides de toutes les nationalités entassaient des marchandises dans de grands sacs en cuir attachés aux chameaux. Il y avait des revendeurs de Damas, Mossoul, et même d'Arabie. La guerre de Baybars contre les Francs, qui avait duré douze ans, avait peu ou prou réduit à néant les positions chrétiennes en Palestine et en Syrie, ne leur laissant que quelques villes le long de la côte et une poignée de villages en Galilée, habités par des chrétiens indigènes. Les marchands locaux avaient désormais moins d'occasions de vendre leurs produits aux négociants occidentaux, ce qui avait rendu les foires comme celle-ci, ainsi que les marchés d'Acre, de Tripoli ou de Tyr encore plus attractifs. Il y avait beaucoup d'Occidentaux ici, autant que d'Arabes.

— Catarina est avec Taqsu ? demanda-t-elle à Giorgio.

— Oui, elle l'aide à charger les dernières marchandises.

— Laissez-moi finir ici et je vous rejoins.

Giorgio s'en alla et Elwen se tourna vers le vendeur pour lui rendre l'échantillon.

— À combien est le mètre ?

Elle s'était sentie nerveuse en arrivant ce matin, après avoir voyagé toute la nuit depuis Acre. Elle manquait d'assurance et elle avait peur de décevoir Andreas. Mais après son premier achat, sa confiance en elle-même avait augmenté. Grâce aussi à Taqsu sur qui elle pouvait compter pour faire l'interprète. Et maintenant, elle prenait plaisir à négocier avec le vendeur. Ils étaient en train de se mettre d'accord sur le prix lorsqu'elle sentit qu'on tirait sur sa manche. Catarina se trouvait à côté d'elle, elle était agitée et avait l'air d'avoir chaud.

— Je croyais que tu aidais Taqsu ? dit-elle à la fillette en lui ramenant ses cheveux noirs en arrière.

— Je m'ennuie, lui répondit Catarina avec un soupir appuyé. Quand est-ce qu'on part ?

— Bientôt. J'ai presque fini. Pourquoi est-ce que tu ne m'attends pas au chariot ?

— Est-ce que je peux aller écouter le musicien ?

Elwen jeta un coup d'œil au joueur de lyre. L'église était assez loin et la foule était toujours dense.

— Il vaut mieux que tu restes avec moi.

— Vous avez l'argent ? demanda le vendeur qui attendait.

— Mon père me laisserait y aller, dit Catarina avec une moue boudeuse.

— Très bien, répondit distraitement Elwen en ouvrant sa bourse. Mais reste près de l'église, là où je peux te voir.

Catarina fit un grand sourire et s'éloigna.

— Votre fille ? Très belle.

Elwen rit.

— Oh ! Ce n'est pas ma fille.

Le vendeur prit l'argent et entreprit de plier le tissu. Le sourire d'Elwen avait disparu. Les paroles qu'elle venait de prononcer étaient chargées d'une émotion inattendue et elle fut soudain sur le point de pleurer. En colère contre elle-même, elle repoussa les larmes.

Depuis plusieurs semaines, un sentiment de tristesse diffuse lui pesait. Elle s'était même mise à penser à son père et à sa mère, des fantômes qu'elle convoquait rarement. Son père était mort peu après sa naissance et cela faisait des années qu'elle n'avait pas revu sa mère. À Paris, Elwen lui avait écrit à chaque saison qui passait, mais elle n'avait jamais reçu de réponse. Elle ne savait même pas si elle était encore en vie. La douleur qu'elle éprouvait n'était pas tant pour cette perte en elle-même que pour quelque chose qu'elle n'avait jamais connu : une famille. C'est la discussion avec Andreas qui l'avait remuée de cette façon. Maintenant qu'il était au courant de sa relation avec Will, Andreas amenait le sujet à tout moment pendant le travail, en lui disant qu'elle devrait trouver un mari capable de s'occuper vraiment d'elle. Elwen savait qu'il ne désirait que son bonheur, mais le fait de lui rappeler sans cesse ce qui lui manquait ne faisait que la déprimer davantage.

Le vendeur lui tendit le ballot de tissu.

— Merci, fit Elwen.

À ce moment, elle sentit sous ses pieds une faible secousse. Puis de plus en plus forte. Le vendeur regardait autour de lui et tout le monde faisait de même, les conversations interrompues. Elwen entendit un Français demander :

— C'est un tremblement de terre ?

Personne ne lui répondit. L'étal devant lui s'était mis à tressauter, une tasse chinoise que le vendeur avait remplie de thé tintait et le liquide noirâtre débordait.

— Catarina ! appela Elwen, le regard tourné vers l'église, où le musicien s'était arrêté de jouer.

Elle aperçut la chevelure noire de Catarina, puis un hurlement déchira l'air. Une femme courait à travers le marché en criant. Elwen ne comprit pas ce qu'elle disait, mais sa terreur était visible dans sa voix et sur son visage. D'autres reprirent avec elle son cri d'alarme. Soudain, le marché fut livré au chaos. Les gens commencèrent à courir en se précipitant les uns dans les autres ou en se cognant dans les étals.

— Catarina ! cria Elwen, ce qui fit se retourner les gens autour d'elle.

Elle se hissa sur la pointe des pieds pour voir par-dessus le tumulte, mais un homme ventripotent lui rentra dedans et elle retomba la hanche contre l'étal. Le vendeur ramassait avec frénésie ses ballots de tissu.

— *Catarina !*

Il y avait une masse de gens entre l'église et elle, tous courant pour retrouver leur chariot ou leur cheval en agrippant leur bourse ou en traînant un enfant par le bras. Une femme âgée tomba et disparut sous la marée humaine. Le grondement était de plus en plus fort.

— Qu'est-ce qui se passe ? demanda un homme désorienté en latin.

Elwen lâcha le tissu et essaya de se frayer un chemin dans la cohue, mais elle sentit une main lui agripper le bras. Giorgio était derrière elle.

— Les Mamelouks, lui dit-il dans le vacarme. Nous devons y aller. Maintenant.

Elwen le fixa un instant. Ce qu'il venait de dire flottait à la surface de son esprit, refusant d'y pénétrer.

— Taqsu est avec le chariot. Allons-y !

Tandis que Giorgio l'attirait, Elwen revint à la réalité.

— Catarina ! Il faut que j'aille la chercher ! cria-t-elle en essayant de se dégager.

Elle entendait de plus en plus de hurlements. La foule se déversait en permanence de la grande rue qui menait derrière l'église et qui débouchait sur le marché. Derrière eux apparurent des cavaliers. Elwen s'immobilisa en les apercevant. Certains brandissaient des épées, d'autres des arcs. Les lames et les flèches brillaient en une aura menaçante dans la lumière du soleil. Ces hommes hurlaient avec férocité en chargeant les visiteurs en fuite dans un fracas d'acier, de brides cliquetantes et de sabots pilonnant le sol. Elwen reconnut les deux mots qu'ils scandaient. *Allahu Akbar !* Alors son corps expulsa la tension en lâchant un hurlement terrifié tandis que l'épée d'un Mamelouk s'abattait sur l'un des hommes qui couraient, lui tranchant la tête dans une gerbe de sang qui éclaboussa ceux qui se trouvaient à côté. Un petit garçon se baissa, les bras en l'air. Puis Elwen sentit Giorgio l'attraper et elle bougea enfin.

Tandis que le Vénitien la menait à travers un océan de visages épouvantés, Elwen hurla le nom de Catarina jusqu'à ce que sa gorge la brûle, espérant contre tout espoir que la fillette entendrait son nom et parviendrait à courir jusqu'à elle. La foule les empêchait de revenir jusqu'aux chariots. Et, de toute façon, les escortes et les guides, incapables de passer avec les chevaux, sautaient à terre pour fuir. Une rangée de maisons en brique et une grange leur faisaient face. Les gens couraient dans le passage entre les deux. Elwen entendit quelqu'un derrière elle émettre un gargouillis bizarre et hideux, puis Giorgio se jeta au sol et elle tomba avec lui. Quelqu'un trébucha sur ses jambes, s'écroula à moitié sur elle, puis roula de côté. Elwen resta allongée quelques secondes, le souffle coupé, puis elle releva la tête.

— Giorgio !

Elle le prit par le bras avant de voir quelque chose qui dépassait de son dos. La flèche, profondément fichée, n'avait fait jaillir que peu de sang. Elle poussa un cri en sentant siffler quelque chose tout près de son visage. Puis elle entendit un *tomp*, au moment où la flèche perça le côté de la grange. Elwen se jeta en avant en s'écorchant les genoux et les mains et en s'arrachant un ongle, ce dont elle n'eut même pas conscience. Elle haletait de peur, tout son corps tremblait en anticipant la flèche qui lui percerait le dos. Rampant, elle chercha tête baissée l'entrée de la grange au milieu de la paille et de la poussière, jusqu'à ce qu'elle soit dans le noir et qu'il y ait une échelle devant elle, dont elle saisit les barreaux pour se hisser. Elle perdit une chaussure, déchira sa robe, mais continua d'avancer. Elle finit par arriver en haut, dans le grenier à foin, chaud et accueillant. Elle entendit un cri plus bas, suivi par des bruits de sabots. Elle resta allongée tandis qu'un jeune homme courait droit dans la grange avec un cavalier mamelouk derrière lui. L'homme s'effondra, transpercé d'un coup de sabre. Elwen ferma les yeux et se renfonça dans le foin.

Elle n'aurait su dire combien de temps elle resta là, les yeux clos, les cris au-dehors résonnant dans ses oreilles. Au bout d'un moment ils devinrent moins fréquents, jusqu'à ce qu'il n'y ait plus que le piétinement des chevaux et les voix des Mamelouks, qui s'interpellaient en arabe. Un moment, les voix semblèrent toutes proches et elle entendit quelqu'un bouger en bas, mais il ressortit peu de temps après.

Elwen finit par ouvrir les yeux et lever la tête. Elle se sentait épuisée, faible, et son corps était courbatu. Sa peau était brûlante et trempée de sueur, mais elle frissonnait de froid. Elle s'appuya sur ses paumes et regarda en bas. À la vue du corps de l'homme étendu au sol, elle s'empressa de détourner les yeux. Autour de lui, le sang formait une tache rouge dans laquelle se reflétait la lumière du soleil. Quelqu'un cria au-dehors. Elwen se baissa, le cœur battant, mais personne ne vint. Elle rampa jusqu'au bord du grenier et se décida à descendre l'échelle. Elle manquait à tel point d'énergie que ses mains peinaient à s'agripper aux barreaux. À mi-chemin, elle s'arrêta un moment et se contenta de rester là, mollement suspendue, avant de continuer.

En bas, elle longea les murs du grenier. En parvenant à l'entrée, elle s'accroupit en faisant attention de rester invisible. Elle entendait le bourdonnement des mouches autour du cadavre et sentit la bile lui remonter dans la gorge. Fermant les yeux et inspirant par petites saccades, elle réussit à la refouler. Plusieurs cris retentirent et elle ouvrit les yeux d'un seul coup. Risquant un regard à l'extérieur, elle vit trois Mamelouks tirer deux femmes et un garçon d'une maison en brique. L'un des soldats avait attrapé le garçon et le tirait sur la place du marché, les deux autres poussaient les femmes dans le dos pour les faire avancer. En tendant le cou, Elwen avait vu la place derrière une rangée de chariots dont certains avaient été retournés, les chevaux gisant morts à côté. Elle aperçut des gens, pour la plupart des femmes et des enfants, assis par terre. Debout près d'eux, des soldats mamelouks les surveillaient. Les autres s'activaient ici et là sur leurs chevaux. C'est de là que venaient la plupart des bruits. On regroupait les survivants. Elwen réalisa, horrifiée, qu'ils allaient être faits prisonniers. Une fillette cria quelque part et Elwen se colla au mur tandis qu'un soldat passait à côté d'elle en traînant un homme blessé, en qui elle reconnut le joueur de lyre. Il se débattait, mais un deuxième soldat arriva et le frappa violemment à la tête. Elle entendit à nouveau un cri, et juste après un Mamelouk entra dans son champ de vision, tenant fermement la fille qui ruait et donnait des coups de pied. Elwen se glaça quand elle rejeta sa tête en arrière en dévoilant son visage. C'était Catarina. Un petit cri d'effroi contenu lui échappa quand Catarina hurla son nom. Mais elle comprit au bout d'une seconde que celle-ci ne l'avait pas vue : elle l'appelait juste à l'aide. En un instant, la terreur d'Elwen disparut, cédant la place à un profond sentiment de responsabilité. Son esprit s'éclaircit et son regard affûté se concentra sur une flèche à côté de la grange, à côté du corps de Giorgio. Elle sentait dans sa poitrine son pouls régulier lorsqu'elle commença à ramper dans sa direction.

Al-Ula, Arabie, 15 avril 1276 après J.-C.

En entrant dans la palmeraie, Will chassa la grosse abeille qui vrombissait autour de sa tête. Les rayons du soleil passaient à travers les branches, frappant durement sur les crânes. Il s'enfonça un peu plus, le feuillage desséché craquant sous ses pieds, jusqu'à ne plus entendre les bruits du village derrière lui. Il avait dit aux autres qu'il allait chercher de l'eau. C'était en partie vrai, ou, en tout cas, il avait amené des gourdes à cet effet, mais l'eau était le cadet de ses soucis. Coincé entre sa ceinture et son dos, dissimulé par sa chemise, se trouvait l'étui argenté que Guillaume lui avait confié. Il lui brûlait les doigts depuis qu'il avait quitté Acre et l'urgence de le remettre n'en était que plus grande maintenant. Kaysan, d'après ce qu'on leur avait dit, reviendrait d'un jour à l'autre.

Ayant trouvé un rocher couvert d'herbe entre deux palmiers, Will posa les gourdes et sortit l'étui. Le métal était chaud d'avoir été collé à sa peau. S'asseyant, il le tourna et le retourna dans ses mains. Le grand maître ne lui avait pas dit de ne pas l'ouvrir, il n'en avait pas besoin ; c'était implicite. On lui avait donné ordre de livrer le rouleau, son contenu ne le concernait pas. S'il le lisait et que Guillaume le découvrait, il risquait l'exclusion, peut-être même le cachot.

Au-dessus de lui, le vent agitait les frondes des palmiers, aussi acérées que des lames. Tout dans ce pays était rude : les terres vides et sablonneuses où l'on devait puiser l'eau en creusant profondément dans la rocaille ; le soleil sauvage, aveuglant ; les nuits glacées où les étoiles brillaient dans l'obscurité, tranchantes et brillantes comme des diamants. Depuis vingt-six jours que Will voyageait dans ce paysage, les plaines poussiéreuses de Palestine lui paraissaient une oasis verdoyante en comparaison. Quand ils avaient laissé derrière eux la dernière ville de Syrie, leur guide, un Arabe tranquille qui travaillait pour le Temple depuis dix-neuf ans, lui avait raconté que les musulmans croyaient qu'en pénétrant dans le Hedjaz, on se perdait, et qu'en le quittant, on renaissait. Will comprenait pourquoi. La région était la plus désolée qu'il eût jamais connue et sa traversée avait été fort éprouvante pour ses camarades et pour lui-même, leurs conversations se tarissant en même temps que leurs gourdes, au point de chevaucher toute la journée sans prononcer une seule parole.

D'Acre, ils avaient traversé la Galilée, en passant près de Safed et de ses souvenirs douloureux, puis ils avaient franchi le Jourdain au gué de Jacob. Là, ils avaient pénétré dans le district de Hauran et rejoint la route des pèlerins qui partait de Damas et menait en Arabie. La route était passante. Ce n'était pas encore le mois du hadj, le grand pèlerinage annuel vers La Mecque, mais nombre de musulmans, leur avait expliqué le guide, accomplissaient quelque chose qu'ils appelaient le oumrah : un rite plus personnel, qu'il était possible d'entreprendre à n'importe quel moment. Outre les pèlerins, qui voyageaient pour la plupart en caravane avec des chameaux qui portaient les provisions et l'eau, il y avait des marchands qui vendaient du lait et des fruits aux croyants assoiffés. Guillaume avait raison : Will et les chevaliers n'avaient pas paru déplacés, vêtus en simples habits de commerçants, leurs armes cachées dans les sacs. Mais la route était aussi fréquentée par des voyageurs moins paisibles. Les bandits à cheval de tribus rivales écumaient la région, attirés par les richesses des pèlerins comme des abeilles par le miel, et la raison pour laquelle des hommes comme Kaysan pouvaient vendre leurs services de protection devint rapidement claire. Durant leur chemin vers le sud, Will et ses compagnons avaient été arrêtés pas moins de cinq fois par des groupes d'hommes portant arcs ou couteaux, qui exigeaient une taxe. Ces hommes, qui prenaient tout le monde pour cible, sans distinguer les chiites des sunnites ou des chrétiens, reculaient lorsque les chevaliers tiraient leurs épées. Malgré tout, ils en avaient plus qu'assez de rester constamment en alerte tandis qu'ils chevauchaient à travers des passes rocheuses, ignorant derrière quel accident du terrain pouvaient s'abriter des archers capables de tirer d'abord, et de demander l'argent ensuite.

Finalement, après un périple de presque 1 300 kilomètres, ils avaient atteint al-Ula, et le petit village verdoyant, avec ses sources d'eau fraîche et sa palmeraie, leur avait fait l'effet d'un paradis. Les maisons étaient construites en pierre et en boue séchée, et il y avait même des auberges. Ils s'étaient rendus dans la plus grande d'entre elles. Le propriétaire les avait regardés d'un air soupçonneux quand Will avait demandé s'il savait où trouver Kaysan. Il voulait savoir pourquoi il ne les avait jamais vus si, comme ils le prétendaient, ils colportaient des marchandises sur les routes. Mais il avait fini par leur dire que Kaysan devait rentrer dans les jours à venir.

— Mais il ne travaillera pas pour vous, avait-il ajouté tandis que Will le remerciait. Kaysan ne travaille que pour les chiites. Pas pour les sunnites. Surtout pas pour les chrétiens.

Ensuite, il les avait emmenés jusqu'à un abri érigé sur le toit de l'auberge, fait de frondes de palmiers tressées, avec des nattes en jonc en guise de lit. C'était quatre jours plus tôt.

Will passait sa main sur l'étui, caressant du doigt les motifs en argent dont il était décoré. Rien ne l'empêchait de regarder dedans : le grand maître ne le découvrirait jamais. Mais il hésitait tout de même, son éducation à obéir arrêtant sa main. Durant le voyage, il avait demandé à Robert s'il trouvait la mission inhabituelle. Le chevalier l'avait regardé d'un air perplexe en lui demandant ce qu'il voulait dire par là. Aucun de leurs camarades ne posait de questions sur la mission. Pourquoi l'auraient-ils fait ? Le grand maître commandait et ils obéissaient. Mais il ne leur avait pas donné de raison de douter de ses mobiles, ce n'était pas leur esprit qui ressassait sans cesse les dernières paroles de Guido Soranzo. Will plongea résolument la main dans l'étui et en tira le rouleau de parchemin. La lumière joua sur le papier tandis qu'il l'ouvrait. Lorsque ses yeux se posèrent sur le texte, il poussa un bref soupir d'agacement. Il ne reconnaissait aucune des langues qu'il pratiquait : ce n'était ni du latin, ni du français ou du grec. Ça ressemblait un peu à de l'arabe, mais il eut vite fait de s'apercevoir que ce n'était pas ça non plus. Il le scruta encore quelques secondes, puis il le roula, irrité, avant de le remettre dans l'étui.

Il revenait par le même chemin à travers les arbres quand il entendit des cris. Au bout d'un moment, il reconnut la voix de Robert. Le chevalier avait l'air affolé. Glissant l'étui dans son dos, Will se mit à courir. En atteignant l'orée de la palmeraie, il s'arrêta net. Il y avait là Robert, Zaccaria et les autres. Douze hommes en robe noire cachant leurs visages derrière des keffiehs les faisaient sortir de l'auberge avec leur guide, qui avait l'air terrifié. Huit d'entre eux pointaient des arbalètes vers les chevaliers, les autres tenaient des épées. Les suivait le propriétaire, visiblement satisfait de lui-même. Will s'accroupit dans la broussaille.

— Ce sont des espions occidentaux, dit en arabe le propriétaire à l'un des hommes en robe noire, le plus grand et le plus élancé d'entre eux, qui portait un bandeau rouge au bras. J'ai fouillé leurs affaires pendant qu'ils dormaient. Ils n'ont rien à vendre, seulement des armes. Ce ne sont pas des marchands. Je ne sais pas ce qu'ils vous veulent, mais j'ai pensé que vous voudriez être averti.

— Vous avez eu raison, dit l'homme d'une voix monocorde et froide. Emmenez-les, ordonna-t-il à ses compagnons.

Robert voulut protester quand l'un des hommes le poussa, mais la pointe d'une épée dans son dos le réduisit au silence. Will regardait ses camarades partir lorsqu'il entendit des feuilles sèches craquer derrière lui. Il pivota et se retrouva nez à nez avec un carreau d'arbalète. L'homme qui tenait l'arme arborait, lui aussi, une robe noire et un keffieh. Will aperçut ses yeux marron tandis que, d'un signe de tête, il lui faisait signe de se lever.

14

Kaboul, royaume de Jérusalem

15 avril 1276 après J.-C.

La main d'Elwen se referma sur la flèche. Après l'obscurité de la grange, le soleil l'aveuglait et lui brûlait les yeux. Plus loin, lui tournant le dos, le soldat mamelouk luttait avec Catarina. Les deux soldats qui traînaient le joueur de lyre avaient dépassé les chariots et arrivaient sur la place du marché. À gauche et à droite, les rues étaient vides. Recroquevillée au sol, Elwen tenait la flèche serrée dans son poing. Elle était de la longueur de son bras, avec des plumes grises et blanches, sans doute d'aigle. La pointe en était aiguisée. La peur avait de nouveau accéléré son pouls. Elle ne pouvait plus bouger. Son instinct lui hurlait de retourner à l'abri, de se réfugier dans les ténèbres de la grange. Elle se raidit en entendant le Mamelouk pousser un cri. Catarina le mordait. Il dégagea sa main de sa bouche, le sang coulait. Tout en l'abreuvant d'insultes, il lui balança le revers de sa main dans la figure. Catarina tomba et Elwen se mit à courir.

Un cri s'échappa de ses lèvres au moment où elle plongea la flèche dans sa nuque, l'enfonçant aussi fort qu'elle pouvait. Dans son cri se mêlaient la terreur, la rage et le dégoût. La pointe d'acier pénétra dans la chair, puis dans les muscles. Du sang jaillit instantanément. Le soldat hurla de douleur et de surprise. Il pivota pour lui faire face et l'attrapa par la gorge. Le souffle coupé, Elwen essaya de lui faire lâcher prise. Elle étouffait et la panique la gagnait. Le soldat continuait à serrer. Il crachait du sang par la bouche, et respirait avec de grands bruits rauques. Son étreinte commença à se relâcher, et Elwen reprit suffisamment ses esprits pour lui envoyer un coup de genou dans l'entrejambe. Le soldat se plia en deux et tomba à terre, la flèche sortant toujours de son cou. Elwen se précipita vers Catarina pour la relever. Soutenant la fillette par les épaules, elle remonta la rue en courant. Elles n'avaient guère parcouru de distance lorsqu'elles entendirent le galop d'un cheval derrière une rangée de maisons, venant dans leur direction. Elwen se jeta dans l'entrée d'une maison en attirant Catarina près d'elle, juste à temps pour voir deux soldats passer devant elles. Dans la pénombre, il y avait une vague odeur de sang. Elwen redressa Catarina, qui tremblait de tout son être, et la serra contre elle. Les lèvres de Catarina étaient mouchetées du sang du Mamelouk qu'elle avait mordu. Sa robe était trempée dans son dos et Elwen s'aperçut que la fillette s'était fait dessus. Elle avança à pas prudents dans la pièce. Au sol, derrière une table, un homme gisait face contre terre. On lui avait tranché la gorge. Elwen caressa doucement les cheveux de Catarina en lui maintenant la tête pour qu'elle ne voie pas ce spectacle, tout en se dirigeant vers une fenêtre obstruée par une toile tendue qui frémissait sous la brise. Elle entendait, venant du dehors, des pleurs et des gémissements incohérents, des cris de colère, des ordres lancés d'une voix bourrue. Elle tâcha de maîtriser sa respiration. Comme elle devait se concentrer sur autre chose que sa propre peur, elle se sentait bizarrement calme. Elle était responsable de Catarina. La fillette avait besoin d'elle. Elle dégagea un peu la toile et sentit le bras de Catarina lui serrer le cou quand un cri retentit au-dehors.

La petite fenêtre donnait sur la place du marché de Kaboul, où il semblait que tous les gens encore en vie étaient désormais regroupés, certains assis, d'autres à genoux, et d'autres encore gisant blessés à terre. Elwen ne voyait que des femmes dans ce groupe et elle se demanda ce qu'il était advenu de tous les hommes. En déplaçant son regard vers l'église, elle réalisa qu'ils formaient un groupe séparé, d'une centaine d'hommes environ, tous alignés, à genoux et tournant le dos aux femmes. Certains d'entre eux étaient des Occidentaux venus pour le marché, mais il y avait aussi des marchands et quelques habitants du village. Sur la place, à pied ou à cheval, les Mamelouks attendaient, épées et arcs dirigés vers leurs prisonniers. Il y eut un autre cri et Elwen vit deux soldats sortir un petit garçon du groupe des femmes. Il n'avait sans doute pas plus de dix ans. Une femme, sans doute sa mère, implorait les Mamelouks de le laisser tranquille, mais ceux-ci continuaient à le tirer par le bras. Elwen détourna les yeux quand l'un d'eux frappa la femme au visage avec la poignée de son épée. Quand elle osa regarder à nouveau, le garçon n'était plus là. La femme était au sol.

Elwen observa les hommes, mais elle ne reconnut pas Taqsu. La place du marché était jonchée de cadavres, c'est là que, dans les premières minutes, avait eu lieu le plus gros du carnage. Peut-être Taqsu était-il mort, peut-être avait-il réussi à fuir. Mais ce n'était pas le moment de penser à lui. Près de l'église, un Mamelouk à cheval leva le bras en l'air et une ligne de soldats s'avança vers les hommes agenouillés. Ce Mamelouk avait l'air mieux habillé que les autres. Une longue cotte de mailles scintillait sous sa cape en soie couleur jade et des plumes dorées s'élevaient au-dessus du casque qu'il portait, et qui était percé de petites fentes pour les yeux et la bouche. Le silence se fit un moment, rompu seulement par les sanglots et les gémissements, puis les premiers Mamelouks arrivèrent près des hommes. Avant que la foule en état de choc ait eu le temps de réaliser ce qui se passait, l'un des Mamelouks attrapa un jeune homme par les cheveux, lui tira la tête en arrière et lui trancha la gorge avec son épée. Elwen tressaillit et lâcha la toile. Elle ne vit plus rien mais, à ses oreilles, retentissaient les hurlements qui déchiraient l'air, et la boucherie commença.

— Qu'est-ce qui se passe ?

Elwen regarda Catarina, qui venait de lui murmurer ces mots dans le cou.

— Nous devons partir, dit-elle d'un ton calme en quittant la fenêtre et en passant près du cadavre.

Près de la porte, elle posa la main sur l'épaule de Catarina.

— Je voudrais que tu restes ici le temps que je trouve de la nourriture.

Les yeux de Catarina s'ouvrirent et Elwen put y lire le désarroi et la peur.

— Je n'ai pas faim.

— Oui, mais plus tard tu voudras manger. Est-ce que tu peux faire ce que je te demande, pour me montrer que tu es une gentille fille ? lui demanda Elwen à voix basse.

Au bout d'un moment, Catarina acquiesça et laissa Elwen l'installer avec douceur face au mur, afin qu'elle ne voie pas le cadavre.

Elwen inspecta la pièce du regard en essayant d'ignorer les cris qui lui parvenaient et qui s'insinuaient, quoi qu'elle fasse, dans son esprit, la mettant au supplice. Elle aperçut un quignon de pain sur la table et quatre oranges dans un plat. Elle ne voyait pas d'eau, mais Acre n'était pas à plus d'un jour ou deux de marche, et elle pensa que le fruit suffirait à calmer leur soif. Elle était sur le point de rejoindre Catarina lorsqu'elle se rappela qu'elle n'avait toujours qu'une seule chaussure. Elle avait perdu l'autre dans la grange. Se penchant, elle ôta à l'homme au sol l'une des siennes. Elle était bien trop grande pour elle et elle dut rouler des bandes de tissu arraché à sa robe pour en rembourrer le fond. Ses mains tremblaient à nouveau. Puis elle déchira un dernier morceau, dont elle se servit pour enrouler les oranges et le pain avant d'aller retrouver Catarina.

— Viens, lui dit-elle d'une voix qu'elle voulait rassurante.

Catarina secoua la tête.

— Il faut que nous partions, Catarina, tant que les soldats sont occupés à…

Elwen s'interrompit, essayant d'avaler la boule dans sa gorge.

— Tant que les soldats sont occupés, laissa-t-elle tomber, sans plus d'explication.

Avec Catarina qui lui tenait la main et marchait en boitant, Elwen sortit de la maison. Elles restèrent près des maisons et des bâtiments et parvinrent à se glisser furtivement jusqu'à la route qui sortait du village. Derrière elles, les bruits de l'exécution les accompagnaient, rapaces tourbillonnant dans l'air en une terrible spirale, insufflant la peur dans la moindre partie de leurs corps.

Pendant que les Mamelouks commençaient l'exécution, leur commandant, un homme d'une quarantaine d'années qui s'appelait Usamah, regardait ce qui se déroulait dans l'étroit champ de vision dont il disposait par la fente de son casque. C'était un travail sanglant. Des hommes essayaient de s'enfuir et récoltaient en retour une flèche de la part des archers postés à quelque distance de là. Il n'y avait pas moyen d'échapper à la mort. Elle était inévitable pour chacun de ces hommes et de ces enfants. Ceux qui en avaient conscience restaient simplement agenouillés, en silence, d'autres priaient tandis que les lames des Mamelouks s'abattaient sur eux, tranchant les cous comme on débite un arbre à la hache. Certaines femmes tentaient de venir en aide à leurs maris et à leurs fils en se jetant sur les soldats. Mais les Mamelouks les repoussaient.

Derrière son casque, le visage d'Usamah était sinistre. Il patrouillait la région depuis six ans et on ne lui avait jamais demandé de faire une chose pareille. En tant que guerrier esclave, il avait vu son lot de batailles, mais envoyer des hommes au combat contre des ennemis n'avait rien à voir avec les faire massacrer des hommes inoffensifs, des femmes et des enfants. Il avait vu un de ses soldats, frais émoulu des camps d'entraînement, s'éloigner du massacre pour vomir. Les autres ne laissaient rien paraître de leurs émotions, exécutant ses ordres sans mot dire.

Il avait été surpris de recevoir un rouleau du Caire deux semaines plus tôt. Kaboul avait été cédé aux Francs à la signature de la paix, et était sous la protection de ce traité. Il était au courant de rumeurs concernant des espions dans le village, mais quand même, les ordres du Caire étaient on ne peut plus agressifs, lui intimant de ne laisser aucun homme ou garçon en vie. L'instruction stipulait de lancer l'attaque pendant la foire du printemps, sans doute pour faire le plus de morts possible. Usamah avait supposé que le sultan voulait faire un exemple. Il n'aimait pas cela, mais il n'était pas question pour lui de discuter un ordre émanant de Baybars en personne. Ce n'était pas à lui de décider.

Al-Ula, Arabie, 15 avril 1276 après J.-C.

— Je croyais que ce Kaysan était l'un des nôtres ? fit Robert à voix basse en s'approchant de la porte de leur cellule afin de tester la solidité des poteaux de bois fixés ensemble pour former la cage.

Les poteaux ployèrent, mais ils ne se démonteraient pas aussi facilement que ça.

Will releva le nez de la botte de foin sur laquelle il était assis depuis que les hommes en robe noire les avaient enfermés dans cette espèce d'enclos pour animaux, plusieurs heures plus tôt. Ça empestait le fumier et la paille.

— C'est l'un de nos espions. Ça ne signifie pas pour autant que c'est un ami.

— Mais on aurait pu penser qu'il nous attendrait, ou du moins qu'il ne serait pas étonné de voir un groupe d'Occidentaux débarquer pour le voir...

Will observa Zaccaria, qui se tenait au fond de la cage avec Alessandro, Carlo et leur guide, d'une grande nervosité. Zaccaria avait l'air aussi calme que d'habitude. Il croisa le regard de Will.

— Je ne peux rien dire de plus. Je n'ai jamais travaillé avec cet homme, ni avec aucun espion de la région.

Au ton employé par le Sicilien, Will se demanda s'il ne trouvait pas la mission un peu étrange. Mais avant qu'il ait eu le temps de réfléchir à une manière neutre de poser la question, il entendit des voix dans la cour. Des voix colériques.

Robert s'écarta de l'entrée et quelqu'un apparut. C'était l'homme à la bande rouge sur le bras. Il avait ôté son keffieh, révélant ainsi son visage. Il avait environ quarante-cinq ans, la peau brunie par le soleil, avec une barbe noire et des yeux sombres qui donnaient à son regard un éclat intense. Une vieille cicatrice parcourait son menton.

— D'où est-ce que ça sort ? demanda-t-il à Will, en arabe.

Il désignait l'étui argenté qu'il tenait dans la main.

Will comprit ce qu'il lui demandait, mais quelque chose le retint de répondre. Il présumait qu'il s'agissait de Kaysan d'après ce qu'avait dit le propriétaire de l'auberge quand ils avaient été arrêtés. Mais il voulait s'en assurer avant de divulguer quoi que ce soit. Will se leva et s'approcha de la porte.

— Nous sommes venus trouver Kaysan, dit-il lentement, en latin.

Puis, en montrant l'étui du doigt :

— C’est pour lui.

Il scruta Will un instant, les yeux plissés.

— Je suis Kaysan, répondit-il enfin dans un latin hésitant. Où vous avoir eu ça ? demanda-t-il à nouveau d’une voix dure.

— C’est le grand maître de l’ordre du Temple qui me l’a confié. Il nous a dit de vous le remettre.

— Templiers, hmm ? le questionna Kaysan.

Will confirma d’un hochement de tête. Un autre homme approcha et Kaysan se retourna.

— Qu’y a-t-il ? demanda-t-il en repassant à sa langue maternelle.

— Les autres sont inquiets, Kaysan. Ils veulent savoir qui sont ces gens. Et ce que dit le rouleau.

— Je suis en train de les interroger, répliqua Kaysan. Ce sont des Templiers.

— Alors notre ami de l’auberge avait raison, dit l’homme, le regard tourné vers Will, qui fronçait les sourcils d’un air tendu pour faire croire qu’il ne comprenait pas la conversation.

— Ce sont des espions.

— Non.

— Comment peux-tu en être sûr ?

— Grâce à ceci, répondit Kaysan en lui montrant le rouleau. Je sais qui l’a rédigé.

Il jeta un coup d’œil à Will, puis s’éloigna de la cage de quelques pas. Son camarade le suivit. Ils se mirent à parler à voix basse. Will fit mine de regarder alentour, mais en se rapprochant de la porte pour essayer d’entendre ce qu’ils se disaient.

Robert vint le rejoindre.

— Qu’est-ce qui se passe ? Tu comprends ce qu’ils racontent ?

Will hocha légèrement la tête. Le chevalier eut l’air confus, puis il sembla comprendre. Tandis que Robert reculait, Will entendit le camarade de Kaysan prononcer deux mots en arabe sur un ton de stupéfaction incrédule. Deux mots qui vinrent jusqu'à lui.

— Al-Hajar al-Aswad ?

Will tourna la tête dans leur direction, oubliant de cacher qu'il comprenait leur langue. Mais Kaysan et l'autre homme étaient trop pris par leur conversation pour le remarquer. Ils baissèrent à nouveau la voix, leurs propos semblaient avoir un caractère urgent. Will s'efforça d'entendre.

— Ils sont fous, explosa le camarade de Kaysan.

Il poursuivit par une salve de mots rapides, dont Will ne comprit que quelques-uns : mort, enfer, destruction.

Kaysan dit quelque chose à propos d'une récompense, puis il porta les yeux sur Will. Ce dernier eut l'impression que son regard glacial abritait soudain une subtile note d'espoir. Au bout d'un moment, il partit avec son camarade.

— Alors ? fit Robert en regardant Will. Qu'est-ce qu'ils disaient ?

— Je ne sais pas. Je n'ai pu entendre que quelques mots mais ça n'avait pas vraiment de sens.

Robert se tourna vers le guide d'un air maussade.

— Et vous ? Avez-vous compris ce qu'ils racontaient.

— Désolé, sire, répondit le guide en se levant, j'étais trop loin.

Puis il se rassit et Robert poussa un juron.

— Nous pourrions sans doute défoncer la porte si nous y mettions tout notre poids, sire Campbell.

La proposition venait d'Alessandro. Will remarqua avec irritation qu'il regardait à moitié du côté de Zaccaria en disant cela, comme si c'était au Sicilien qu'il s'adressait.

— Non, répondit-il au chevalier. Je ne crois pas qu'ils veulent nous faire du mal.

— Mais ça n'a aucun sens. On nous a dit que le rouleau contient des informations que Kaysan doit vérifier. Pourquoi est-ce qu'il ne se contente pas de faire ce qu'il a à faire et de nous laisser partir.

— Le grand maître savait ce qu'il faisait quand il nous a envoyés ici, répliqua Will. Nous attendons jusqu'à ce que la mission soit achevée.

— Ou jusqu'à ce qu'on nous transforme en nourriture pour les chameaux, marmonna Alessandro.

Zaccaria tourna ses yeux bleus vers le chevalier.

— Notre commandeur a raison, frère. Nous ferions mieux d'attendre.

Sa voix était calme, mais implacable. Remis à sa place, Alessandro inclina la tête.

Les chevaliers attendirent. Les minutes devinrent des heures tandis que le soleil traçait son chemin dans le ciel. Ils étaient fatigués, assoiffés et inquiets quand, pour finir, trois heures plus tard, Kaysan revint. Avec lui se trouvaient cinq de ses compagnons en robe noire, tous armés d'arbalètes. Les chevaliers se levèrent, les traits tendus.

Kaysan souleva le madrier qui bloquait la porte de la cage et ouvrit.

— Dehors, leur ordonna-t-il.

Les chevaliers sortirent à la file, suivis par leur guide, les arbalètes pointées sur eux. Kaysan s'approcha de Will en lui tendant l'étui argenté.

— Pour votre grand maître.

Escortés par les hommes en robe noire, les chevaliers traversèrent la cour. Devant la maison en argile, où des enfants squelettiques jouaient dans la poussière, les attendaient leurs chevaux. Un soleil rouge flottait bas au-dessus de l'horizon, et les insectes vibrionnaient dans l'air brûlant. Will rangea l'étui dans la sacoche accrochée à sa selle, passa le pied dans l'étrier et monta en selle. Kaysan pointait du doigt une piste bordée de palmiers.

— Prenez ce chemin.

D'un coup sec des talons, Will lança sa monture dans cette direction, suivi par tous les autres. Pendant que le soleil se couchait derrière les collines rocailleuses en balayant la plaine d'ombres rosâtres, il se cala confortablement dans le rythme du cheval. Quand la nuit serait tombée et qu'ils s'arrêteraient pour se reposer, il ouvrirait le rouleau. En chemin, il essaya de rassembler les quelques fragments de la conversation entre Kaysan et son compagnon qu'il avait pu capter. La plupart d'entre eux ne signifiaient rien hors de leur contexte, mais les deux mots que le compagnon de Kaysan avait prononcés d'un air stupéfait ne cessaient de lui revenir à l'esprit.

« Al-Hajar al-Aswad. »

La Pierre noire.

Le palais royal, Acre, 15 avril 1276 après J.-C.

Il y avait une odeur entêtante d'encens dans la pièce. Écœurante et puissante, elle rappela à Garin sa mère. Quand il était encore un enfant, lorsqu'il lui arrivait d'être de bonne humeur, c'est-à-dire rarement, elle jouait parfois à un jeu avec lui, où il devait deviner les noms des épices qu'elle conservait dans une boîte fermée à clé. Les yeux clos, il inspira l'encens.

— Bois de santal, murmura-t-il, puis il ouvrit les yeux en entendant un verrou tourner.

Un domestique vêtu d'une tunique brodée apparut. Du point de vue vestimentaire, il aurait pu regarder Garin de haut, celui-ci portant toujours sa cape élimée et sa chemise couverte de sang.

— Son Altesse Royale, le roi de Jérusalem et de Chypre, vous accorde une audience.

— Il est temps, fit Garin d'un air tendu.

Sa voix était un peu nasillarde depuis le coup de poing qu'il avait reçu durant son combat avec les matelots.

— J'attends ici depuis presque neuf heures.

Sans répondre, le domestique ouvrit une porte donnant sur un couloir. Garin refréna son irritation et le suivit.

Il n'avait pratiquement rien vu du palais quand il était passé ce matin par la grille, la lettre avec le sceau du roi

Édouard III lui garantissant d'être reçu. De l'extérieur, il avait l'air semblable à n'importe quel château occidental : de hautes murailles flanquées de tours et une multitude de gardes. À l'intérieur, néanmoins, il était assez différent. Garin se souvenait que le Temple d'Acre était grandiose, mais austère, l'ordre militaire et les fortifications étant plus importantes aux yeux des chevaliers que le confort. Alors que ce palais ajoutait au grandiose de son aspect extérieur et de ses dimensions le raffinement de son aménagement intérieur. Les vastes corridors étaient couverts de mosaïques complexes, les fenêtres étaient pourvues de vitres et des tapisseries luxueuses pendaient sur les murs enduits de crépi ou de chaux. L'endroit n'aurait pu être plus différent des quartiers de Garin dans la tour de Londres : une chambre sombre et humide dans laquelle il faisait toujours froid, avec une paillasse pour lit et une ouverture dans le mur qui donnait sur l'endroit de la Tamise où la Tour déversait ses ordures.

Édouard avait tenu sa promesse, en partie, en offrant à sa mère un domaine. Il n'était guère plus grand que celui où avait vécu lady Cecilia à Rochester, mais il était plus près de Londres et un peu moins humide. Les autres promesses qu'il lui avait faites alors qu'il commençait tout juste à le servir – un titre de noblesse, de l'or, un grand manoir –, peu à peu il n'en avait plus été question, Édouard rappelant sans cesse que c'était à lui qu'il devait d'être sorti de prison. Et cela après que Garin eut trahi sa parole, tué Rook, son homme de main, et abandonné la recherche du *Livre du Graal* de l'Anima Templi, qu'Édouard désirait afin de les faire chanter et de leur soutirer l'argent nécessaire à l'extension de son royaume.

Peu après son retour en Angleterre, Garin avait réalisé qu'il avait échangé sa prison pour une autre. Il n'avait pas de chaînes de fer, pas de murs ni de barreaux pour le retenir. Édouard était trop malin pour ça. Dans son enthousiasme à faire plaisir à sa mère, malade d'amertume, il n'avait pas pris le temps de réfléchir au fait qu'il les mettait tous deux dans une position de vulnérabilité en permettant à Édouard de la loger dans un domaine appartenant à la couronne. Désormais, ce dernier n'avait qu'à menacer de l'expulser, et Garin était forcé d'obéir. Ses devoirs étaient simples. Il était les yeux et les poings d'Édouard. Il faisait chanter les barons récalcitrants pour qu'ils se soumettent aux lois impopulaires que le roi souhaitait faire passer au Parlement, il extorquait de l'argent aux riches magnats, convoyait des informations sensibles à travers le royaume et espionnait l'équipe qui entourait le roi. En tuant Rook, Garin avait endossé la fonction d'homme de main d'Édouard. Et, ce faisant, il était devenu l'homme qu'il méprisait le plus au monde. Parfois, dans les heures pâles, sépulcrales, d'avant l'aube, quand il s'abrutissait de vin pour sombrer dans un demi-sommeil, le dégoût de lui-même l'envahissait, le laissant tremblant et le visage dévasté, la sueur dégoulinant de tout son corps et trempant les draps.

Garin suivit le domestique jusqu'à une salle spacieuse, où des piliers de marbre s'élevaient jusqu'à une voûte peinte. À l'extrémité de la pièce, des marches recouvertes d'un tapis rouge montaient vers un trône au dossier immense et aux pieds en forme de griffes. Le soleil inondait la pièce de sa lumière cuivrée à travers une fenêtre voûtée. Assis sur le trône le regardait d'un air hautain un jeune homme d'à peu près son âge, qui portait un burnous de soie jaune. Un vieil homme se tenait près de lui, avec des cheveux blancs coupés court et une expression solennelle sur le visage. Sur les côtés de la pièce, des esclaves étaient figés dans une attitude d'attention extrême.

— Garin de Lyons, monseigneur, annonça le domestique en s'inclinant.

Garin approcha du trône.

— Seigneur Hugues, dit-il en s'inclinant à son tour. Mon maître, le roi Édouard d'Angleterre, vous salue.

Hugues étudia Garin, le coude appuyé sur le bras du trône, le visage calé dans sa main couverte de bagues.

— Les salutations sont toujours les bienvenues. Mais je m’attendais à quelque chose d’un peu plus utile.

Le roi leva la main et Garin vit qu’il tenait la lettre qu’il avait remise aux gardes, reconnaissable au sceau d’Édouard.

— Peut-être pouvez-vous m’expliquer ce que votre maître a derrière la tête, car en dehors de quelques plaisanteries, il ne me dit rien du tout. Il ne mentionne pas une fois l’aide que je lui ai demandée. Pas une fois, non, il ne parle de me soutenir en regard de la position dans laquelle je me trouve. Et pourtant il vous envoie, il vous fait faire tout ce chemin avec un bout de parchemin ? Je dois dire que je suis mystifié, termina Hugues en reposant la lettre sur ses genoux.

— Mon maître Édouard souhaitait que je vous fasse part de ses termes directement, plutôt qu’à travers une note impersonnelle.

— Ses termes ? l’interrogea Hugues avec un regain d’attention.

— Mon maître exprime son plus profond regret pour votre situation actuelle et croit pouvoir vous porter assistance. Comme vous le savez, il est un ami proche et un confident du pape Grégoire, ainsi que le neveu du roi de Sicile, Charles d’Anjou.

— Bien entendu que je le sais, s’énerva Hugues. C’est pour cela que je lui ai demandé de l’aide ! J’ai besoin qu’il aille voir le pape et qu’il annule cette vente ridicule des droits de ma cousine Maria à d’Anjou.

— Ce n’est pas en son pouvoir, répondit avec prudence Garin. Mon maître à lui-même à faire face à des difficultés, puisqu’il affronte en ce moment des rebelles aux frontières de son royaume. Pour qu’il puisse agir favorablement à votre endroit, il aura besoin de certaines faveurs en retour.

— Quel type de faveurs ?

C’était l’homme aux cheveux blancs qui était intervenu.

— La paix, Guy, dit Hugues en lui jetant un bref coup d'œil. Je suis sûr que nous pouvons rendre service au roi Édouard, s'il nous aide à conserver le trône. Que désire-t-il au juste ?

— Une contrepartie financière et votre assurance, Majesté, qu'il pourra utiliser Chypre comme point d'appui pour lancer une nouvelle croisade.

— Édouard a l'intention de reprendre la Croix ?

— L'heure venue, oui.

Hugues se renfonça sur son trône.

— Pour la contrepartie, de quel montant parlons-nous ?

— Nous en débattrons tous deux, Votre Majesté. Mais pour commencer, j'apprécierais un bon repas et un endroit où me nettoyer.

— Certes, le toisa Hugues d'une voix méprisante, vous avez l'air de vous être battu.

— Un simple malentendu.

Les yeux de Hugues se tournèrent vers Guy, puis revinrent se poser sur Garin.

— Et si je lui accorde cette contrepartie, Édouard accédera à ma requête ?

— J'ai d'autres affaires à traiter en ville. Quand j'en aurai terminé et que nous aurons trouvé un accord, je retournerai voir sire Édouard en toute hâte et il s'efforcera de vous satisfaire. Entre-temps, Votre Majesté, je suppose que je peux compter sur votre hospitalité durant mon séjour ici ?

— Vous présumez beaucoup, rétorqua Hugues.

Garin allait reprendre la parole mais Hugues agita sa main d'un air irrité.

— Oui, oui, vous aurez une chambre. Mais nous reparlerons de tout ça demain, à la première heure.

Hugues claqua des doigts et le domestique qui avait introduit Garin s'avança.

— Emmenez notre invité à ses quartiers.

Guy attendait que Garin fût sorti avec le domestique.

— Monseigneur, tout cela ne me réjouit guère.

Hugues se massait délicatement le front.

— Nous avons des centaines de chambres, Guy. Le loger ne nous pose aucun problème.

— Ce n'est pas son logement qui me gêne, monseigneur, mais les exigences que le roi Édouard vous impose avant même d'avoir accepté de vous aider ou prouvé qu'il est en mesure de le faire. Et il envoie une espèce de roturier pour traiter avec le roi de Jérusalem ? C'est une insulte, monseigneur.

Hugues secoua la tête, le regard sombre.

— Qui que ce soit, ce n'est pas un roturier. À sa manière de parler, on sent qu'il a reçu une éducation. Et son maintien est celui d'un noble. À moins que la contrepartie financière demandée par Édouard ne soit inacceptable, j'ai l'intention de le payer. C'est mon meilleur espoir de mettre mon trône à l'abri de ce rapace de Charles d'Anjou. Personne d'autre ne peut intervenir dans cette affaire.

— Il y a bien quelqu'un, monseigneur..., marmonna Guy.

— Non, dit Hugues d'une voix morne.

— Nous devrions envisager cette possibilité, monseigneur.

— Je ne demanderai pas l'aide des Sarrasins, répliqua Hugues. C'est inconcevable !

— Ils sont déjà intervenus dans les affaires d'État des chrétiens.

— Je le sais bien, Guy, dit Hugues en se levant de son trône. Si Baybars ne s'était pas mêlé de ce qui ne le concernait pas, j'aurais encore Beyrouth !

Hugues passa ses mains dans son dos et contempla le ciel strié d'or et de pourpre par la grande fenêtre.

Oh oui ! il ne se souvenait que trop bien de la manière dont Baybars avait nui à ses intérêts. Trois ans plus tôt, le fief de Beyrouth était passé aux mains de la fille de son ancien seigneur. Veuve, celle-ci s'était remariée à un noble anglais en lui offrant en dot son fief qui, selon les termes de la loi féodale, appartenait de plein droit à

Hugues. Ce noble anglais était lui aussi décédé l'année suivante. Se sachant sur le point de mourir et craignant que Hugues ne cherchât à prendre le contrôle du territoire de son épouse, l'Anglais avait placé sa femme et Beyrouth sous la protection de Baybars. Quand Hugues avait envoyé des hommes pour ramener de force la veuve à Chypre, afin de la marier à un de ses vassaux, le sultan était intervenu. Selon la Haute Cour d'Acre, l'accord du noble avec Baybars prévalait, et, en l'absence de soutien, Hugues n'avait eu d'autre choix que de renvoyer la veuve à Beyrouth. Il avait perdu le fief et elle par la même occasion. Les Sarrasins étaient peut-être les ennemis de Dieu, mais il semblait à Hugues que les traités des juristes chrétiens avaient plus de valeur que Sa volonté dans certains domaines.

Hugues se tourna vers Guy.

— Je déteste Baybars et je ne lui fais aucune confiance, au même titre que Charles d'Anjou. Je refuse de ramper devant lui pour obtenir son aide.

— Mais il est en bons termes avec Anjou, monseigneur. Ils ont déjà négocié par le passé. Anjou a servi d'intermédiaire lors du traité signé entre Édouard et Baybars. En lui mettant la pression, Baybars pourrait l'inciter à renoncer à ses prétentions au trône. Vous payez un tribut au sultan. Je doute qu'il veuille s'en passer.

La mâchoire de Hugues se contracta.

— Ne parlons plus de ça, Guy. Je suis fatigué. Nous verrons ce que dira l'homme d'Édouard demain. J'espère que nous n'aurons pas à attendre son aide trop longtemps.

* * *

Garin ne put s'empêcher de sourire en entrant à la suite du domestique dans sa chambre. Une grande fenêtre offrait une vue superbe sur Acre, avec, face à elle, un fauteuil rembourré à l'air accueillant. Au fond de la chambre était placé le lit le plus large et le plus somptueux qu'il eût jamais vu. D'un baldaquin étaient suspendus des voiles diaphanes qui faisaient le tour de quatre montants en bois finement sculptés. Le matelas lui-même était presque certainement rempli de plumes, non de paille, et garni d'oreillers en soie aussi doux que des nuages. Le mobilier était élégant et la décoration comportait des tentures de Damas, un petit tapis à même le carrelage et deux brasiers pleins de charbon.

— Vous pourrez vous laver ici, dit le domestique en indiquant une bassine et un broc de porcelaine. Je vous réserverai les bains demain, si vous le désirez. Je vous ferai monter votre repas d'ici un moment.

— Attendez, l'appela Garin alors qu'il se dirigeait vers la porte. Commencez par m'apporter du vin.

Le domestique, apparemment l'un des valets personnels de Hugues, parut recevoir cet ordre comme un affront. Mais il se força à saluer Garin.

— Bien entendu.

La porte fermée, Garin jeta son sac sur le lit et alla jusqu'à la fenêtre. Il secoua la tête avec un rictus tout en regardant le panorama autour de la ville. Il était à des milliers de kilomètres de son maître, des nuits glacées, des couloirs traversés de courants d'air et de la bière éventée. Il avait deux entreprises simples à mener à bien, aucune des deux ne requérant beaucoup de temps, et toute une ville s'offrait à lui ; une ville dont il n'avait jamais pu jouir des délices. Ce n'était plus la ville d'Acre contre laquelle il éprouvait toujours du ressentiment. Cette chambre, cette vue, ce sentiment de liberté et d'excitation qui montait peu à peu en lui, voilà ce qu'il attendait.

15

Le marché vénitien, Acre

14 mai 1276 après J.-C.

— J'aurais dû être là.

Elwen pouvait lire l'angoisse sur le visage de Will. En dépit de sa lassitude, elle ressentit une certaine satisfaction ; il réalisait qu'il avait été près de la perdre ; maintenant, il savait à quel point il tenait à elle. Il portait déjà assez de culpabilité comme ça ; elle ne voulait pas alourdir encore son fardeau.

— Je m'occupe très bien de moi toute seule, l'assura-t-elle. Et c'est ce que j'ai fait.

Elle haussa les épaules comme pour congédier le problème.

— C'est arrivé il y a un mois. J'aurai bientôt oublié.

Tandis qu'elle se tournait vers les pains disposés sur l'étal devant eux, Will l'observa. Elle ne le trompait pas. Elle était pâle et avait les traits tirés, comme si elle n'avait pas dormi ou mangé convenablement depuis des semaines. Autour d'eux, le marché vénitien était animé, les vendeurs criaient, les pièces changeaient de main contre des pâtisseries, des bijoux, des dagues ou des bourses, protégés du soleil par l'immense canopée. Il était impossible de parler dans ce tumulte et malgré la cape noire qu'il portait par-dessus son surcot, Will était sur les nerfs à l'idée que quelqu'un du Temple le voie avec Elwen. Prenant sa main dans la sienne, il l'emmena à l'écart de l'échoppe du boulanger.

— Will, protesta-t-elle en se dégageant, il faut que j'achète du pain et…

— Et tu l'achèteras, la coupa-t-il.

Fendant la foule, il l'attira dans une rue retirée où des plantes grimpaient entre des rangées de maisons à deux étages. Les arbres fruitiers des jardins du marché étaient couverts de feuilles roses et brunes qui cascadaient autour des deux amoureux. Ayant trouvé un coin d'herbe loin des hommes qui s'occupaient du jardin, ils s'assirent.

Elwen remonta ses genoux contre sa poitrine, étalant autour d'elle les plis de sa robe vert émeraude, nouée à la taille par une ceinture dorée. Elle serra les bras au-dessus de ses genoux et poussa un long soupir.

— À vrai dire, je suis contente d'être partie de la maison.

Elle posa la tête sur ses bras et regarda Will de côté.

— L'ambiance est tendue. Andreas s'en veut, Catarina ne dort pas, et quand elle y arrive, elle fait des cauchemars et nous réveille en criant, et avec Besina debout presque tout le temps pour s'occuper du bébé, personne n'a jamais la paix. Et je n'arrive pas à me sortir de la tête l'impression que c'est ma faute.

— Comment peux-tu penser une chose pareille ? Tu ne pouvais pas empêcher l'attaque, bien entendu que tu n'y es pour rien.

Will tourna le regard vers le jardin et plissa les yeux à cause du soleil. Si l'attaque de Kaboul était la faute de quelqu'un, c'était la sienne. Il n'en avait pas entendu parler avant qu'elle se produise. S'il avait été plus concentré sur sa tâche au service de l'Anima Templi au lieu de chercher l'agresseur du grand maître, peut-être en aurait-il été autrement. L'information aurait peut-être filtré et il aurait pu faire quelque chose, avertir le village ou envoyer un message à Kalawun pour qu'il empêche ce massacre. N'importe quoi. N'étant rentré que la veille, il n'avait pas encore digéré la nouvelle. Il remerciait seulement Dieu qu'Elwen ait eu autant de chance. Elle pourrait aussi bien reposer dans une fosse commune, ou être en prison ou dans un harem en Égypte. Will ferma les yeux et essaya de chasser ces pensées.

— Ce n'est pas ta faute, répéta-t-il.

— Peut-être que si j'avais gardé Catarina avec moi... dit-elle le front plissé. Elle a dû avoir si peur.

— Tu l'as sauvée. C'est tout ce qui compte.

— J'aurais aimé pouvoir en sauver plus. Toutes ces fillettes enlevées à leur famille. Réduites à l'esclavage. Je n'arrive pas à le comprendre. Dès que j'essaie d'y réfléchir, ça me dépasse. Je me sens si...

Elle cherchait le mot.

— Coupable, termina Will.

Elwen tourna aussitôt la tête vers lui.

— Pourquoi est-ce que tu dis ça ?

Elle hésita un instant.

— Tu as raison. C'est exactement ce que je ressens.

— J'éprouvais la même chose, lui expliqua Will. Après Antioche. Des milliers de gens étaient morts durant le siège et des dizaines de milliers avaient été faits prisonniers. Pendant des mois, je me suis demandé pourquoi j'avais été épargné, et pourquoi pas eux. J'avais l'impression que je ne méritais pas d'être vivant et libre, que d'une certaine manière j'avais triché avec la mort alors que tous les autres avaient accepté leur destin. Mais ils n'avaient rien accepté du tout. Ils n'avaient juste pas eu autant de chance que moi.

— Seules sept personnes ont réchappé de l'attaque de Kaboul, dont Catarina et moi. On devait être des centaines.

Une larme coula sur la joue d'Elwen et Will posa sa main sur la sienne.

— Ça ira mieux, je te le promets.

Elle essuya sa larme.

— Le pire a été de devoir tout raconter dans le détail à la Haute Cour quand je suis revenue. J'ai dû tout revivre devant ces juristes et ces nobles, qui avaient l'air de ne se soucier que de leur traité, qui venait d'être rompu, sans un mot pour toutes ces vies perdues, pour toutes ces familles détruites. Au moins, Andreas est venu avec moi. S'il n'avait pas été là, je ne crois pas que j'aurais pu le faire.

— Qu'a décidé la Haute Cour ? demanda Will d'un air désinvolte pour masquer la gravité de sa question.

En effet, la situation était instable. Si le gouvernement d'Acre décidait de chercher une revanche, comme il se pourrait après une attaque infâme comme celle-ci, il fallait prendre des mesures pour empêcher que l'entreprise ne dégénère.

— Ils ont envoyé des chevaliers à Kaboul pour chercher d'éventuels survivants, et pour enterrer les morts. D'après ce que j'ai entendu, ils s'apprêtaient à passer Acre au peigne fin, à la recherche de n'importe quel Arabe capable de leur expliquer ce qui s'était passé, ils ont dit qu'ils devaient aussi interroger les espions. Andreas pense qu'ils vont contacter Baybars pour demander un dédommagement.

Elle jeta un coup d'œil aux jardiniers.

— Il a découvert pour nous.

Occupé à réfléchir à la réaction de la Haute Cour, Will ne comprit pas cette phrase.

— Andreas, reprit Elwen après quelques secondes en voyant qu'il ne comprenait pas. Il sait pour nous. Catarina le lui a dit.

— Mon Dieu ! fit Will en se redressant.

— Ne panique pas, lui dit-elle d'un ton sec, il n'en parlera pas au Temple.

— Ce n'est pas ce que je voulais dire. Je pensais à toi… à ta situation.

— Ça ne dérange pas Andreas. Il préférerait simplement que je me marie, tant que je continue à travailler pour lui.

— Que tu te maries ?

— Oui, Will, répliqua Elwen en percevant son ton alarmé, que je me marie. C'est ce que font les gens normaux quand ils s'aiment. Ils se protègent l'un l'autre, ils fondent une famille, c'est ce qu'ils font.

— Pas les chevaliers, répondit Will avec calme.

— Pourquoi ne pourrait-on pas se marier en secret ? demanda-t-elle d'une voix implorante qu'elle détestait, mais n'arrivait pas à contrôler. Tu m'as demandé un jour de devenir ta femme et j'ai accepté.

Will sentit la frustration l'envahir. Oui, il lui avait demandé d'être sa femme. Mais il avait l'impression que c'était dans une autre vie ; tous deux se tenaient dans un petit couloir glacial du palais du roi de France et il s'accrochait à elle comme s'il se noyait. Quelques heures plus tôt, il avait appris l'exécution de son père à Safed. Il était bouleversé par le chagrin, l'esprit et le corps enfiévrés, et les mots lui étaient venus sans réfléchir. Mais tout avait changé ce soir-là, dans un bordel parisien, et il s'était passé des choses qu'il n'était plus possible d'effacer, ni d'oublier. L'amour, alors, avait été vaincu par son besoin de revanche, et ce feu avait consumé tous ses plans, et les siens à elle aussi. Comment pouvaient-ils revenir en arrière ? Tout avait été de travers après cette demande en mariage, faite dans l'urgence, et il ne souhaitait pas refaire la même erreur. Cela avait été trop rapide, trop soudain. S'il devait à nouveau lui demander sa main, ce serait pour les bonnes raisons, au bon moment. Avec les incertitudes à propos du grand maître qui le tourmentaient, comment aurait-il pu s'engager avec elle de tout son cœur ? Il avait prêté serment à l'Anima Templi d'œuvrer pour la paix et de garder le Temple contre ses ennemis à l'intérieur et à l'extérieur. En bonne conscience, il ne pouvait se consacrer à autre chose alors que le danger couvait. Pour le moment, son devoir passait devant ses besoins, ou ceux d'Elwen.

Will se tourna vers Elwen et lui parla doucement, mais avec détermination. Il ne voulait pas la blesser, mais elle devait écouter.

— Si nous nous mariions, cela ne changerait rien, pas vraiment.

— C'est un serment, Will, répondit Elwen en détournant les yeux car elle se sentait près de pleurer. C'est la preuve que tu m'aimes autant que le manteau que tu portes. Et peut-être que je ne me sentirais pas si vide chaque fois que tu quittes mon lit, comme si j'étais une femme à qui tu mentais, comme si j'étais une vulgaire…

Elle n'acheva pas sa phrase, ses mots tombant dans le silence.

— Tu n'es pas n'importe quelle femme, dit Will d'une voix que l'émotion rendait bourrue. Tu le sais. Tu le sais *forcément*. Je n'ai jamais été avec personne d'autre que toi.

Posant ses mains à plat sur l'herbe, Elwen se releva.

— Eh bien, ce n'est pas tout à fait exact, n'est-ce pas ?

Will se leva, pris de colère.

— Ce qui s'est passé à Paris n'est pas ma faute.

Il soupira en la voyant lui tourner le dos.

— Elwen, je t'aime. Mais je dois m'occuper de certaines choses au Temple, des choses importantes. Everard fait semblant de ne pas être au courant de notre relation tant que je fais mon travail, mais je ne peux pas m'engager davantage avec toi que je ne le suis déjà.

— Peut-être que si tu m'expliquais de quelles choses importantes tu t'occupes, je comprendrais. Mais tu ne le fais jamais, Will. Tu ne me fais pas confiance.

— Ça n'a rien à voir.

— Je sais que tu fais des choses pour Everard qui vont au-delà de ce que le Temple attend de toi.

Elwen leva un sourcil dans une mimique qui montrait son inquiétude.

— Tu oublies que c'est moi qui ai volé *Le Livre du Graal* pour Everard. Je ne sais pas pourquoi il le voulait, il ne me l'a jamais expliqué. Mais il est clair qu'il y avait quelque chose d'inhabituel. Pourquoi un prêtre du Temple demanderait-il à une femme de voler un livre hérétique sous le nez des inquisiteurs ? Tu es toujours pris par des activités dont tu ne me dis rien. Tu ne sais pas ce que c'est d'ignorer pendant des semaines où se trouve la personne dont tu es la plus proche, sans savoir si elle a des problèmes ou si elle est en bonne santé.

— Je ne peux pas te dire ce que je fais.

— Je sais garder un secret.

Will leva les yeux au ciel.

— Ce n'est pas mon secret, je ne peux pas le divulguer.

Pendant un long moment, ils ne dirent pas un mot, tous deux luttant contre leurs émotions, contre ce torrent d'amour, de haine, de frustration et de peur. Finalement, Elwen hocha la tête, comme si Will avait répondu à l'une de ses questions.

— Je dois y aller, dit-elle d'une voix lasse.

— Je vais te raccompagner.

— Non.

Will l'attrapa par le bras tandis qu'elle s'éloignait.

— J'en ai envie.

Elwen scruta ses yeux.

— Très bien.

Ils marchèrent ensemble à travers les jardins, les feuilles à terre et les pétales fanés voletant autour d'eux.

Quand ils arrivèrent à la maison d'Andreas, ils trouvèrent Simon qui les y attendait, l'air agité. Il était en sueur et ses cheveux étaient plaqués sur son front. Il tenait à la main une poignée de gravier et, tandis qu'ils approchaient, il tendit le bras en arrière comme pour la lancer, le regard braqué sur les fenêtres à l'étage.

— Simon ? l'appela Will.

— Loué soit le Seigneur, dit le palefrenier en jetant le gravier au sol et en venant les retrouver.

— Qu'est-ce que tu fais ici ? s'enquit Will. Je t'avais dit de ne jamais venir sauf en cas d'urgence.

— C'est une urgence, répondit Simon. Il faut que tu viennes à la commanderie. Maintenant.

— Qu'est-ce qui se passe ? demanda Elwen en regardant Simon avec curiosité.

Il la salua d'un léger signe de tête auquel elle répondit par un sourire tout aussi léger, leur rivalité et leur empathie communes étant beaucoup plus profondes que Will n'aurait jamais pu l'imaginer.

— C'est Everard, fit Simon.

— Qu'est-ce qu'il a ?

Simon inspira.

— Il est en train de mourir.

— Vas-y, dit Elwen, quand Will se tourna vers elle.

Il n'avait pas besoin d'encouragement supplémentaire. Avec Simon pantelant qui luttait pour rester dans sa foulée, Will se mit à courir. Il ôta sa cape en arrivant sur le marché, afin que les gens voient qui il était et qu'ils s'écartent de son chemin. Mais, même ainsi, traverser la foule n'était pas une mince affaire. S'aidant de ses mains et de ses coudes pour se frayer un passage, ignorant les jurons marmonnés par ceux qu'il bousculait, Will avait presque atteint l'autre côté quand un homme aux cheveux blonds vint lui barrer la route.

— Will Campbell ? dit l'homme avec un rire de surprise.

Will se concentra sur son visage et éprouva un choc en le reconnaissant.

— Garin ?

Garin tendit la main et serra celle de Will avec une poigne ferme tandis que Simon arrivait en ahanant.

— Comment vas-tu ?

— Je suis…

Will secoua la tête.

— Qu'est-ce que tu fais ici ? As-tu reçu ma lettre ?

— Quelle lettre ?

— De Lyons.

Garin regarda derrière Will et aperçut Simon qui le dévisageait.

— Ah, Simon Tanner ! dit-il avec un petit sourire. Comme c'est bon de te revoir.

— Un sentiment que je ne partage pas.

Le sourire de Garin s'évanouit, puis il tourna les yeux vers Will.

— Je ne vois pas de quelle lettre tu parles. Quand l'as-tu envoyée ?

— Il y a quelques mois. Écoute, je...

— Ah ! ceci explique cela. J'avais déjà quitté Londres. Qu'est-ce qu'elle disait ?

— Il faut que je te parle. J'en ai envie, ajouta Will avec un sourire. Mais pour le moment, je dois sur-le-champ me rendre à la commanderie.

— J'ai moi aussi besoin de te parler. C'est l'une des raisons de ma venue.

— Vous pourrez parler au *commandeur* Campbell quand il aura réglé des affaires plus importantes, grogna Simon.

— Commandeur ? murmura Garin, ses yeux bleus toujours sur Will.

L'espace d'une seconde, une lueur d'amertume et de jalousie se lut sur son visage. Mais elle reflua tellement vite que Will, qui s'était tourné vers Simon pour lui jeter un regard de reproche, ne la remarqua pas.

— Où loges-tu ? lui demanda Will.

— Au palais royal. Je suis ici pour m'occuper des affaires du roi Édouard.

— Alors je te ferai porter un message dès que j'aurai un moment.

Garin posa la main sur l'épaule de Will.

— Ça fait plaisir de te revoir, Campbell.

Will acquiesça.

— Moi aussi, ça me fait plaisir que tu sois ici.

Garin resta un moment à regarder Will et Simon se dépêcher à travers la foule. La première rencontre ne s'était pas déroulée tout à fait comme il l'avait espéré, mais au moins il avait établi le contact.

Après avoir découvert, par l'entremise d'un domestique au service du Temple, que le chevalier était parti en mission pour le grand maître, Garin s'était tourné les pouces pendant presque un mois. Hugues et son gêneur de conseiller étaient devenus de plus en plus impatients, Hugues ayant refusé d'accéder à la requête d'Édouard en protestant contre la somme trop élevée qu'on exigeait de lui, mais permettant tout de même à Garin de demeurer au palais. Malgré tout, il ne voulait pas se mettre à dos le seul en qui il plaçât encore un peu d'espoir. Le domestique du Temple, fidèle à sa parole, était venu un soir annoncer à Garin que Will était rentré. Il avait passé toute la matinée du lendemain dans une taverne en face des portes du Temple et avait été récompensé de sa patience lorsqu'il avait vu Will en sortir après l'office de none. Ayant pensé qu'il devrait attendre plus longtemps avant que le chevalier ne quitte la commanderie, il était content. Mais la raison pour laquelle Will était appelé en dehors de la forteresse, aussi rapidement après son retour de voyage, avait été immédiatement évidente quand il s'était présenté à la porte d'une maison du quartier vénitien et que celle-ci s'était ouverte sur Elwen.

Garin avait espionné le couple à bonne distance tandis qu'ils flânaient au marché, puis dans les jardins. Il avait assisté à leur conversation, ce qui lui avait donné une sorte de satisfaction perverse, comme si le fait de savoir quelque chose qu'ils ignoraient le rendait plus fort qu'eux. Mais en observant ce vieux lien d'affection qui les liait, sa suffisance s'était progressivement muée en détachement. Il s'était senti loin, indifférent au monde et à tous ceux qui le peuplaient.

Ainsi, Will était commandeur ? Eh bien, le chevalier aurait encore plus de facilité à le faire entrer dans la commanderie, à l'intérieur du Temple dont il avait été banni. Ensuite, Garin n'aurait qu'à trouver Everard et à soutirer de l'argent au vieillard et sa mission serait terminée. Acre commençait à perdre de son attrait.

Le Temple, Acre, 14 mai 1276 après J.-C.

Will entra dans la pièce sans frapper. Ses poumons étaient en feu et il pouvait à peine parler. Tandis que ses yeux s'accoutumaient à la pénombre, il vit Everard, penché sur sa table de travail. Will fut surpris de ne voir personne d'autre dans la chambre : il s'attendait qu'il y eût des médecins, peut-être un autre prêtre. Il alla jusqu'à Everard.

— Qu'est-ce qui ne va pas ?

Le visage d'Everard était livide, sillonné de rides profondes. La peau de ses joues s'affaissait, tirant ses traits creux et rendant la cicatrice qui courait de sa lèvre à son front encore plus proéminente. Il avait l'air frêle, certes, mais pas plus que d'habitude. Il tenait dans sa main encore valide une plume, qui volait sur les pages d'un grand livre relié que Will reconnut comme étant la chronique que le prêtre avait entamée l'année précédente.

— J'ai le sentiment qu'il me faut consigner la preuve de mon existence, avait-il dit à Will, avant de retomber dans l'anonymat. Les autres ont des enfants. Moi, ce sont les mots.

Debout près de lui, Will le regardait.

— Pardon ? répondit Everard avec son filet de voix.

Will attendit quelques secondes que sa respiration se calme.

— Simon m'a dit que vous étiez mourant.

— Nous sommes tous mourants, répliqua sèchement Everard en posant sa plume et en se levant avec raideur. Peu à peu, chaque jour.

Will regarda le prêtre claudiquer jusqu'à l'armoire, dans laquelle il rangea le volume.

— Vous avez menti à Simon, murmura-t-il. Vous m'avez roulé.

Everard lui jeta un regard froid en retournant à la table.

— Au moins, tu es venu sans tarder, constata-t-il en s'asseyant. Maintenant, je sais que je peux toujours attirer ton attention, et même éveiller ton intérêt.

— Comment avez-vous pu faire ça ? s'insurgea Will. Pourquoi ?

— Je mourrai bientôt, William, répondit abruptement Everard. Est-ce que tu seras prêt ? Je dois dire que depuis quelques mois je n'en suis pas sûr. Je dois transmettre l'héritage de Robert de Sablé. C'est le devoir de notre Cercle. Et, la dernière fois que j'ai vérifié, tu en faisais toujours partie.

— Comme j'en ferai aussi partie à l'avenir. Si le sénéchal ne s'y oppose pas.

Les yeux d'Everard se réduisirent à de simples fentes.

— La question de mon successeur n'a pas encore été tranchée. Ne fais pas de suppositions trop hâtives.

— Qu'est-ce que vous voulez, Everard ? Je n'ai pas de temps pour tout cela.

— Ah, c'est sûr ! s'exclama Everard. On dirait bien, en effet, que tu as peu de temps à m'accorder. Soit tu es en mission pour le grand maître, soit tu es avec elle.

Le prêtre avait prononcé ces derniers mots d'une voix dure, tranchante. Will évita le regard accusateur qu'il lui lançait.

— J'ai peut-être prêté serment à l'Anima Templi, Everard, mais ça ne signifie pas que je ne suis plus lié à la Règle du Temple. Si le grand maître m'ordonne de faire quelque chose, je peux difficilement refuser.

— Il y a une différence entre obéir aux ordres et se laisser distraire par ces ordres. Maintenant que Beaujeu t'a fait commandeur, il semble que tu fasses peu de cas de tes autres engagements. Même quand tu es là, tu évites les membres du Cercle. Le sénéchal pense que tu deviens à nouveau déloyal et indigne de confiance. D'autres sont d'accord avec lui.

— Vous parlez de moi dans mon dos ?

— Tu ne peux pas leur reprocher leur méfiance. Tu nous as déjà trahis par le passé.

Will fixa le prêtre, puis il détourna la tête.

— Je n'en finirai jamais de payer pour cette erreur, n'est-ce pas ? Combien de fois devrai-je vous dire que je suis désolé ? J'ai essayé de faire tuer Baybars, oui. Mais j'avais des raisons.

Il pivota pour faire face à Everard :

— Comme vous le savez, d'ailleurs, puisque c'est vous qui avez envoyé mon père à la mort !

Everard se leva et planta son doigt dans la poitrine de Will.

— Ton père est mort en servant *loyalement* l'Anima Templi. Si tu veux poursuivre son travail, comme tu n'arrêtes pas de le prétendre, tu devrais l'imiter.

— Vous voulez m'ôter la vie, Everard ? Verser mon sang ? Combien de sacrifices faudra-t-il encore pour votre paix ? Mon père et Hasan ne suffisent pas ?

Les paroles de Will semblèrent résonner durant les quelques secondes de silence qui s'ensuivirent.

— Ma paix ? reprit finalement Everard.

— Ce n'est pas ce que je voulais dire, marmonna Will.

Il alla prendre un tabouret et s'assit face au prêtre.

— Je suis loyal envers vous, Everard. Je sais que j'aurais dû trouver plus de temps pour vous voir et je suis désolé de ne pas l'avoir fait, mais je ne crois pas que vous ayez conscience de toutes les missions que le grand maître de Beaujeu me confie.

— Et Elwen ? Le fait que je t'accorde une certaine liberté, au-delà de celle que t'autorise le Temple lui-même, ne signifie pas que ma mansuétude te soit garantie. N'en crois rien. Tu aurais dû venir me voir tout de suite quand tu es revenu d'Arabie. Que tu voies le grand maître d'abord, je peux l'accepter. Mais que tu ailles voir Elwen avant d'avoir eu la décence de m'annoncer ton retour, c'est tout simplement inacceptable.

— Elle était à Kaboul, annonça Will d'une voix calme.

Everard garda le silence un instant.

— Je l'ignorais. Est-elle blessée ?

Will secoua la tête, à la fois surpris et heureux que le prêtre le lui demande.

— Le Cercle va-t-il intervenir ? D'après ce qu'elle m'a dit, on dirait que la Haute Cour va exiger un dédommagement.

— Nous avons déjà débattu du meilleur moyen d'intervenir, répondit Everard. Mais avant d'en discuter avec toi, j'ai besoin de savoir si tu es avec moi, William, avec *nous*, si ton cœur est toujours investi. Parce que si ce n'est pas le cas…

Everard laissa sa phrase en suspens.

— Je le suis.

Will vit dans les yeux du prêtre qu'il avait envie de le croire, mais qu'il ne se départait pas totalement de sa méfiance. Il hésita un moment, puis plongea la main dans le sac qui pendait à sa ceinture, à côté du fauchon, d'où il sortit un bout de papier.

— Tenez.

— Qu'est-ce que c'est ? fit Everard en le prenant.

— Je n'en sais trop rien.

Will avait copié le rouleau que Kaysan lui avait remis, quand il s'était rendu compte, après l'avoir ouvert dans le désert, qu'il ne pouvait pas le lire. La veille, en revenant, il avait donné l'original au grand maître. Il avait gardé la copie dans son sac en partant voir Elwen, avec l'intention de rendre visite à Elias, le rabbin, pour voir si le vieillard connaissait la langue dans laquelle il était rédigé.

Everard déplia le papier et allongea les bras pour le lire.

— Est-ce que vous comprenez de quoi ça parle ? demanda Will en se penchant dessus.

— Qu'est-ce que c'est ?

— Un mystère que j'essaie de résoudre, sans succès. Pensez-vous être capable de le déchiffrer ?

Everard reporta son attention sur le document.

— Peut-être, mais...

— Est-ce que vous avez confiance en moi ? l'interrompit Will. Vraiment confiance ?

Everard le regarda d'un air incrédule.

— Tu me fatigues, William, et tu me pousses chaque jour un peu plus dans la tombe.

Puis il secoua la tête.

— Oui, je te fais confiance. Même si parfois je m'interroge sur ton discernement.

— Alors aidez-moi à déchiffrer ce papier et nous aurons peut-être tous les deux des réponses à nos questions.

16

La citadelle, Le Caire

25 mai 1276 après J.-C.

Aisha s'immergea à nouveau dans l'eau, la laissant recouvrir son visage. Le bout de ses doigts était tout fripé et spongieux, comme la peau de fruits blets. Les bains, qui tout à l'heure resplendissaient dans la lumière de fin d'après-midi qui se déversait par les hautes fenêtres, étaient maintenant frais et sombres. La plupart des femmes étaient parties ; il n'en restait que quelques-unes sur les bords du bassin et elles se séchaient avec les serviettes de lin parfumées.

— Tu vas manquer la salat si tu restes dans l'eau trop longtemps, l'avertit une femme.

Aisha sourit avec nonchalance.

— Il reste encore une heure avant la prière. J'ai assez de temps.

Quelques minutes plus tard, les dernières femmes partirent, la laissant toute seule dans les bains avec ses deux esclaves.

— Laissez-moi, leur ordonna Aisha.

Elle les regarda s'en aller, puis elle sortit de l'eau et prit une serviette. Elle devait se dépêcher ou elle allait le manquer.

Le silence qui régnait dans les bains était sinistre. L'eau de la piscine fonçait en même temps que la lumière diminuait, et son apparence lisse n'était troublée que par les gouttes d'humidité qui tombaient du plafond et ridaient sa surface. L'air était saturé de fumée et de parfum et de restes de fruits. Après s'être séchée, Aisha enfila sa robe, passa pour la forme un peigne en ivoire dans ses cheveux et enroula son hijab jaune pâle autour de sa tête. Agissant rapidement, elle tira un fauteuil jusqu'à la fenêtre. Il était lourd, en bois, et ses pieds grinçaient sur le carrelage. Elle s'arrêta pour reprendre sa respiration, environnée par un silence pesant, puis elle grimpa avec agilité sur le dos du fauteuil en s'agrippant au rebord de la fenêtre pour assurer son équilibre.

La grille en fer était censée tenir en place mais Aisha, en escaladant pour permettre à son singe de regarder par l'ouverture, avait découvert que ses fixations rouillées étaient prêtes à céder. Elle se demanda si les autres femmes étaient au courant ; s'il arrivait que, comme elle, certaines d'entre elles s'échappent du harem pour explorer le monde extérieur.

Il y avait presque deux mois, alors qu'elle était assise sur le rebord de la fenêtre, juste avant les prières du soir, elle avait vu Baraka traverser les jardins derrière le harem. Il marchait rapidement, en restant près des buissons d'hibiscus et des palmiers qui bordaient les allées, où des canaux d'irrigation sinuaient jusqu'au carré noir d'un bassin, au cœur du jardin. Elle était stupéfaite de le voir. Quand il était enfant, Baraka avait vécu avec sa mère dans l'enceinte du harem. Mais maintenant qu'il était un homme, il lui était interdit d'y entrer sans être annoncé : ce privilège, en dehors des eunuques, n'appartenait qu'à Baybars. S'il voulait la voir, ou voir sa mère, Baraka devait se présenter à l'entrée du palais et les faire appeler. Aisha l'avait regardé jusqu'à ce qu'il sorte de son champ de vision en disparaissant derrière des arbres fruitiers qui s'étendaient jusqu'au potager des cuisines.

Baraka avait été plus présent dans ses pensées que d'habitude depuis qu'elle l'avait rencontré dans le couloir. La réaction de son père, quand elle lui avait révélé que Khadir, Mahmud et lui s'étaient retrouvés dans cette partie déserte du palais, l'avait intriguée. Elle l'avait senti inquiet : trop, peut-être, par rapport à ce qui aurait été normal pour un incident de ce genre. Sans compter la frayeur évidente de Baraka quand il l'avait trouvée là. Elle avait envoyé plusieurs messages à son mari, pour lui dire qu'elle devait lui parler. Au début, Nizam avait été ravie des efforts qu'elle faisait, mais l'absence de réponse de Baraka n'avait fait qu'envenimer encore la situation, comme si son manque de réaction était la faute d'Aisha.

Les semaines suivantes au harem avaient été des plus pénibles. Puis, presque un mois plus tard, elle avait à nouveau espionné Baraka. Intriguée par sa présence dans cet endroit interdit, elle voulait savoir ce qu'il y fabriquait, surtout en s'apercevant qu'il était revenu exactement le même jour, à la même heure, juste avant les prières. Les jours suivants, elle avait continué de surveiller depuis les bains et, une semaine plus tard, alors que le soleil se couchait derrière les murs de la citadelle, Baraka s'était faufilé dans le jardin.

Cette fois, elle était prête.

Tout en tendant l'oreille au cas où elle entendrait la porte des bains s'ouvrir, Aisha se dépêcha de défaire la grille par le bas, mais sans l'ôter complètement. Et maintenant, restait le plus compliqué. Une femme plus grosse n'aurait pas pu la suivre, mais Aisha était fine et souple et elle réussit à s'installer de biais sur le rebord de la fenêtre, après quoi, les genoux remontés contre sa poitrine, elle tira la grille à elle. Les barreaux étaient lourds et elle dut bander tous ses muscles pour la maintenir tandis qu'elle glissait ses jambes dans l'ouverture. Le bas de la grille était maintenant appuyé sur ses cuisses et ses pieds nus pendaient au-dessus d'un buisson d'hibiscus situé au-dessous de la fenêtre. Centimètre par centimètre, elle se retourna et glissa le reste de son corps avant de sauter dans le buisson, la grille se rabattant avec un bruit sourd au-dessus d'elle. Des gouttes de sueur perlaient sur son front et sa lèvre supérieure tandis qu'elle se cachait dans la broussaille. La terre était boueuse et l'odeur des fleurs entêtante.

Ce serait bientôt l'heure. Les jardins étaient fermés d'un côté par un mur couvert de plantes grimpantes et de l'autre par les bains. On n'y accédait que par le potager ou par une porte du harem toujours sous bonne garde. Aisha comprit comment Baraka y entrait quand elle le vit, quelques minutes plus tard, passer par-dessus le mur en s'aidant des branches d'un grand palmier. Dissimulée par la végétation, elle l'observa traverser le jardin. Puis, discrètement, elle se dépêcha de rejoindre l'une des allées de l'autre côté. Quand elle arriva aux arbres fruitiers qui bordaient le potager, elle s'accroupit. Baraka se dirigeait vers la porte des cuisines. Aisha se recroquevilla en le voyant inspecter les environs. Puis il frappa deux coups secs. La porte s'ouvrit et un eunuque apparut. Baraka prononça des mots que Aisha n'entendit pas, puis il plongea la main dans sa tunique en soie. Il donna quelque chose à l'eunuque et celui-ci disparut en refermant la porte derrière lui. Baraka se retourna et regarda le potager. À travers le feuillage, Aisha l'observait : il semblait nerveux, et méfiant. Il s'écoula quelque temps encore avant que la porte ne s'ouvrît à nouveau. Cette fois, il y avait une fille avec l'eunuque. Aisha la reconnut, c'était l'une des esclaves du harem, une fille maigrichonne d'environ dix-neuf ans qui avait été capturée au cours d'une attaque sur un village chrétien. Elle était blanche comme un linge, avec de pâles cheveux blonds. Baraka fit un signe de la main et la fille avança devant lui, tête basse, dans le potager.

Le cœur battant à tout rompre, Aisha les suivit en gardant ses distances et ils arrivèrent à la réserve des fruits au fond des jardins. Baraka ouvrit la porte, mais la fille recula. Il la prit par le bras et la força à entrer en claquant la porte derrière eux. Incapable de repousser son abjecte impulsion, Aisha s'approcha de la réserve, désirant voir à l'intérieur et craignant ce qui s'y déroulait. Il y avait de petites fentes dans les parois de la réserve, mais trop hautes pour qu'elle puisse se poster face à elles. En faisant le tour, elle trouva un seau en bois à l'arrière. Elle le retourna, grimpa dessus et colla son œil contre un des trous. Une toile d'araignée se trouvait juste en face et la pièce était plongée dans le noir. Mais elle entendit la voix de Baraka. Se hissant sur la pointe des pieds, elle parvint à distinguer la silhouette de Baraka. La fille se tenait face à lui.

— Fais-le, disait Baraka.

Aisha entendit un sanglot et elle comprit que la fille pleurait.

— Fais-le ! répéta Baraka, implacable. Ou tu seras punie.

Sa voix tremblait, mais Aisha n'aurait su dire si c'était de nervosité ou d'excitation.

Lentement, la fille s'agenouilla devant lui, puis ses épaules commencèrent un léger va-et-vient saccadé, comme si elle essayait de retenir ses larmes. Baraka s'agrippa à une étagère tandis qu'elle lui soulevait sa tunique. Sa tête et ses épaules empêchaient Aisha de voir, mais ce qu'elle faisait n'était que trop évident. Baraka ferma les yeux, le visage tendu.

Aisha perdit l'équilibre et se reçut sur l'allée pavée. Puis, le corps tremblant de dégoût et de rage, elle s'enfuit en courant.

La citadelle, Le Caire, 26 mai après J.-C.

Le sang coulait, épais, de la bouche du lion tandis qu'il marchait de long en large, les pattes liées à son poteau, en dodelinant de la tête. Un nuage de mouches, attirées par la blessure qui saignait sur son flanc, tourbillonnait autour de lui. De temps à autre, les domestiques les chassaient du revers de la main, mais elles revenaient sans cesse le harceler de leurs vrombissements paresseux.

Tenant les rênes d'une seule main, Kalawun s'étira sur sa selle. Il sentait les muscles de sa monture rouler entre ses jambes tandis qu'ils remontaient le chemin sablonneux vers la citadelle. À sa suite se trouvait un groupe de courtisans, dont ses fils, Ali et Khalil, et à l'arrière l'escorte et les domestiques ainsi que le lion.

— Vous n'avez pas dit un mot depuis que nous avons quitté la plaine, dit Kalawun en jetant un œil à Baraka, qui chevauchait à ses côtés sur un hongre noir comme le jais. Tout va bien ?

— Non, marmonna Baraka sans le regarder.

— C'était une belle chasse.

Baraka fit une moue boudeuse.

— Non. Vous y étiez en premier. C'est vous qui auriez dû le tuer. Mais vous me l'avez laissé. Je n'ai pas besoin de votre aide. Je peux très bien me débrouiller tout seul.

Kalawun garda le silence un moment.

— Je suis désolé, mon prince. Vous avez raison.

Le silence retomba entre eux, rompu par la seule conversation des courtisans derrière eux, et un éclat de rire d'Ali réagissant à quelque chose d'amusant que lui avait dit son cadet. Le sourire de Kalawun s'évanouit. Le bref plaisir qu'il avait pris à cette chasse s'était envolé pour de bon. En essayant de faire plaisir à Baraka, il n'avait réussi qu'à se l'aliéner davantage. Rien ne se déroulait comme prévu.

Les deux derniers mois, il avait été occupé à l'organisation de la future campagne en Anatolie, en particulier durant les semaines où Baybars avait été absent parce qu'il marchait sur Karak, une place forte où on lui avait rapporté une rébellion de la garnison mamelouke. Quand Baybars était revenu quelques jours plus tard, les chevaux des officiers bahrites traînaient les cadavres des meneurs derrière eux. Les rebelles avaient été bannis du royaume et une nouvelle compagnie les remplaçait.

Baybars était fou de rage. Les seules bonnes nouvelles du mois qui venait de s'écouler avaient été celles de la victoire d'Ishandiyar à al-Bireh. Baybars avait organisé une soirée de fête et ils avaient joué au polo pour célébrer leurs succès sur l'Ilkhan et les Mongols. En écoutant le récit des aventures syriennes d'Ishandiyar, Kalawun s'était demandé comment se déroulait la traque aux Assassins de Nadir. Il était habitué à la compagnie de son officier et elle lui manquait.

Depuis que Aisha lui avait parlé de la rencontre entre Baraka, Khadir et Mahmud, Kalawun ruminait à propos du jeune homme, qui semblait de plus en plus renfermé et versatile. Il n'arrivait pas à décider que faire. La chasse de ce matin avait été sa première réelle occasion de parler avec le prince, mais Baraka était d'humeur maussade, pensive, et tous ses efforts pour discuter avec lui avaient été vains.

Devant eux, un serpent émergea des buissons, son corps visqueux scintillant tandis qu'il progressait sur le sable en sinuant. Le cheval de Kalawun s'ébroua et il se mit au pas d'une pression des genoux pour laisser le serpent passer.

— Avez-vous vu Aisha récemment ? demanda Kalawun à Baraka d'une voix badine, tandis qu'ils continuaient à grimper la colline et rejoignaient le chemin vers la citadelle, dont l'émir remarqua qu'il était marqué de nombreuses traces de sabots et de sillons de roues.

Baraka lui jeta un coup d'œil.

— Je ne désire pas en parler.

— Ma fille ne vous plaît-elle pas, Baraka ?

Baraka grommela quelque chose entre ses dents, mais Kalawun ne l'entendit pas.

— Nous avons tous des devoirs envers nos femmes, poursuivit-il doucement. C'est notre position qui l'exige. Quand vous serez sultan, il vous faudra un héritier. Je sais que votre mère s'inquiète à ce sujet. Aimeriez-vous en discuter ?

— J'ai dit non.

— Très bien. Je veux juste que vous sachiez que je suis là. J'aimerais savoir que vous viendriez me voir si vous en aviez besoin. Même si, bien sûr, vous avez vos amis, ainsi que votre père et Khadir.

Baraka tourna la tête vers lui d'un mouvement trop rapide. Dans ses yeux transparaissait la suspicion.

— Khadir ? C'est le compagnon de mon père. Qu'est-ce qui vous fait croire que je lui parlerais ?

— Je sais qu'il vous apprécie, répondit prudemment Kalawun.

Baraka continua de le fixer un instant, puis ses yeux se portèrent à nouveau sur la route. Il paraissait troublé. Devant eux, les murs blancs de la citadelle se découpaient sur le ciel turquoise. Des enfants dépenaillés qui jouaient sur le bas-côté se mirent à courir en criant autour de l'impressionnante procession. Baraka les ignora, mais Kalawun porta la main à sa bourse et en sortit une poignée de pièces, qu'il jeta aux enfants. Ils se ruèrent dessus avec des cris de ravissement.

— Pourquoi leur donnez-vous de l'argent ? demanda Baraka d'un air morose, lorsqu'ils se furent éloignés.

— Ils sont pauvres, ce n'est pas mon cas. Ne feriez-vous pas de même pour vos sujets ?

— Ce ne sont pas mes sujets.

— Ils le seront un jour. Les enfants que nous venons de voir seront peut-être des adultes quand vous arriverez au pouvoir. Ne serait-il pas préférable qu'ils se rappellent votre bienveillance, votre charité ?

— Mon père ne jette pas de pièces aux paysans, pourtant ils l'admirent. Ils le craignent. Les gens respectent la force, pas la commisération.

— Vous n'êtes pas votre père, Baraka.

— Non, fit le prince à voix basse. Je ne suis pas mon père.

— En outre, renchérit Kalawun, qui souhaitait poursuivre la conversation, le sultan Baybars aide son peuple d'une autre manière. Il leur construit des écoles et des hôpitaux, des lieux de culte, des citernes pour…

Entendant des cris un peu plus loin, il s'interrompit. Ils prirent un virage et la porte al-Mudarraj s'éleva devant eux. La herse de la citadelle était levée et il y avait une foule compacte de chariots, de chevaux et de gens. Tandis que Baraka et Kalawun approchaient, ils virent que la queue était immobile, l'accès bloqué. Aux cris précédents se mêlèrent ceux d'enfants en pleurs. Kalawun fronça les sourcils en voyant les rangées de femmes et de leurs filles au milieu des chariots. Les traits tirés par la fatigue et le choc, elles formaient un groupe désordonné. Des soldats mamelouks, à cheval ou à pied, les tenaient sous bonne garde. Les cris venaient de plus loin à l'intérieur de la citadelle.

— Qu'est-ce qui se passe, père ?

Kalawun se retourna et vit Khalil et Ali qui tendaient le cou pour voir la scène. Il leva le bras pour leur faire signe d'attendre avec le reste de la troupe de chasse.

— Attendez ici, mon prince, dit-il à Baraka.

Les Mamelouks qui surveillaient les femmes et leurs filles se dérangèrent pour laisser Kalawun franchir la porte. En pénétrant dans la cour, il aperçut Baybars. Le sultan rabrouait un soldat en robe couleur jade, qui tenait un camail sous son bras. Le visage de Baybars semblait déverser des foudres sur lui. Dès qu'il vit Kalawun, il marcha dans sa direction en laissant le soldat qu'il accablait derrière lui. Kalawun le reconnaissait, c'était un émir du nom d'Usamah.

— Est-ce que tu es au courant de ça ? lui demanda sèchement Baybars.

Kalawun mit pied à terre.

— De quoi, seigneur ?

Baybars faisait les cent pas comme un lion acculé chez qui se mêlent vigilance et courroux. Kalawun regarda Usamah, qui s'avança prudemment en voyant que Baybars ne répondait pas.

— Émir Kalawun, nous arrivons de Palestine après l'assaut donné sur Kaboul, pour livrer les prisonniers que nous y avons faits.

— Quel assaut ? l'interrogea Kalawun, surpris. Qui vous a donné cet ordre ?

Baybars se tourna vers Usamah.

— Si vous dites encore une fois que l'ordre venait de moi, émir, je vous fait étriper sur place.

Malgré son teint hâlé, Usamah était d'une pâleur cadavérique, mais il répondit.

— Il semble que l'ordre que nous avons reçu ne venait pas du sultan Baybars, expliqua-t-il à Kalawun. Pourtant, il portait bien son sceau.

Il fouilla dans sa robe et en sortit le rouleau, que Kalawun vérifia.

— Il a raison.

— Je n'ai pas envoyé cet ordre, Kalawun, trancha Baybars.

Kalawun regarda les femmes et les enfants terrifiés. Il supposait que peu d'entre eux, voire aucun, ne comprenaient ce qui se racontait. Pour ce qu'ils en savaient, Baybars et Usamah pouvaient très bien discuter de la meilleure manière de les tuer.

— On dirait que quelqu'un a utilisé votre nom pour exécuter sa sale besogne, seigneur.

— C'est moi.

Kalawun, Baybars et Usamah se tournèrent. Baraka était descendu de cheval et s'était avancé dans la cour.

— Qu'est-ce que tu viens de dire ? fit Baybars d'une voix presque inaudible.

Baraka voulut répéter ses paroles, mais sa voix se brisa avant de franchir ses lèvres. Il se racla la gorge, redressa les épaules et planta ses yeux dans ceux de son père.

— J'ai voulu vous aider, père. J'ai entendu des rapports faisant état d'espions dans ce village et je savais que vous étiez trop occupé à organiser la campagne pour vous en charger, j'ai donc pris la liberté d'envoyer l'ordre en votre nom.

Usamah paraissait stupéfait. Kalawun offrait un visage de pierre, mais on voyait qu'il réfléchissait à toute vitesse. Baybars se détourna de son fils.

— Je pensais vous faire plaisir, poursuivit Baraka en s'approchant timidement de lui. Je voulais aider.

Sa voix s'affaiblissait, il donnait de plus en plus l'impression de supplier.

— Je l'ai fait pour vous, père.

Baybars pivota. S'approchant du jeune homme, il saisit sa tunique à pleines mains et la déchira en le soulevant. Levant le bras, il le frappa du revers de la main en plein visage, brutalement. Puis, une deuxième fois, le poing fermé. Baraka cria tout en essayant de bloquer les coups et de se dégager. Mais Baybars refusait de relâcher sa prise. Au troisième coup, le sang commença à couler du nez de Baraka et une entaille s'ouvrit au-dessus de son œil droit à cause des bagues du sultan.

— Seigneur !

En le tenant par le bras, Kalawun réussit à empêcher Baybars de continuer à le frapper.

— Laisse-moi ! cracha Baybars.

Ses yeux bleus lançaient des éclairs.

— Je ne crois pas que votre fils soit seul responsable, dit Kalawun en lui maintenant toujours le bras.

Il regarda Baraka, dont le visage était couvert de sang et de morve.

— Est-ce que j'ai raison ?

Mais le garçon ferma ses yeux en poussant un sanglot.

— Réponds-lui, sale morpion ! aboya Baybars. Ou par Allah je t'achève !

— *Seigneur !*

Un homme en cape grise venait d'arriver par une des portes du palais. C'était Khadir. Il se jeta aux pieds de Baybars en regardant d'un air consterné le tableau.

— C'est votre fils, seigneur ! plaida le devin. Votre héritier !

— Reste en dehors de ça, dit Baybars d'une voix implacable.

Kalawun vit le regard implorant et plein d'espoir que Baraka jetait au devin, et il comprit tout.

— C'était toi, n'est-ce pas ?

Ignorant Kalawun, Khadir rampa et posa sa main squelettique sur la botte de Baybars.

— Laisse ton fils en paix, maître, dit-il. Qu'a-t-il fait qui te déplaise ?

Baybars ne l'écoutait pas.

— Qu'as-tu dit, Kalawun ? demanda-t-il, l'air effaré.

— C'est toi qui as tout organisé, Khadir, n'est-ce pas ? fit Kalawun en baissant les yeux sur le devin allongé par terre. Et tu as fait en sorte que Baraka t'aide.

Khadir cracha à ses pieds et, au même moment, Baybars faisait pivoter Baraka pour le mettre face à lui. Ce dernier marmonnait des paroles inintelligibles.

— *Est-ce que c'est vrai ?*

— Oui ! gémit Baraka. Ce n'était pas ma faute !

Il hurlait maintenant et on n'entendait plus que lui dans le silence qui s'était abattu sur la cour.

— C'était Khadir, père ! Khadir et Mahmud ! Ils m'ont obligé !

Baybars relâcha soudain son fils, comme s'il s'apercevait qu'il tenait quelque chose de dégoûtant. Baraka tomba à terre en pleurant, maculant le sable de sang. Il regarda son père d'un air éberlué, puis les Mamelouks qui observaient sans mot dire. Enfin, il se releva et s'enfuit.

On entendit le bruit de l'acier frottant contre le cuir quand Baybars tira un de ses sabres de son fourreau. Khadir poussa un cri perçant et s'aplatit un peu plus encore devant le sultan qui levait sa lame au-dessus de lui.

— Ne frappe pas le messager d'Allah !

Ses paroles retinrent le bras de Baybars.

— Si tu me tues, maître, c'est toi que tu assassines, souffla Khadir. Nos destins sont liés.

La respiration lourde, le sultan laissa son bras retomber avant de donner un coup de pied au devin.

— File hors de ma vue. Nous en reparlerons.

Tandis que Khadir se recroquevillait dans le sable, Baybars se tourna vers deux soldats bahrites qui se trouvaient là.

— Allez me chercher l'émir Mahmud, aboya-t-il.

Puis il pivota vers les hommes qui attendaient près des chariots.

— Quelqu'un d'autre a-t-il l'intention de me trahir ? hurla-t-il. Non ? Personne ?

Les gardes baissaient la tête pour ne pas affronter sa fureur. Soudain, les épaules de Baybars s'affaissèrent et il lâcha son sabre.

— Ils sont tous contre moi, Kalawun. Tous autant qu'ils sont.

— Non, seigneur, dit Kalawun en s'approchant de lui. Ce ne sont que quelques pommes pourries qui gâtent les autres.

Baybars leva les yeux sur lui.

— Qu'est-ce que je vais faire ? Le traité est rompu. Les Francs vont demander un dédommagement pour cet acte de guerre.

Il leva les yeux vers le ciel.

— Tous mes plans pour l'Anatolie seront ruinés si je dois m'occuper d'eux. Je n'aurai peut-être jamais de meilleure occasion. L'Ilkhan Abaqa m'attaquera une nouvelle fois. Je dois être prêt, Kalawun, *il le faut* !

— Et vous le serez, dit posément Kalawun. Tout n'est pas perdu. Envoyez vos excuses aux chrétiens. Envoyez-les aujourd'hui, en expliquant ce qui s'est passé. Dites-leur que vous avez été trahi mais que vous avez châtié sévèrement les auteurs du massacre. Et envoyez-leur une compensation. Un dinar par sujet tué à Kaboul. Sortez vingt chrétiens des cachots et renvoyez-les en Acre avec ces femmes, continua-t-il en désignant les prisonnières. Nous devrions pouvoir éviter qu'une crise ne se déclenche.

Au bout d'un moment, Baybars acquiesça.

— Assurez-vous de tout cela, dit-il, les lèvres pincées.

Tandis que Kalawun se dirigeait vers les chariots en ordonnant aux hommes d'apporter aux prisonnières des fruits et de l'eau, Khadir s'accroupit dans la poussière et le regarda faire. Dans ses pupilles blanches brûlait la haine.

Baraka courait à travers les couloirs du palais en éclaboussant les murs de son sang. Son visage lui semblait tout engourdi, mais une sensation de battement sourd grossissait, indiquant que la douleur n'allait pas tarder à se réveiller. Bientôt, elle ferait rage en lui. Au commencement, il avait voulu se rendre chez sa mère, mais l'idée que les gardes du harem le voient dans cet état l'avait arrêté. Sous le coup de l'humiliation, pleurnichant, il prit le chemin de ses quartiers, l'esprit obnubilé par l'image des soldats, de Kalawun et de son père le regardant, gisant au sol, effrayé et battu.

Il arrivait à sa chambre et allait en ouvrir la porte quand apparut quelqu'un, enveloppé dans une robe et un voile noirs. Baraka s'immobilisa, tandis que Aisha ôtait le voile de son visage. Quand elle parla, sa voix était glaciale.

— Je t'ai vu.

Baraka entendit à peine ce qu'elle venait de lui dire.

— Tu as dit à ton père que tu m'avais vu ce jour-là, dans la tour, n'est-ce pas ?

En plus d'être étouffée par le sang qu'il avait dans la bouche et son nez cassé, sa voix tremblait.

— C'est pour ça qu'il n'arrêtait pas de me poser ces questions. C'est pour ça qu'il savait pour Khadir.

— Oui, je t'ai vu ! répéta Aisha, mais en criant cette fois, ce qui le fit tressaillir. Je t'ai vu avec cette *esclave* ! La nuit dernière !

Baraka la regarda, horrifié, puis il tendit la main vers la porte en cherchant à tâtons la poignée. Aisha se jeta sur lui les mains en avant, en se servant de ses ongles comme de griffes.

— Je le dirai à tout le monde ! Je leur dirai que tu ne peux même pas coucher avec *ta femme* ! Que tu dois voler une des esclaves de ton père pour le faire !

Elle le frappa au visage.

— Tu as laissé ta mère croire que c'était ma faute ! Que je ne suis pas assez bien pour toi !

Baraka hurla lorsqu'elle lui griffa sa lèvre déjà meurtrie.

— C'est toi qui ne vaux rien ! C'est *toi* !

Baraka la bouscula, puis il ouvrit la porte, se précipita à l'intérieur et la claqua violemment. Mais il entendit encore Aisha, de l'autre côté, qui le maudissait, quand il s'écroula sur le sol.

17

Le quartier pisan, Acre

26 mai 1276 après J.-C.

La taverne était crasseuse et il y faisait chaud. Des mouches circulaient paresseusement au-dessus des tables poisseuses où les paysans s'abritaient du soleil de midi. Deux d'entre eux se levèrent et partirent, laissant un bref courant d'air entrer par la porte, et Will se rassit, renonçant à chercher de la fraîcheur. Chaque année, il oubliait à quel point les étés étaient durs à supporter en Acre. Et chaque année, devoir s'en souvenir était désagréable. La puanteur du fumier, humain et animal, qui empestait l'air toute la journée ; la manière dont même le lin le plus fin devenait intolérable ; les relents de sueur corrompant tous les arômes dans les marchés bondés.

— Voilà, dit Garin en posant une coupe de vin ébréchée devant Will.

Il s'assit, but une gorgée dans sa propre coupe et fit une grimace. Ses cheveux s'étaient éclaircis avec le soleil et sa peau était hâlée. Il donnait une réelle impression de santé, à l'exception des poches qu'il avait sous les yeux. Will jalousa sa chemise légère en coton. Elle avait l'air extraordinairement agréable en comparaison de sa propre chemise, de son surcot et du manteau qu'il était obligé de porter. Il se demanda si Garin regrettait parfois de ne plus être chevalier. Il but une gorgée et vit que Garin l'observait aussi. Le vin était acide.

— Eh bien ! fit Garin avec un demi-sourire, nous nous retrouvons enfin.

— Je suis désolé, je ne pouvais pas te voir plus tôt.

— Je suppose que tu dois être très occupé, maintenant que tu es commandeur.

Will hocha la tête sans se donner la peine de répondre. Il n'avait pas envie de faire les frais de la conversation. Au début, lorsqu'il avait croisé Garin au marché, une partie de lui avait été heureuse de revoir son vieux camarade. Il s'était imaginé leurs discussions, à évoquer le bon vieux temps et leurs anciens maîtres au Temple de Londres. Mais maintenant qu'il était assis face à lui dans cette taverne étouffante, il réalisait qu'il n'y avait plus rien entre eux, en dehors d'une vague gêne liée à du ressentiment qui n'avait plus d'objet.

C'était différent à l'époque où Garin était enchaîné dans les cachots du Temple, où Will lui procurait de petits réconforts et lui apportait des nouvelles du monde extérieur. Will s'était senti capable de lui pardonner, parce que, chaque fois qu'il le voyait, il avait la preuve qu'il payait pour sa trahison. Mais à le voir assis ici, sirotant son vin, la peau brunie, en bonne santé et sûr de lui, Will sentit une vieille rancœur refaire surface. L'image d'une autre taverne fit irruption dans son esprit. Il était attaché à un lit, on venait de le battre comme plâtre et son visage était couvert de contusions. Garin se tenait au-dessus de lui et le forçait à avaler un liquide épais et infect. Peu après, d'autres souvenirs remontèrent à la surface : une fille aux boucles blondes s'activant sur lui ; une paillasse souillée ; la voix d'Elwen, bouleversée.

— Alors, dit Garin pour mettre fin au silence, comment va Elwen ? Je suppose qu'elle est encore ici avec toi ?

La mâchoire de Will se contracta tandis qu'il fixait Garin.

— Elle va bien. Et comment ça se passe en Angleterre ? Comment va ta mère ?

Garin parut surpris par sa question, surpris et ravi.

— Elle est de plus en plus frêle. Mais toujours la langue bien pendue.

Il frottait du pouce un bout de saleté sur sa coupe.

— Je ne la vois pas autant que je le devrais. Le roi Édouard me donne beaucoup de travail.

— Qu'est-ce que tu fais pour lui ?

Garin leva les yeux en percevant dans sa voix une réelle curiosité.

— Je m'occupe de petites choses. Je délivre des messages, grogna-t-il. Rien de passionnant. À propos, tu ne m'as toujours pas dit ce qu'il y avait dans cette lettre.

— Everard s'inquiétait des demandes de fonds d'Édouard. J'espérais avoir ton opinion sur la question.

Garin se pencha en avant.

— Bien. C'est de ça que je voulais te parler, moi aussi. Parle en premier, dit-il en tendant la main vers Will.

— Ces fonds. Everard veut être certain qu'ils sont utilisés comme le roi Édouard affirme qu'ils le sont. Il a entendu dire qu'Édouard prévoit une guerre contre le pays de Galles, auquel cas il pourrait utiliser les ressources de l'Anima Templi pour l'expansion de son propre royaume.

Garin était surpris.

— Vous êtes bien informés. Très peu de gens connaissent ces plans.

— Nous avons des alliés à Londres.

Garin prit son temps avant de répondre et, quand il le fit, ce fut d'une voix délibérément lente.

— Vous avez raison.

Will se redressa, avec un air de triomphe sur le visage.

— Édouard réfléchit à une expédition militaire au pays de Galles. Mais il n'a pas l'intention d'exploiter l'argent de l'Anima Templi dans ce but. Il n'en a pas besoin. Il peut compter sur beaucoup d'autres ressources. C'est en partie pour ça que je suis ici, pour rendre visite au roi Hugues.

— Alors pourquoi a-t-il besoin d'argent ?

— Pour une nouvelle mission de paix jusqu'à Abaqa, l'Ilkhan de Perse. Il veut envoyer des émissaires pour rétablir le contact avec les Mongols de la garnison de l'Ilkhan en Anatolie et pour s'assurer que l'alliance qu'il a formée avec eux il y a quatre ans tient toujours. Édouard pense que si chacun des camps est aussi fort que l'autre, les Mongols et nous faisant front commun contre les Mamelouks, alors personne ne lancera d'attaque. Il pense que c'est le meilleur moyen de maintenir la paix qu'il a conclue avec Baybars.

— Mais il veut attaquer le pays de Galles.

— On lui a forcé la main. Llewelyn, le prince des territoires du nord de Gwynedd, est une épine dans le pied anglais depuis quelque temps. Cela fait des années que les gens du cru font des incursions sur le territoire anglais : ils pillent les réserves, enlèvent des enfants, violent des femmes, et Llewelyn ne fait rien pour les en empêcher. Au contraire, il les encourage chaudement. Aujourd'hui, Édouard a le sentiment que la coupe est pleine. Il doit faire face à ces barbares une fois pour toutes.

Will écoutait en silence. Garin ressemblait à n'importe lequel des orateurs d'Édouard. Il semblait sincère, mais il n'y avait aucune émotion dans ses yeux et Will savait que ce n'étaient que des mots. C'est ce qu'Édouard voulait qu'il dise. Quant à savoir s'il y avait là-dedans une parcelle de vérité… Grâce à toutes ses années en Terre sainte, Will était bien placé pour savoir que lorsqu'un dirigeant souhaitait envahir un autre royaume pour agrandir son territoire ou augmenter sa puissance, il faisait d'abord courir des rumeurs censées justifier cette action. Si la nation qu'il avait l'intention d'envahir était ressentie comme une menace, la populace serait bien moins susceptible de protester contre cette décision. Ce n'était qu'un des passages obligés pour partir en guerre, aussi nécessaire et banal que les armes utilisées au combat.

— Et sa rencontre avec le pape Grégoire ? demanda-t-il. Everard a aussi entendu dire que le roi s'apprête à lancer une croisade.

Cette fois, si Garin était surpris qu'ils soient au courant, il n'en montra rien.

— Bien entendu. Édouard devait faire croire au pape qu'il a l'intention de prendre la Croix. Grégoire est l'un de ses amis et un fervent partisan d'une nouvelle croisade. Le pape était fort mécontent qu'Édouard n'ait pas assisté au concile de Lyon, et il a dû s'en expliquer. Édouard essayait simplement de l'apaiser.

Will était loin d'être convaincu, mais voyant qu'il n'obtiendrait pas davantage d'informations, il changea de sujet.

— De quoi voulais-tu me parler ? demanda-t-il.

— Édouard veut que je discute avec Everard en personne à propos des fonds qu'il lui a demandés. S'il doit entreprendre cette mission auprès de l'Ilkhan, il en aura besoin aussitôt que possible. Il est évident que les membres du Cercle ne peuvent quitter le Temple pour un voyage comme celui-ci et Édouard a déjà noué une relation avec Abaqa. Il dit que, après tout, c'est pour cela que vous l'avez désigné, pour qu'il puisse contribuer à la paix.

Cette explication semblait raisonnable, mais Will ne parvenait pourtant pas à se défaire de sa méfiance.

— J'en parlerai à Everard, mais je ne peux pas te garantir qu'il accédera à la requête d'Édouard. L'Anima Templi a beaucoup de projets en cours. Nous ne pouvons pas les financer tous en même temps. Notre trésorerie n'est pas illimitée et nous devons faire attention à la quantité d'or que nous prélevons dans les coffres du Temple.

— Je comprends, fit Garin en hochant la tête. Mais si je pouvais parler à Everard, ou au moins avoir une réponse le plus rapidement possible, je t'en serais reconnaissant. Je ne peux pas rester ici encore longtemps. L'hospitalité de mon hôte royal ne se prolongera pas indéfiniment.

— Je parlerai à Everard dès ce soir. Retrouvons-nous ici demain à la même heure, quelle que soit la réponse.

Will se leva. Il n'avait presque pas touché à son vin.

— Je dois hélas partir. Il me faut m'occuper de certaines choses.

— À demain, alors.

Garin regarda Will s'en aller. Quelques paysans levèrent la tête sur son passage et lui jetèrent un regard empreint de respect. Avant, les gens le regardaient de cette façon, lui aussi. Maintenant, il était un visage de plus dans la foule anonyme. Il s'empara de la coupe de Will et la vida d'une traite, puis il sortit dans le brasier blanc de l'après-midi.

Les murs poussiéreux des échoppes, des maisons et des églises se succédaient autour de lui tandis qu'il arpentait les étroites ruelles du marché, se déplaçant dans la molle cohue des marchands, des mules et des charrettes. Après avoir traversé la place du marché, il pénétra dans la rue couverte : un passage voûté en pierre avec des ouvertures cintrées sur toute la longueur, où les marchands présentaient ce qu'ils souhaitaient vendre. Ces ouvertures donnaient à l'intérieur des boutiques, réduits inconfortables où l'on trouvait à peu près tout, de la porcelaine au poison. Tout en s'enfonçant dans la rue, Garin gardait sa main sur sa bourse, à proximité de sa dague. Il dépassa un groupe d'hommes buvant du thé épicé, puis une femme qui le salua, ombre vaporeuse dans son drapé de soie, l'invitant dans les ténèbres enfumées d'un lieu de péché où flottait une odeur de cannelle.

Garin était fasciné par la rapidité avec laquelle on passait ici du statut d'étranger à celui d'habitué. Il était venu pour la première fois dans la rue couverte il y avait à peine une quinzaine de jours, mais il y était déjà revenu cinq fois entre-temps. Les mêmes hommes jouaient aux échecs, la même femme le saluait. La même odeur d'orange et de citron l'accueillit quand il passa devant le vendeur de fruits avant d'arriver au magasin où un Arabe le reçut avec un sourire.

Garin hocha la tête en retour, mais sans sourire.

— Qannob.

Mais l'Arabe avait déjà disparu dans la boutique, sachant ce qu'il voulait. Il réapparut à travers le rideau et tendit à Garin un petit tas de feuilles vert sombre, enroulées dans une ficelle.

— Vous dormez bien maintenant ? demanda-t-il en prenant les pièces que lui tendait Garin.

— Mieux.

— Vous reviendrez bientôt, lança l'Arabe à qui Garin avait déjà tourné le dos.

Quand il arriva au palais royal, il se rendit directement dans sa chambre. Les rideaux étaient tendus pour empêcher la chaleur d'entrer, de sorte que la pièce était fraîche. Il avait dit aux domestiques de ne pas pénétrer dans sa chambre, son lit était donc défait, avec les draps de soie encore froissés et humides de la sueur de sa dernière nuit agitée. Les coussins étaient éparpillés au sol, près d'une table basse sur laquelle trônaient une paire de pinces en acier et un encensoir en terre glaise noirci de cendres. Des coupes en argile vides, hier remplies de vin, s'accumulaient en une morne congrégation au pied de son lit.

Après avoir tiré le verrou derrière lui, il ôta ses bottes et marcha pieds nus jusqu'à la table, où il sortit l'herbe de sa poche. Il prit les pinces et les fourra dans les cendres blanches de charbon au fond du brasier. La couche supérieure s'effrita et laissa entrevoir un faible rougeoiement. Garin s'empara avec précaution d'un des bouts de charbon incandescents. Puis il le posa dans le creux de l'encensoir, s'assit jambes croisées sur les coussins et défit le petit paquet. L'odeur puissante et délicate qui s'en échappa le remplit d'un frisson d'excitation. Il préleva du bout des doigts une petite partie des têtes de fleurs séchées, porta les mains jusqu'à l'encensoir et, en se penchant, les y déposa.

Le chanvre, cultivé pour sa tige, était utilisé à travers tout l'Orient et l'Occident pour fabriquer de la corde, de la ficelle, du papier et du tissu. Mais les feuilles, la résine et les fleurs avaient une autre utilité : comme médecine, comme encens, et comme drogue. Il y avait des années de cela, à Paris, Garin avait passé plusieurs mois en compagnie de la maîtresse d'un bordel du Quartier latin. Adela était guérisseuse et elle lui avait parlé des gens qui mangeaient les feuilles de chanvre, dont ils tiraient des rêves merveilleux et des visions fabuleuses, elle lui avait expliqué qu'elles rendaient les hommes plus virils et calmaient les esprits les plus enfiévrés. Garin n'avait jamais eu l'occasion d'essayer jusqu'ici, mais dix-sept jours plus tôt, en cherchant sur le marché pisan une potion capable de l'aider à s'endormir durant ces nuits brûlantes, on l'avait envoyé au magasin de l'Arabe. Le sultan Baybars avait banni l'usage de plantes aux musulmans, mais les mystiques soufis continuaient d'en ingérer lors de leurs cérémonies religieuses. Maintenant, les hommes qui le cultivaient étaient forcés de le vendre aux Occidentaux et autres non-croyants.

Le premier jour, on avait donné à Garin des espèces de boulettes marron, avec une délicieuse odeur de miel, de muscade et de quelque chose d'indéfinissable. Il en avait mangé une et attendu l'effet produit. Puis il mangea le reste mais rien ne se produisit, et il fut déçu. Une heure plus tard, il était allongé face contre terre sur le tapis et était secoué par un rire incontrôlable, si violent qu'il avait de la peine à respirer. Il était resté là pendant peut-être trente minutes, à penser qu'il allait sûrement mourir et que c'était comique, avant de s'effondrer dans un sommeil comme il n'en avait jamais connu. Quatre jours plus tard, il était retourné au magasin. Il avait expliqué à l'Arabe que les boulettes étaient trop puissantes et lui avait demandé quelque chose de plus subtil, qui l'aiderait seulement à s'endormir, et celui-ci lui avait vendu l'encensoir et le mélange de fleurs séchées en lui expliquant comment s'en servir.

Les feuilles entrèrent en contact avec le charbon et prirent instantanément feu, les graines craquant sous l'effet de la chaleur. Un panache de fumée bleuâtre s'éleva dans l'air. Garin se pencha au-dessus de la table, comme un prêtre sur son autel, et il aspira la fumée par la bouche en ouvrant grands ses poumons. Les premières fois, ça l'avait horriblement fait tousser, mais il s'était vite habitué et il savait désormais ce qu'il était capable d'absorber. Il prenait de profondes inspirations tandis que la chambre se remplissait de l'odeur de la plante et sa vision se troubla. Il suffisait d'un peu d'herbe et il retrouverait un calme comme il n'en connaissait jamais avec le vin. Il avait l'impression qu'on le caressait. Un peu plus et il trouverait le sommeil.

Tandis que les dernières feuilles se consumaient en ne laissant que des cendres derrière elles, Garin s'allongea sur les coussins, les yeux mi-clos. Il s'était trouvé à cours de qannob ces deux derniers jours et il avait mal dormi. La rencontre avec Will l'avait encore un peu plus tendu. La réserve de Will à son égard lui avait donné envie de se jeter à travers la table pour lui donner un coup de poing et il lui avait fallu déployer un effort surhumain pour afficher un sourire agréable et stupide tandis que son ancien ami l'interrogeait.

Garin se souvint de Will au Nouveau Temple, un garçon au nez qui coulait constamment, qui pleurait sans cesse parce que son père l'accusait de la mort de sa sœur, et cette image le rasséréna. Will maniait bien l'épée, mais il faisait un mauvais sergent. Il transgressait la Règle presque tous les jours, mais parvenait chaque fois à s'en sortir. De fait, quand Will se conduisait mal, c'était souvent lui, Garin, qui recevait les blâmes et les corrections, une situation qui s'était reproduite quand il avait sauvé *Le Livre du Graal* d'Everard et y avait gagné quatre ans dans un cachot. Alors qu'on avait pardonné à Will, qui avait pourtant trahi le Cercle en essayant de faire assassiner Baybars. Garin commença à s'apitoyer sur son sort. Maintenant, Will était membre de la confrérie secrète dont il aurait dû faire partie, et il avait été promu commandeur. Peu importe qu'il fasse des erreurs, il tirait toujours son épingle du jeu. Mais ce que Garin n'arrivait pas à digérer, c'est qu'au bout du compte Will n'était qu'un roturier, issu d'une généalogie de barbares, quel que soit le vêtement qu'il portait pour déguiser ce fait. Son père était peut-être un Templier, mais sa mère était à peine plus qu'une paysanne et son grand-père un négociant en vin ! Penser à cela rendait Garin ivre de fureur. Il était un Lyons, le dernier d'une noble lignée qui remontait à l'époque glorieuse de l'empereur Charlemagne. Son père et ses frères étaient morts en combattant pour Louis IX, le futur Saint Louis, et son oncle appartenait à l'Anima Templi. Aujourd'hui, il n'était plus personne. Pis, on le considérait comme un chien : Édouard, Will, Everard, tous pensaient qu'ils pouvaient lui donner des ordres selon leur bon vouloir.

Ce qu'ils semblaient oublier, c'est qu'il était le seul homme entre l'Anima Templi et son Gardien : le seul qui fût au courant des secrets et des faiblesses des deux camps. Cela lui conférait un pouvoir. Il fallait juste réfléchir à la bonne manière de s'en servir. Will avait eu l'air de croire aux réponses qu'il lui avait fournies. Quel idiot ! Garin ferma les yeux, sa main retombant mollement sur ses genoux.

Le bruit de quelqu'un qui tambourinait sur sa porte le réveilla en sursaut et il se leva d'un bond. Quand il eut déverrouillé et ouvert, il tressaillit en voyant le roi Hugues qui lui jetait un regard furieux.

— Votre Majesté, le salua Garin en retrouvant assez de sang-froid pour masquer sa surprise.

Hugues avança pour forcer Garin à le laisser entrer. Le roi observa d'un œil inquisiteur la chambre emplie de fumée.

— J'ai vu des porcs vivre plus convenablement, fit-il remarquer en enjambant les bottes de Garin, qui traînaient au sol. Dites-moi, le roi Édouard vous laisse-t-il traiter son château de la sorte ?

Mais il n'attendait pas de réponse et reprit aussitôt la parole :

— Vous deviez venir me voir cet après-midi, Lyons. Pourquoi avez-vous négligé notre entrevue ?

— Je suis désolé, Votre Majesté. Je me suis endormi.

— Sans doute les effets de l'alcool, marmonna Hugues d'un air bilieux en posant les yeux sur les coupes de vin au pied du lit. Je présume que vous avez fait brûler de l'encens pour couvrir la pestilence, ajouta-t-il en reniflant. Les domestiques l'ont senti dans tout le couloir.

— Pourquoi désiriez-vous me voir, Votre Majesté ? demanda vivement Garin. Si vous me laissez un moment pour m'habiller, je vous suivrai dans la salle du trône. Ce sera un endroit sûrement plus approprié pour discuter de la situation.

— Laissez-moi juger de l'endroit le plus approprié pour parler de mes affaires, le rabroua Hugues en se tournant vers lui. Nous parlerons ici. Et maintenant. Je suis à bout de patience, je n'attendrai pas plus longtemps. Vous aviez dit que vous deviez régler des affaires ici, puis que vous repartiriez sur-le-champ en Angleterre. Édouard doit intervenir avant qu'Anjou n'achète les droits sur mon trône à ma vieille bique de cousine, Maria, ou je perdrai ma couronne !

— J'aurai bientôt conclu mes autres affaires, Votre Majesté, répondit Garin. Mais, avant de partir, j'ai besoin de votre accord. Avez-vous signé le document ?

— Non, répliqua Hugues. Je vous l'ai dit, Édouard est trop exigeant. Il pourra se servir de Chypre comme d'une base pour lancer sa nouvelle croisade, mais je ne lui paierai pas le montant qu'il demande. Pour une simple conversation avec le pape ?

Hugues secoua la tête d'un air inflexible.

— C'est excessif. Et comment puis-je être sûr qu'Édouard parviendra à ses fins ?

— S'il ne le peut pas, Votre Majesté, alors personne ne le peut. Mais je suis persuadé qu'Édouard pourra vous aider dans cette histoire.

— Non, répéta Hugues. Non, c'est trop.

Garin acquiesça.

— Dans ce cas, je partirai aujourd'hui.

— Comment cela ? Vous ne parlerez pas à Édouard ?

— Je lui parlerai, bien entendu, et je lui répéterai ce que vous venez de me dire. Mais comme je vous l'ai expliqué, Édouard a ses propres difficultés. Pour qu'il prenne le temps de vous aider, il lui faut une compensation adéquate.

Hugues se détourna et resta figé un moment.

— Je le paierais si j'étais certain que cela serve à quelque chose.

Garin fit une moue qui indiquait qu'il comprenait.

— C'est un risque. Mais que pouvez-vous faire d'autre, Votre Majesté ? Combien vaut votre trône à vos yeux ? Jusqu'où êtes-vous prêt à aller pour le protéger de vos ennemis ?

Lorsqu'il se retourna, les yeux de Hugues exprimaient la détermination.

— Je signerai le document, dit-il entre ses dents. Ce seront *mes* héritiers, *mes* fils, qui dirigeront l'Outremer, pas ceux de Charles d'Anjou. Je vais donner à Édouard ce qu'il veut.

— Très bien, j'en ai presque fini ici, dit Garin en souriant au milieu de la chambre pleine de fumée.

Le quartier juif, Acre, 26 mai 1276 après J.-C.

Une rangée de clochettes dorées accrochées à un clou derrière la porte carillonnèrent quand Will franchit le seuil de la librairie. L'intérieur du magasin offrait un répit bienvenu après la chaleur des rues. De la route de Pise au quartier juif, il y avait une bonne distance, et la sueur dégoulinait dans son dos, sous son épaisse couche de vêtements.

Au son des clochettes, un homme arriva par la porte du fond. Les murs du magasin étaient entièrement occupés par les livres. Des ouvrages de toutes tailles garnissaient les étagères, ils recouvraient aussi le comptoir et s'élevaient du sol carrelé en piles chancelantes. L'homme avait près de soixante-dix ans. Il était petit, voûté, avait la peau tannée, des cheveux gris-noir et une barbe drue. Il lançait à Will un regard en coin.

— Sire William. Je me demandais quand vous reviendriez me voir.

— Comment allez-vous, Elias ?

Elias gloussa et fit un grand geste de la main.

— Je laisse les plaisanteries aux jeunes, William, et à ceux qui ont du temps à perdre. Je sais ce qui vous amène.

Avant que Will n'ait eu le temps de répondre, il alla au comptoir et se pencha pour ramasser un gros volume noir, relié d'un cuir rouge défraîchi.

— Tenez, dit-il en le tendant avec une grimace.

Will s'empara du livre. Il semblait ancien, sa reliure était abîmée. À l'intérieur, la plupart des pages étaient couvertes d'une écriture latine pâlissante.

— C'est un voyageur de Rome qui l'a écrit il y a des années, fit Elias en se penchant par-dessus l'épaule de Will. Ne vous attendez pas à un chef-d'œuvre, c'est un simple traité évoquant sans aucune rigueur les coutumes syriennes. Mais vous y trouverez ce que vous cherchez. Puis-je ? dit-il en tendant la main.

Will lui rendit le livre et le regarda feuilleter les pages en plissant les yeux pour parcourir le texte dans la pénombre.

— Ah, nous y voilà ! Ceci devrait vous aider.

Sur la page qu'Elias venait d'ouvrir se trouvaient deux blocs de texte, un de chaque côté. Le premier était en latin et l'autre dans une langue qui ressemblait à de l'arabe, mais qui n'en était pas. Will la reconnut. C'était la même que dans le rouleau.

— C'est ça, dit-il d'une voix excitée.

Elias hocha la tête.

— Everard avait presque raison. C'est du syriaque, sous une forme plutôt jacobite que nestorianique. Mais tous deux sont assez similaires et la confusion est compréhensible.

— La langue des chrétiens de Syrie, dit Will en le regardant.

— Oui, bien qu'elle dérive de l'araméen, la langue ancienne de mon peuple. Le dialecte s'est séparé en deux branches au moment du schisme au sein de l'Église chrétienne orientale. Deux sectes se sont alors constituées, sous l'influence de Nestor de Perse et de Jacob d'Édesse.

Will acquiesça.

— D'où leurs noms respectifs.

— Il m'a fallu un peu de temps pour trouver ça mais, comme vous pouvez le voir, le copiste a transcrit un simple poème du jacobite au latin.

Elias se pencha et tourna la page pour Will.

— Il note aussi les lettres de l'alphabet jacobite et leur équivalent latin, quand il existe. Il n'y a pas de chiffres en syriaque, donc là où vous avez des chiffres dans le rouleau, ils désignent des lettres auxquelles sont attribuées des valeurs numériques.

Will leva les yeux du livre.

— Merci.

Elias lui sourit.

— Ah, oui, dit-il soudain en retournant au comptoir et en attrapant un bout de papier sous une pile de livres. Vous le voulez sûrement.

Le papier contenait quelques lignes copiées sur le rouleau. Will l'avait donné à Elias pour qu'il puisse comparer avec ses livres après qu'Everard eut identifié la langue dans laquelle elles étaient écrites.

— Qu'est-ce qui vous excite autant, Everard et vous ? demanda Elias en regardant Will glisser le papier dans le livre pour marquer la page.

Will hésita, ce qui fit rire Elias.

— Peut-être ne devrais-je pas demander, n'est-ce pas ? Ainsi vous n'auriez pas à trahir des confidences et je n'en dormirais que mieux la nuit, commenta-t-il en souriant. Dites au vieux démon de me rendre visite bientôt. J'ai plein de nouveaux livres qui l'intéresseront, j'en suis sûr, et qui pourraient aider votre cause. *Notre* cause, ajouta-t-il après une seconde, d'une voix sincère et tranquille. Dites-lui, William, qu'il me reste une bouteille de gascogne dans ma cave et que j'aurai besoin d'une bonne compagnie avec qui la partager.

Will lui sourit en retour.

— Je n'y manquerai pas.

Le Temple, Acre, 26 mai 1276 après J.-C.

— C'est fini ?

Sans lever les yeux, Everard fronça les sourcils et remonta ses lunettes.

— Si tu arrêtes de m'interrompre, ce sera bientôt le cas. Raconte-moi ce que Lyons t'a dit, marmonna-t-il tout en transcrivant une autre ligne de texte en contrôlant à la fois avec le poème et l'alphabet, et en le traduisant avec difficulté en latin.

— Je vous l'ai déjà dit, répondit Will avec impatience.

Il se sentait sur les nerfs, incapable de rester assis ou de tenir en place. Everard ne savait pas d'où venait le rouleau et il ne savait pas exactement comment il le lui expliquerait quand son contenu, quel qu'il soit, leur serait révélé.

— Eh bien redis-le-moi.

Will tenta de se calmer et s'assit au bord du lit d'Everard. Il lui répéta en vitesse les propos de Garin.

— Et tu ne le crois pas ?

— Je ne crois pas Édouard. Mais je ne sais pas avec certitude si Garin pensait dire la vérité ou s'il la dissimulait pour le compte d'Édouard.

Everard poussa un profond soupir.

— Nous revenons donc au point de départ, dit-il en regardant Will. À moins qu'il ne dise la vérité et que nos soupçons ne reposent sur rien de réel.

Will secoua la tête.

— C'est possible, bien sûr, mais je n'en suis vraiment pas convaincu.

— Pourquoi as-tu dit à Lyons que tu lui donnerais une réponse aussi rapide ? demanda Everard d'un air irrité. Je dois réfléchir à toutes les conséquences avant d'agir à ce sujet.

Will ne lui expliqua pas qu'il voulait en terminer le plus vite possible avec Garin.

— Pour être honnête, je pensais que votre réponse serait la même. Nous ne pouvons nous permettre d'envoyer ces fonds à Édouard en ce moment. Il n'y a pas besoin d'en dire plus.

— Et s'il se venge en allant voir le pape Grégoire pour lui révéler nos secrets ? Que ferons-nous ?

— Il ne peut pas faire ça sans s'impliquer lui-même. Édouard est notre Gardien. Lui aussi peut être accusé d'hérésie.

Everard fit un signe de dénégation de la tête.

— Édouard pourrait très bien prétendre avoir rejoint notre organisation pour nous espionner et apprendre nos secrets afin de précipiter notre chute.

Will poussa un soupir las.

— Alors, il n'aura jamais son argent. Vous ne pouvez pas le lui donner, Everard, fit-il en se levant. Si vous le faites, nous pourrions aussi bien financer les guerres d'Édouard pour les dix années à venir.

Everard acquiesça au bout d'un moment.

— Tu as raison, je le sais bien. J'aimerais ne pas nous avoir mis dans cette position. Dis à Lyons d'expliquer à Édouard que nous regrettons de ne pouvoir lui venir en aide à présent, mais que nous reconsidérerons la situation le moment venu.

Il se rassit en brandissant le parchemin sur lequel brillait l'encre noire encore fraîche.

— Quoi ?

Will alla jusqu'à lui et prit délicatement le parchemin pour que l'encre ne bave pas. Des yeux, il parcourut le texte en latin. Everard avait raison. C'était une série arbitraire de lettres et de mots auxquels il semblait impossible d'attribuer une signification.

— Elias m'a dit que l'alphabet syriaque ne comportait pas de chiffres. N'est-il pas possible que vous ayez mis des lettres là où le rouleau indique des nombres ?

Everard secoua la tête.

— Même si c'était le cas, le reste des mots n'aurait pas pour autant de sens. Je ne discerne aucune structure, numérique ou pas. J'admets que par endroits le rouleau est dur à déchiffrer et que certains des mots ne peuvent pas être transcrits littéralement en latin. Mais même ainsi, nous devrions en comprendre l'essentiel. La seule chose que ça m'évoque, c'est un code.

— Quel genre de code ?

— Sans autre information sur ce rouleau, par exemple d'où il vient, je ne peux pas le deviner.

Leurs regards se croisèrent.

— Très bien, fit Will calmement.

Il s'assit et lui raconta tout, à commencer par la décision du grand maître d'envoyer Angelo interroger Soranzo, décision qui avait abouti au meurtre du marchand génois. Il lui parla aussi des derniers mots de Soranzo.

— La Pierre noire ? réagit vivement Everard.

— C'est ce qu'il a dit. La Pierre noire provoquera votre chute, non votre salut.

— Continue, le pressa le prêtre. Raconte-moi la suite.

Quand Will eut fini de lui expliquer ses aventures avec Kaysan et les mercenaires chiites en Arabie, le visage d'Everard était sinistre. Il ne dit rien, mais il reprit le rouleau et saisit sa plume. En repartant de la deuxième moitié du rouleau, il commença à écrire de nouvelles lignes de texte.

— Qu'est-ce que vous faites ?

— J'ai déjà vu ça une fois ou deux. Un message dans une langue est écrit avec un autre alphabet pour le camoufler. Pour celui qui le regarde, le message semble écrit en syriaque. Mais il n'en est rien.

— Et ce serait quoi ? demanda Will en observant le prêtre qui continuait à écrire.

— Si ce Kaysan est chiite, le plus probable est que le message est en arabe.

Quand il eut fini la première ligne, Everard hocha la tête. En utilisant l'alphabet syriaque du livre d'Elias et sa propre connaissance de l'arabe, il pouvait convertir les lettres.

— Oui, dit-il, triomphal, viens voir. Notre ami chiite s'est servi de l'écriture jacobite pour encoder un message en arabe. À chaque lettre en arabe correspond une autre en syriaque. Traduit littéralement, ça ne signifie rien, mais intervertis la lettre en arabe et tu as ton message.

— Ça a l'air assez simple, s'enthousiasma Will en regardant le texte arabe couler de droite à gauche sur la page.

Everard donnait l'impression que c'était facile.

— Non, non, fit Everard, de toute évidence ravi de lui-même malgré son inquiétude. C'est un camouflage plutôt intelligent. Il faut savoir qui a écrit ce message ou à qui il est destiné, ou encore quel langage ils utilisent, pour casser le code. La lettre pourrait tomber dans les mains de n'importe qui : comment saurait-il dans quelle langue intervertir le texte pour en comprendre le sens ? Faire porter ce message *sensible*, comme l'a qualifié le grand maître, par une compagnie d'illettrés n'est pas un mauvais calcul. Après tout, nous sommes minoritaires. La plupart des hommes dans cette commanderie ne sont même pas capables d'écrire leur propre nom et je suppose que le grand maître ne pensait pas que quiconque oserait le lire, ni même penserait à le faire. Ta méfiance est un grand atout, William. Ne laisse jamais personne te dire le contraire.

Il reporta son attention sur le parchemin.

— Pour autant, toutes les lettres de cet alphabet ne correspondent pas exactement. Mais nous devrions obtenir une interprétation assez précise.

Will alla jusqu'à la fenêtre et observa l'animation de la cour en essayant de contenir son impatience, tandis qu'Everard poursuivait sa tâche, la plume grattant férocement le parchemin. Au bout d'un moment, le grattement cessa.

— Mon Dieu !

Will se retourna.

— Qu'y a-t-il ? Everard ?

Le prêtre ne répondit pas, et Will lui arracha le parchemin des mains pour le lire en traduisant lentement de l'arabe. Comme Everard le lui avait dit, certaines lettres avaient été perdues dans la traduction, mais c'était tout de même compréhensible. Son esprit remplissait les blancs au fur et à mesure.

Cela faisait si longtemps que je n'avais pas eu de vos nouvelles, mon frère, que j'avais fini par craindre que vous ne soyez plus de ce monde. Le Sinaï qui nous sépare pourrait aussi bien courir jusqu'au bout du monde, car vous êtes à la fois si loin et si près de moi, pris au piège de leur Babylone. Lire vos mots a apporté la joie dans mon âme et calmé un cœur empli de craintes. Mais c'est assez sur ce sujet. Mes hommes sont agités. Certains d'entre eux ne sont pas d'accord avec ce plan et je dois renvoyer les chevaliers qui ont apporté ce message loin d'ici en toute hâte. Ce sont mes hommes et ils me suivront, mais c'est beaucoup leur demander : à moi aussi, mon frère, vous demandez beaucoup. En vérité, j'ai peur. Mais je le ferai, afin que vous échappiez à vos liens et que vous me reveniez.

L'année prochaine, la semaine précédant le premier jour de mouharram, nous attendrons les chevaliers de l'Ouest à al-Ula. Dis-leur de venir à la mosquée et de prononcer mon nom. Nous emmènerons les chrétiens sur les routes interdites jusqu'à la Ville sacrée. Nous les aiderons à entrer dans le lieu saint. Mais pas un de mes hommes ne touchera à la Pierre. Pas même moi. Les chevaliers de l'Ouest devront le faire tout seuls.

Je sais, mon frère, que la récompense sera aussi grande que tu le dis, car quand ce sera fait, les membres de nos familles, si vertueux soient-ils, nous répudieront autant que nos ennemis. Et nous n'aurons plus de foyer sur ces terres. Je prie seulement pour que Dieu nous pardonne, en sachant qu'aucune volonté de mal agir contre son Temple n'existe dans nos cœurs et que c'est par amour que nous agissons.

Will leva les yeux vers Everard.

— Je ne comprends pas ce que ça signifie.

— Ils ont l'intention de voler la Pierre noire.

Will ne répondit pas et le prêtre soupira.

— C'est un bloc de pierre d'à peu près cette taille, dit-il en écartant ses mains d'environ trente centimètres. Ramené du paradis par l'ange Gabriel, d'après les textes. Tu as entendu parler de la Ka'ba ?

— Le lieu de pèlerinage des musulmans à La Mecque ?

Everard hocha la tête.

— La Ka'ba, qui signifie *cube*, est un temple. Les musulmans croient qu'elle a été construite brique par brique par Abraham avec l'aide de son fils, Ismaël, en hommage à Dieu. D'autres pensent que c'était un lieu de culte pour les tribus arabes qui existaient avant la naissance de l'islam. Certains prétendent qu'en unifiant les tribus sous un seul Dieu, Mahomet a détruit les idoles qui se trouvaient à l'intérieur de la Ka'ba pour offrir ce temple à Allah. Le seul objet que le Prophète n'a pas détruit est la Pierre noire, qui serait une relique d'Abraham. Mahomet l'aurait embrassée et insérée dans les murs de la Ka'ba, où elle fut scellée par une bande d'argent et où elle finit par symboliser l'identité et l'unité de l'islam. Mahomet décréta que le pèlerinage à La Mecque, le hadj, était l'un des devoirs les plus sacrés de tout musulman et qu'il faudrait y vénérer la Pierre noire. Aujourd'hui encore, tous les ans, les chiites et les sunnites s'unissent et font le voyage jusqu'à La Mecque où, en se mettant dans les pas du Prophète, ils font sept fois le tour de la Ka'ba. Certains prétendent qu'autrefois la Pierre noire était aussi blanche que de la neige et que ce sont les péchés de l'humanité qui l'ont noircie : le jour du Jugement, elle témoignera devant Allah en faveur des fidèles qui l'auront embrassée. C'est la relique la plus importante des musulmans. Il est interdit aux non-croyants d'approcher ce lieu saint. On ne peut imaginer pire insulte que d'entrer à La Mecque et d'y voler la Pierre.

Will avait écouté avec avidité, de plus en plus sérieux à mesure qu'Everard parlait.

— Que voulez-vous dire ?

— Je dis que si des chevaliers volent la Pierre noire, comme l'établit ce message, alors tous les musulmans du monde connu se soulèveront contre nous. Ce serait une guerre comme nous n'en avons plus connu depuis la première croisade. Peut-être plus grande, même.

— Mais pourquoi Kaysan ferait-il cela ? Il est musulman.

— Comme l'est ce frère auquel il s'adresse. Mais ce n'est pas sans précédent. Il existe un récit à propos d'une compagnie de chiites de la secte Ismaili qui volèrent la Pierre noire il y a des siècles. Ils pillèrent La Mecque et transportèrent la Pierre, qui resta en leur possession pendant vingt ans. Quand ils finirent par la restituer, ils bénéficièrent des revenus générés par les pèlerins qui revenaient à La Mecque. Depuis cette époque, d'autres dirigeants musulmans ont pris le contrôle de la ville, parfois par la force.

Everard se leva et alla jusqu'à la table où étaient posées une cruche et une coupe. Il se versa une grande rasade de vin.

— Notre propre peuple s'y est essayé. Un chevalier français, dont l'attaque sur une caravane musulmane en voyage vers La Mecque a déclenché la bataille de Hattin, en avait l'intention. C'était quelque temps avant que l'Anima Templi ne soit constitué. Il voulait organiser une expédition en Arabie afin de démolir la tombe de Mahomet à Médine, de saccager La Mecque et d'incendier la Ka'ba. Trois cents chrétiens le suivirent dans ce but, et à peu près autant de mercenaires musulmans. Ils ne réussirent à entrer dans aucun des lieux saints, mais ils mirent à mal nombre de caravanes, dont l'une dans laquelle voyageait la tante de Saladin. Le chevalier paya de sa vie pour ses crimes scandaleux.

Everard but d'une traite son vin.

— Mais on dirait que les leçons du passé sont oubliées, murmura-t-il. Je dois y réfléchir. Savoir ce que ça signifie. Ce que nous pouvons y faire. Nous devons organiser une assemblée de l'Anima Templi.

— En quoi le grand maître de Beaujeu est-il impliqué là-dedans ? demanda Will en regardant Everard s'asseoir, les traits du vieillard exprimant la peur et l'épuisement. Ça n'a aucun sens. Pourquoi quelqu'un voudrait-il déclencher une telle guerre ?

— Je ne sais pas. Je me pose moi-même beaucoup de questions. Qui est ce frère auquel s'adresse Kaysan ? Ont-ils des liens de parenté, ou appartiennent-ils au même Ordre ? Le message n'est sans doute pas destiné au grand maître, et il fait la distinction entre Kaysan et son frère d'un côté, et les chevaliers de l'autre, alors comment se fait-il que Beaujeu ait envoyé le premier message ? Savait-il ce qu'il contenait ? Et comment Soranzo connaissait-il tout cela ?

Everard prit le rouleau des mains de Will et le regarda une fois de plus.

— Le Sinaï..., murmura-t-il. Pris au piège de leur Babylone... Au moins nous savons où se trouve le frère en question. Babylone était l'ancien nom du Caire, quand les Romains y vivaient.

— Pourquoi *leur* Babylone ? s'interrogea Will.

— Le Caire est contrôlé par les sunnites. Kaysan est chiite, ce qui veut dire que son frère doit l'être aussi. Kaysan parle du mois de mouharram, une époque chargée de significations pour les chiites. Il faudra que je calcule les lunes avec précision, ajouta-t-il en plissant le front, mais je crois que mouharram tombera en avril l'année prochaine.

— Alors le grand maître travaille avec quelqu'un au Caire pour voler la Pierre noire ?

Everard inspira longuement.

— Nous ne pouvons être sûrs de rien, il nous manque trop d'informations. La seule chose qui soit certaine, c'est que toute chance de paix entre les musulmans et nous serait anéantie de façon irrévocable si une profanation aussi odieuse était perpétrée. Cela signerait à coup sûr la fin de la trêve, et très probablement de la présence chrétienne en Terre sainte. Acre brûlerait, et avec elle nos rêves. Il ne faut pas laisser cela se produire, William, dit-il d'une voix soudain inflexible. Ce n'est pas *possible.*

18

La citadelle, Le Caire

26 mai 1276 après J.-C.

Le visage figé, Mahmud se laissait escorter à travers le palais par quatre guerriers bahrites. Comme il arrivait des bains et qu'il s'était dépêché, son turban était encore humide et enroulé légèrement de guingois autour de sa tête. Les Bahrites avaient gardé un silence lugubre quand il leur avait demandé où ils l'emmenaient. Mais au fond de lui, il pensait savoir. Le serpent de la peur déroulait ses anneaux dans son estomac.

En arrivant dans la cour nord inondée d'une lumière éblouissante, il vit que Baybars s'y trouvait. À ses hanches pendaient deux sabres, accrochés à sa ceinture noir et argent. Il y avait avec lui deux Bahrites et quinze généraux mamelouks, tous commandants de régiments. Ishandiyar était là, tout comme Yusuf, Kalawun et les autres camarades de Mahmud. Peu d'entre eux croisèrent son regard, mais Kalawun fut de ceux-là. Le visage de Baybars était insondable. Seuls ses yeux bleus exprimaient une émotion. L'intensité de la colère qu'on pouvait y lire était effrayante, le point blanc au fond de sa pupille semblait concentrer toute sa rage dans un éclat féroce.

Les yeux de Mahmud se portèrent, à côté du sultan, sur une pierre de granit qui s'élevait comme un tombeau dans la poussière. Il savait que bientôt le dessus de la pierre serait bruni à force d'y trancher des têtes. La peur s'insinua en lui et lui noua la gorge. Il voulut parler, s'indigner et feindre la confusion pour étouffer sa peur. Mais il n'y parvint pas tout de suite. Ce n'est qu'au moment où les guerriers bahrites l'abandonnèrent en s'inclinant devant le sultan et les généraux qu'il retrouva sa voix.

— Seigneur ?

— Ne m'appelle pas comme ça ! Je ne suis pas ton seigneur.

La voix de Baybars, implacable, fit tressaillir Mahmud.

— Pardon ?

— Je ne suis pas l'homme à qui tu as fait allégeance devant Dieu. Je ne suis pas ton seigneur, ni ton sultan. Pour toi, je suis… Quoi ? Un idiot ? Un enfant ? Quelqu'un qu'on peut tromper, un naïf, un ingénu ?

— Non, seigneur, je…

— Pourquoi m'avoir trahi, Mahmud ? C'est mon propre fils qui me l'a appris. Maintenant, je veux que tu me le dises. Pourquoi as-tu donné l'ordre d'attaquer Kaboul en mon nom ? Pourquoi as-tu corrompu mon fils ?

— Je ne comprends pas, dit Mahmud, hésitant.

Baybars fit un signe à deux Bahrites.

— Amenez-le, aboya-t-il.

Mahmud poussa des cris d'indignation quand les deux soldats le prirent par les bras pour le faire avancer vers la pierre. Il continua de crier tandis qu'ils le forçaient à s'agenouiller et lui collaient la tête contre le granit.

— Je ne suis pas le seul à vouloir que vous vous attaquiez d'abord aux chrétiens ! D'autres ont parlé contre vous. Ils s'adressent à vous avec le sourire, en disant qu'ils sont d'accord avec vos plans pour les Mongols, mais en privé ils mettent en doute votre jugement.

Les généraux remuèrent, les yeux baissés, tandis que Baybars les balayait du regard.

— Je ne vous ai jamais caché mon opinion ! plaida Mahmud. Vous avez toujours su ce que je pensais.

Il leva les yeux vers Baybars malgré le Bahrite qui lui maintenait fermement la tête.

— Est-ce que ça ne mérite pas un peu de pitié, seigneur ?

— Je vois un serpent, murmura Baybars, un serpent qui s'est infiltré dans ma maison et a hypnotisé mon entourage. Et comme le serpent que tu es, Mahmud, tu ramperas à terre à partir d'aujourd'hui.

Baybars murmura un ordre au Bahrite qui lui tenait la tête et celui-ci relâcha sa pression avant de le saisir par les épaules en le retournant. L'autre guerrier l'attrapa par le bras et posa la main de Mahmud sur la pierre.

— Seigneur ! Je t'en supplie ! hurla Mahmud tandis qu'un troisième Bahrite s'avançait, une hache à la main.

— Attendez, fit Baybars tandis qu'il se plaçait à côté de la pierre.

Mahmud jetait au sultan des yeux implorants. Mais tout espoir s'évanouit quand il vit Baybars s'emparer de l'arme et tourner vers lui son regard impitoyable.

— Je le ferai moi-même.

Baybars souleva la hache, l'abattit et Mahmud poussa un hurlement sauvage. La lame lui trancha net le poignet avant de cogner contre la pierre avec un bruit métallique. L'émir hurla une deuxième fois, mais d'un cri étranglé cette fois. Il se cabra convulsivement contre les soldats qui le maintenaient, le sang dégoulinant sur sa tunique jaune et sur le sol à ses pieds. Sa main tranchée reposait sur la pierre, aussi pâle et obscène qu'une araignée renflée.

Mais l'ordalie de Mahmud ne faisait que commencer.

Quand Baybars lui trancha sa seconde main, il était déjà presque plongé dans le délire.

— Ses pieds maintenant, grogna Baybars.

Ses mains couvertes de sang agrippaient frénétiquement le manche de la hache. Tandis que les deux Bahrites étalaient Mahmud au sol et posaient une de ses jambes sur la pierre, en s'arrangeant pour que sa cheville soit bien à plat, Baybars fit face aux généraux. La plupart d'entre eux avaient détourné la tête vers le sol, le ciel, tout sauf contempler le corps ensanglanté et geignard de celui qui avait été leur camarade.

— Regardez bien, leur ordonna-t-il. Cela fait trop longtemps que mes propres hommes complotent contre moi, qu'ils discutent mon autorité et mes décisions. Vous verrez de vos propres yeux comment je récompense la trahison.

Baybars attendit qu'ils tournent leurs yeux vers lui, puis il souleva la hache. Sa respiration était lourde et il avait le visage en sueur.

— Cette mutinerie s'arrête dès maintenant, ou, par Allah, je jure que vous connaîtrez tous le même destin !

La hache retomba.

Baraka était affalé contre la porte de sa chambre quand il entendit les hurlements. Ils lui parvenaient affaiblis, mais ils étaient si perçants qu'ils le sortirent de sa torpeur. Il se remit péniblement debout et alla à la fenêtre. Il avait l'impression qu'ils venaient de quelque part près de l'enceinte nord. Il se demanda qui hurlait ainsi, puis frémit en repensant à la rage meurtrière de son père. La douleur parcourait son visage et le sang avait coagulé sur son œil tuméfié. Il observa son reflet distordu dans le miroir posé sur la table. Il se reconnaissait à peine. Les poings de son père avaient remodelé son visage. *Tu n'es plus son fils*, pensa-t-il.

Baraka tendit la main vers le bassin d'eau derrière le miroir, mais s'arrêta au beau milieu de son geste. Il éprouvait un étrange plaisir à ne pas nettoyer ses blessures, comme un défi, ou une accusation. Mais la douleur, intense, le brûlait. Cela l'anima d'une énergie nouvelle. Il tendit l'oreille un instant, puis ouvrit la porte. Aisha avait disparu. Ses paroles résonnaient encore dans son esprit. Avec précaution, il se toucha les lèvres à l'endroit où elle les avait arrachées avec ses ongles. Il tâta du bout des doigts les entailles, et au même moment la peur lovée dans son estomac se transforma en colère, comme la cire se liquéfie au contact de la flamme. Comment osait-elle l'espionner ? Le menacer ! Elle était sa *femme* ! Elle devait lui obéir. Au lieu de quoi elle l'avait dénoncé à son père, elle lui avait raconté qu'elle l'avait vu avec Mahmud et Khadir ce jour-là ; autrement, comment Kalawun aurait-il connu l'implication du devin ? Ça ne changeait rien pour lui : il avait tout avoué à son père, comme ils l'avaient prévu, et il se serait fait battre de toute façon. Ce qu'Aisha avait révélé à son père ne concernait que Mahmud et Khadir. Mais sa trahison l'ulcérait. Ainsi que ses menaces à propos de l'esclave. Comme il la haïssait d'avoir assisté à l'un de ses actes les plus intimes. Comme il sentait maintenant toute la honte de ce secret, ouvert comme une blessure.

Depuis des mois, sa mère l'implorait de voir Aisha, le suppliant de surmonter les défauts qu'il pouvait lui trouver pour sauvegarder sa position. Il avait besoin d'un héritier, ne cessait-elle de lui répéter. Mais il n'avait pas pu se forcer. Aisha l'effrayait. Elle l'avait toujours effrayé. Leur nuit de noces n'avait fait que le confirmer. Avec elle, il avait l'impression d'être un moins-que-rien. Mais cette soirée l'avait rendu curieux. Le corps d'Aisha, doux et parfumé, n'avait cessé de le hanter, alors qu'elle-même le répugnait. Il connaissait certains des eunuques du harem depuis son enfance et il n'avait eu aucune difficulté à en soudoyer un. Avec l'esclave, il était le maître, il détenait le pouvoir, et son impuissance avait disparu avec sa terreur. Mais il avait outrepassé ses droits. Aisha était au courant. Et si son père apprenait qu'il avait souillé son harem ? Sa correction du jour lui paraîtrait une caresse en comparaison de ce qui l'attendrait.

Fermant la porte derrière lui, Baraka traversa les couloirs de marbre pour descendre au rez-de-chaussée, où l'air était plus chaud à cause des cuisines, et où les pièces, principalement celles du quartier des domestiques et des réserves, étaient plus étroites et plus sombres. Personne ne l'arrêta ni ne lui demanda où il allait. Personne n'osa. Il était l'héritier du trône d'Égypte et de Syrie, il leur était supérieur en rang et en statut. Il l'oubliait trop souvent, soumis comme il l'était à la discipline stricte et aux mots violents de son père. Cela faisait trop longtemps maintenant qu'il se laissait écraser.

Baraka arriva peu après dans une réserve remplie de toiles d'araignée, près des cuisines. Il y trouva Khadir, caché derrière plusieurs sacs de blé empilés. Le devin était recroquevillé dans un petit espace entre les sacs et le mur, dont il s'était fait une sorte d'endroit privé. Il y avait une pile de couvertures sales, des coupes en argent ternies, un seau maculé de matières fécales, et posés sur une poutre en bois pourrie, quelques objets bizarres. Le devin avait tressé avec une pile de joncs séchés une espèce de nid, posé à côté d'une collection de petits crânes. Il y avait aussi de petites pierres rondes avec un trou, des récipients en verre remplis de substances de diverses couleurs – rouge, brun, noir et or – qui ressemblaient à des épices, des pièces – sequins, florins, besants –, quelques parchemins et une peau de serpent séchée. Une lampe à huile brûlait dans un coin de sa tanière et diffusait une lumière blafarde qui projetait plus d'ombre qu'elle n'en écartait. L'endroit empestait les crottes de souris et la sueur.

Khadir était assis en tailleur sur les couvertures, sa robe grise remontée sur ses genoux dévoilant ses jambes décharnées couvertes de plaies rouges purulentes, sans doute dues à des piqûres d'insectes ou à une maladie de la peau. Il se balançait d'avant en arrière, les yeux fixes. Il avait davantage l'air d'un enfant effrayé que d'un ancien Assassin.

— Khadir, dit Baraka en voyant que le devin ne remarquait pas sa présence.

Il se renfonça dans le recoin. Baybars lui avait octroyé des années plus tôt des appartements spacieux, mais on trouvait plus souvent le devin dans ce réduit suffocant situé derrière la salle du trône.

— Khadir ?

Le devin leva lentement les yeux vers Baraka. Il se balançait toujours. Baraka s'accroupit à côté de lui. Voir le vieil homme dans cet état lui procurait un étonnant sentiment de maturité.

— Qu'y a-t-il ?

— Tu as entendu les cris ? murmura Khadir.

Baraka fronça les sourcils.

— Les cris ? demanda-t-il, avant de comprendre de quoi il parlait. Je les ai entendus tout à l'heure.

— Ton père s'occupe lui-même de punir. Mahmud n'est plus. Il a été découpé comme un fruit et jeté au fond d'un cachot. Je suppose qu'il a perdu tout son sang, depuis le temps qu'il est là tout seul, plongé dans les ténèbres.

Baraka pâlit en se représentant la scène. Il n'éprouvait pas de pitié pour Mahmud, mais imaginer qu'il aurait pu connaître un destin similaire sans l'intervention de Kalawun le rendait malade.

— C'est ta faute.

— Quoi ? dit Baraka en se levant pour échapper au regard lugubre de Khadir. En quoi est-ce ma faute ?

— *C'était Khadir, père ! Khadir et Mahmud ! C'est eux qui m'ont obligé ! C'est eux !*

Baraka recula de quelques pas en entendant Khadir l'imiter outrageusement.

— Ils le savaient déjà, riposta-t-il vivement, incapable de croiser les yeux du devin. Aisha l'a dit à son père.

Les yeux de Khadir se plissèrent et il se mit aussitôt debout.

— Et comment l'a-t-elle découvert ? demanda-t-il en soulevant le menton de Baraka avec son doigt. C'est toi qui lui as dit ? C'est ça ?

Baraka repoussa la main de Khadir.

— Non, s'écria-t-il avec force.

La pointe de défi qui perçait dans sa voix étonna le devin.

— Le jour où nous nous sommes retrouvés dans la tour pour organiser le plan, elle nous a vus en sortir. Malgré ce que je lui ai dit pour lui expliquer pourquoi nous étions ensemble, elle a dû en parler à son père. C'est pour ça que Kalawun savait que tu étais impliqué. Sans cela, je n'aurais rien dit. J'aurais pris sur moi. Mais il n'y avait plus aucune raison de nier. Kalawun *savait.*

Le devin fit quelques pas.

— Kalawun, dit-il, acerbe. Il tisse sa toile avec habileté. Je l'ai sous-estimé, ainsi que son emprise sur notre maître. Mon plan aurait dû fonctionner !

Il se jeta sur les couvertures et remonta les genoux contre sa poitrine.

— Tous les signes étaient bons, murmura-t-il. Ça aurait dû marcher. Nous n'y avons rien gagné, à part la méfiance de notre maître.

Il mit sa main devant ses yeux et continua de marmonner.

— Je suis désolé, maître. Ton serviteur est désolé.

Écœuré, Baraka attrapa Khadir par le bras et lui ôta la main du visage avec une violence qui fit crier le devin.

— Tu oublies, Khadir, que mon père n'est pas le seul sultan. Je suis son héritier et quand il mourra, je prendrai sa place. J'ai tout autant d'autorité que lui, ou du moins ce sera bientôt le cas. Alors, comme tu l'as dit un jour, tu auras ta place à mes côtés.

Les yeux grands ouverts, Khadir observait le jeune homme au visage contusionné.

— Bientôt, poursuivit Baraka, il aura oublié sa colère. Il nous faut simplement éviter de nous trouver sur son chemin. Ainsi les choses se remettront en place d'elles-mêmes.

Khadir tendit la main pour toucher la joue de Baraka.

— Tu es blessé, mon prince.

— C'est pour cela que je suis venu. J'ai besoin que tu me fasses un cataplasme.

— Il me faut un bout de tissu et de l'eau chaude.

— Je peux demander aux domestiques de nous en apporter, dit Baraka tandis que Khadir se tournait vers l'étagère et commençait à choisir des fioles dans sa collection.

Le jeune homme avait la bouche sèche et son estomac ne le laissait pas en paix. Il voulut parler mais les mots refusèrent de sortir. Il se passa la langue sur les lèvres, sentit le goût du sang et essaya de nouveau.

— Je suis aussi venu pour te demander autre chose, informa-t-il le devin, qui disposait les flacons sur le sol.

— De quoi s'agit-il, mon prince ? marmonna-t-il d'un air distrait.

— Je veux que tu prépares un poison pour Aisha.

La tête de Khadir pivota.

— Quoi ?

Baraka continua de parler à voix basse, mais avec davantage d'assurance. Les mots n'avaient pas été si difficiles à prononcer. En fait, c'était même plutôt facile.

— C'est sa faute si Kalawun est au courant de votre implication, à Mahmud et à toi. N'as-tu pas envie qu'elle paie ?

— C'est ton épouse.

— Elle en porte le nom. Mais je ne ressens rien pour elle.

— Qu'a-t-elle fait, Baraka, qui mérite une telle punition ? Tu ne veux sans doute pas qu'elle meure juste à cause des ennuis qu'elle a causés dans cette histoire ? Ce qu'elle a répété à Kalawun ne t'affecte en rien. En outre, ce n'est pas la fille qui mérite notre colère, mais son mécréant de père qui ne cesse de s'interposer. C'est lui qui devrait mourir ! insista Khadir en serrant les poings.

— Et tu ne crois pas que tuer sa fille porterait un coup fatal à son esprit ? fit remarquer Baraka. Tu n'as pas besoin de connaître mes raisons, je ne te les dirai pas.

Mais j'ai besoin de ton aide, le genre d'aide qu'un serviteur dévoué donne volontiers à son maître.

Khadir appuya ses coudes sur ses cuisses, une expression bizarre sur le visage, comme un sourire. Puis il se leva, fouilla dans ses poches et en tira la poupée dépenaillée qu'il avait déjà montrée une fois à Baraka, la poupée que Baybars lui avait donnée lors de la chute d'Antioche. Il la serrait fort tout en lui donnant des coups à la tête.

— M'as-tu entendu ? s'impatienta Baraka. Quelle est ta réponse ?

Khadir posa un doigt sur la bouche de Baraka en lui faisant signe de se taire. Celui-ci recula de quelques pas tandis que le devin se rasseyait. Avec précaution, il souleva la robe froissée de la poupée, révélant son ventre grisâtre et abîmé. À l'instar de son dos, dans lequel Khadir avait autrefois inséré le cœur d'un animal, son front avait été découpé et recousu. Elle dégageait une odeur pestilentielle de viande pourrie et d'épices. Khadir l'allongea amoureusement sur ses genoux, puis il entreprit de défaire les points de couture pour l'ouvrir. Du bout des doigts, il dégagea un interstice duquel il tira une petite fiole de verre noire.

— Qu'est-ce que c'est ? questionna Baraka, le front plissé.

— Le lionceau finit par devenir un lion, répondit mystérieusement Khadir, les yeux braqués sur le prince.

— Qu'est-ce que ça signifie ? demanda vivement ce dernier, ne sachant pas s'il devait se sentir offensé.

Khadir passa la fiole devant la lampe à huile, et Baraka s'aperçut qu'elle était remplie de liquide.

— Ça signifie que tu as raison, dit le devin.

La fin d'après-midi approchait, bientôt viendrait l'heure de salat, lorsque l'un des eunuques des cuisines du harem apporta dans la chambre d'Aisha un plateau chargé de nourriture et une tasse de thé noir, bien chaud. Elle se retourna sur son lit pour faire face au mur tandis que l'eunuque entrait et déposait le plateau au sol, supposant que Fatima avait donné l'ordre de le lui faire porter. Un peu plus tôt, elle s'était excusée, disant qu'elle ne se sentait pas bien. Fatima, la seconde femme de Baybars, voulait la faire examiner par les médecins mais Aisha avait réussi à la convaincre que ce n'était rien de sérieux. Elle voulait juste dormir, mieux valait qu'on la laissât tranquille.

Depuis qu'elle avait vu Baraka, elle se demandait que faire. Une partie d'elle brûlait de se précipiter dans la chambre de Nizam pour lui raconter ce qu'elle avait vu avec l'esclave, mais elle savait que Nizam protégerait son fils. Elle imaginait que la meilleure personne à informer était son père, mais l'idée de lui répéter ce dont elle avait été témoin la mortifiait. En fin de compte, elle voulait juste oublier toute cette histoire sordide. Si Baraka voyait des esclaves, au moins n'aurait-elle pas à fréquenter son lit. Elle le méprisait tellement qu'elle préférait encore subir la colère de Nizam. Non. Elle laisserait Baraka faire comme il l'entendait.

Elle entendit les pas de l'eunuque, puis le son de la porte qu'il fermait en partant, et elle roula sur le lit pour s'asseoir au bord. Son singe sortit sa tête de sous la couverture, où il dormait jusque-là. La nourriture sentait bon. Elle se laissa glisser du lit et s'assit jambes croisées avant de saisir une boule de riz jaune épicé, mélangé à du raisin et des abricots. Son estomac émit un gargouillis d'appréciation. Elle sourit au singe qui avait grimpé sur son épaule et lui balayait la joue avec sa queue, puis elle lui tendit quelques grains de riz, qu'il mâchouilla d'un air pensif. Aisha en reprit un peu elle-même, puis elle attrapa la tasse. Le riz était salé, il lui donnait soif. Elle but une gorgée, puis une autre. Le thé était noir et très fort, âcre même, mais elle le finit tout de même.

Une minute plus tard, Aisha laissa tomber la tasse et s'allongea contre le lit en tapotant le dos du singe, prise d'une soudaine envie de dormir. Elle réalisa que ses paupières commençaient à lui sembler lourdes, tout comme son bras. Elle était à peine capable de bouger les doigts. Elle essaya de les tendre, mais ils étaient aussi raides que des bouts de bois. Son bras retomba contre elle. Tout son corps était en plomb, sa gorge était serrée, contractée. La chambre avait l'air étrange, ou bien était-ce sa vision qui se troublait ? Elle essaya de se lever mais s'aperçut que ses bras et ses jambes ne répondaient plus normalement. Elle chancela sur ses genoux, renversant la tasse qui tinta sur le carrelage. La peur l'envahit. Son singe s'était emparé d'une poignée de riz et, juché sur le lit, il l'observait de ses petits yeux d'ambre. Sa gorge se contracta davantage encore, étouffant le cri qu'elle poussa en s'écroulant sur ses bras ankylosés. Aisha luttait pour respirer, maintenant, elle suffoquait et luttait contre la terreur de l'asphyxie. Une torpeur froide s'infiltrait en elle. La porte semblait à des lieues de là.

19

La forteresse des Assassins, nord de la Syrie

26 mai 1276 après J.-C.

Nasir s'accroupit, le dos au rocher. Il détacha la gourde d'eau de sa ceinture et chassa de la main un moustique qui avait atterri sur son cou. Comparée à la chaleur sauvage des plaines désertiques, la fraîcheur qui régnait dans les montagnes était une bénédiction, même si elles étaient infestées d'insectes. Derrière le rocher, une piste sinuait à flanc de montagne, d'abord vers la droite en suivant la déclivité, puis en remontant à gauche vers la forteresse aux murs fissurés et, par endroits, éboulés.

Nasir but à la gourde. À travers les arbres décharnés qui garnissaient les pentes, il voyait le désert qui s'étendait tout en bas, ses dunes jaunes et désolées où rien ne poussait, belles justement en raison de cette désolation, une terre couchée sous de vastes cieux où les ombres des nuages couraient durant des lieues. Cet endroit n'avait pas d'âge. Il était exactement pareil depuis son enfance, lorsqu'il vivait dans un des villages au pied des montagnes. Plus sa traque des Assassins impliqués dans la tentative d'assassinat de Baybars l'avait mené près des montagnes du Jabal Lubnan, plus lui étaient revenus des souvenirs clairs, qui maintenant s'accrochaient à lui, visibles dans chaque coin de broussaille, palpables dans la chaleur ou dans le moindre souffle d'air portant jusqu'à lui l'odeur des fleurs sauvages. Il était souvent passé dans cette région depuis qu'il l'avait quittée, mais toujours en campagne, et le martèlement sourd des bottes des soldats recouvrait ses pensées. Mais aujourd'hui, dans le silence qui l'entourait, il n'avait qu'à fermer les yeux pour entendre le bruit des épées et l'odeur de fumée qui accompagnaient, dans un recoin ténébreux de son esprit, des hommes grimaçants aux yeux déments, le visage rougeoyant dans la lumière tourbillonnante des torches brandies. Des femmes hurlaient et son village était incendié.

Nasir aperçut quelque chose dans le sous-bois. Il attrapa la poignée de son épée, puis relâcha son attention en reconnaissant un visage familier. C'était l'un des quatre soldats du régiment Mansuriyya que Kalawun avait envoyé à ses côtés. Le soldat marchait en se dissimulant derrière les rochers et les buissons qui bordaient la piste.

— Des cavaliers arrivent par la route, maître, murmura-t-il en approchant de Nasir. Trois hommes.

— Montre-les-moi, fit Nasir en plissant le front.

Le soldat le mena un peu plus bas sur la piste, là où elle s'incurvait en croissant, offrant une vue plus complète de la forteresse abîmée. Au bout d'un moment, Nasir put voir trois hommes à cheval sur une crête, avançant à la file.

— Croyez-vous que ce soit lui ? demanda le soldat.

— Nous n'avons aucun moyen de le savoir, répondit Nasir. Les autres sont en place ?

— Oui. Mais que faisons-nous ? Ils sont trois.

— Si je peux m'assurer de l'identité de notre homme, je donnerai le signal et nous procéderons comme nous l'avons prévu.

— Et les deux autres ?

— Nous devrons les tuer, l'informa Nasir d'une voix sinistre. Nous ne pouvons pas en capturer trois.

Le soldat parut inquiet. Depuis des siècles, les Assassins syriens semaient la terreur dans le cœur des hommes, qu'ils soient chrétiens, sunnites ou Mongols. Ces fanatiques de la branche ismaélienne de la foi chiite étaient des tueurs muets dont les exploits, l'audace et la témérité avaient fini par devenir légendaires. Nombre de dirigeants qui s'étaient opposés à eux ou à leurs croyances avaient senti une dague s'infiltrer dans leur cœur. Cinq ans plus tôt, ils contrôlaient toute la région grâce à un réseau de places fortes établi du temps de Saladin par leur célèbre chef Sinan, le Vieux de la Montagne. Encore aujourd'hui, bien que la plupart des membres de la secte, les fedayins, comme on les appelait, eussent été réduits à la condition de meurtriers à la solde de Baybars, leur nom faisait naître un frisson d'effroi.

— Nous avons l'avantage de la surprise, fit remarquer Nasir en voyant le visage soucieux du soldat.

— J'ai entendu dire qu'on ne peut pas les tuer par les mêmes moyens que n'importe qui, marmonna le soldat.

— Ils sont faits de chair et de sang, comme tout le monde. Répète-le aux autres. Tenez-vous prêts à mon signal.

Nasir retourna se poster dans le sous-bois, près du rocher, où il attendit, les yeux fixés sur la piste. Les cavaliers n'étaient plus dans son champ de vision, mais au glatissement alarmé d'un aigle et au bruit de pierres dévalant les pentes, il devina qu'ils n'étaient plus très loin. Il agrippa son épée. Il avait envie de la tirer, mais résista. Il fallait qu'il ait l'air d'être un homme de paix.

Cette forteresse était la dernière sous le contrôle des Assassins. Comme les autres, elle avait été rattachée aux territoires de Baybars cinq ans plus tôt, après la tentative d'assassinat contre le sultan par deux frères de la secte. Des officiers mamelouks et une garnison s'y étaient installés et ils tenaient fermement les fedayins sous leur joug.

Mais l'hiver dernier, les Assassins s'étaient révoltés et avaient repris possession de la forteresse. À Qadamus, la dernière citadelle où il était passé, Nasir avait appris que les Mamelouks avaient tenté à plusieurs reprises de récupérer la forteresse, mais qu'ils attendaient des troupes fraîches qui devaient arriver de la ville d'Alep, proche de là, avant de s'y risquer à nouveau. C'est à Qadamus que Nasir avait trouvé un nom. Idris al-Rashid. Il avait interrogé plusieurs fedayins pour découvrir qui était impliqué dans l'attaque contre Baybars, mais tous refusaient de dénoncer leur frère. En conséquence, ils étaient exécutés par leurs maîtres mamelouks : aucune trahison au nouveau régime ne pouvait être tolérée. Par chance, il s'était tout de même trouvé un fedayin pour leur fournir un nom et l'endroit où cet Idris se trouvait probablement. La forteresse rebelle.

Nasir s'accroupit en entendant le bruit des sabots s'approcher. Il regarda les arbres de l'autre côté de la piste. Un léger mouvement dans la broussaille lui indiqua que ses hommes étaient bien en place. Un instant plus tard, trois cavaliers apparurent au détour d'un virage. Ils paraissaient vigilants : deux d'entre eux tenaient leur arc à la main. L'homme à l'avant avait le teint mat, comme ses camarades, mais il avait des épaules plus carrées et il était plus âgé. Quand ils furent passés, Nasir sortit de sa cachette.

— Idris, lança-t-il.

Instantanément, les trois hommes firent volte-face. Le plus proche de Nasir lâcha les rênes, attrapa une flèche dans le carquois qui pendait dans son dos et arma son arc en l'espace de quelques secondes. Nasir tendit les mains, paumes en avant, dans un geste d'apaisement.

— Je suis là pour rencontrer Idris. Je ne vous veux aucun mal.

Le plus âgé descendit avec agilité de son cheval et approcha.

— C'est moi, dit-il calmement.

— Je t'ai fait passer un message, dit Nasir. J'ai des informations sur l'attaque que préparent les Mamelouks à Qadamus.

— Tu es le déserteur ?

Nasir jeta un regard furtif aux deux jeunes gens qui accompagnaient Idris. Tous deux pointaient leurs armes sur lui.

— Je t'ai demandé de venir seul.

— Et tu as aussi dit que tu voulais que nous nous rencontrions au village, répondit Idris, toujours de cette même voix tranquille. Nous avons donc tous les deux manqué à notre parole.

— Il y avait trop de monde au village. Je ne veux pas qu'on me voie en train de te parler. Je ne peux pas prendre le risque que les Mamelouks me retrouvent. Ils crucifient les déserteurs. Je veux juste l'argent, et ensuite je disparais. C'est pour cela que je suis venu te trouver.

— Qui t'a donné mon nom ?

— Un ami.

— Je n'ai pas d'ami.

Au lieu de répondre, Nasir leva les bras. Deux flèches décochées depuis les arbres de l'autre côté de la piste frappèrent les hommes à cheval. L'un fut touché à la nuque, l'autre dans le dos. Tous deux laissèrent tomber leurs armes et le premier glissa de sa selle en s'écrasant au sol tandis que le deuxième s'affalait sur sa monture. Le cheval d'Idris se cabra et détala le long de la piste, bientôt suivi par les deux autres, l'un tirant l'Assassin dont le pied s'était coincé dans l'étrier, l'autre portant toujours son cavalier mort sur son dos. Dans la seconde qui avait suivi les flèches, Idris avait tiré de sa ceinture une dague à poignée dorée, mais Nasir brandissait déjà son épée et les deux Mamelouks émergèrent du sous-bois pour lui prêter main-forte. Idris réussit à poignarder l'un de ses assaillants à la cuisse avant que tous trois ne parviennent à lui enfiler une cagoule sur la tête et ne le plaquent au sol. Il se débattait avec vigueur et ils eurent du mal à maintenir son corps athlétique. Enfin, Nasir frappa la base de son crâne avec la garde de son épée et l'Assassin s'écroula.

— Est-ce que tout va bien ? demanda Nasir au soldat blessé.

Le soldat respirait par saccades, les dents serrées. Du sang tachait sa cape bleue, mais il hocha la tête.

— Ça ira.

Nasir fit un signe aux autres soldats qui sortaient du sous-bois, leurs arcs à la main.

— Récupérez les chevaux et les cadavres et amenez-les à la grotte. Nous devons nous en occuper. Vite.

Les soldats s'éloignèrent en prenant soin de rester à l'orée du sous-bois.

— Aidez-moi avec lui, fit Nasir aux autres en attrapant Idris sous les bras.

Ensemble, ils portèrent l'Assassin inconscient à l'écart, loin de la piste, près d'un petit ravin dissimulé par le taillis. Le chemin qu'ils empruntaient était boueux et ils avançaient péniblement au-dessus des rochers, en évitant les trous qui les guettaient de chaque côté. Ils finirent par arriver à la grotte où ils avaient établi leur camp quatre jours plus tôt. Les deux guides qui les accompagnaient depuis Le Caire étaient là, avec les chevaux.

— Donnez-moi de la corde, haleta Nasir en tirant Idris dans la grotte.

Les guides l'aidèrent et Idris fut bientôt installé sur le sol humide de leur repaire, le dos calé contre une grosse colonne en pierre à laquelle il était lié par le cou et le ventre. Ses mains étaient attachées dans son dos, ses chevilles ligotées. Nasir ôta sa cagoule. Il y avait un peu de sang sur le tissu. Il observa la blessure qu'il lui avait infligée avec la garde de son épée, mais elle était superficielle. Idris poussa un grognement. Prenant sa gourde, Nasir versa de l'eau dans sa main et en arrosa le visage de l'Assassin. Au bout d'un moment, Idris sembla revenir à la conscience. Nasir se baissa devant lui.

— Le sultan Baybars m'a envoyé pour découvrir qui avait voulu le faire tuer il y a cinq ans.

— Ces hommes sont morts. Tu perds ton temps.

— Seuls deux d'entre eux sont morts ce jour-là. D'après ce que je sais, d'autres étaient impliqués dans ce complot. On m'a dit que c'est toi qui avais ordonné l'assassinat. Je veux savoir qui t'avait payé pour cela. Le sultan Baybars pense que les Francs étaient à l'origine de cette tentative. Il veut connaître le nom de ceux qui ont acheté tes services.

— Vous n'obtiendrez rien de moi. Je te le répète, tu perds ton temps. Tu devrais me tuer, dit-il en soutenant le regard de Nasir. Je ne trahirai pas le serment qui me lie à mon Ordre, pas plus que je ne me déshonorerai en te confiant les termes d'un accord privé.

— Il existe des choses pires que la mort, Idris, dit Nasir en se levant. Je vivais près d'ici quand j'étais enfant, jusqu'à ce que mon village soit attaqué et que je doive prendre la fuite. Huit ans plus tard, j'étais à Bagdad lorsque les Mongols ont mis la ville à feu et à sang. Je n'ai échappé au massacre que pour être vendu comme esclave. Ce sont les Mamelouks qui m'ont acheté. La première chose qu'ils m'ont apprise, c'est comment être un bon musulman.

Idris cracha par terre.

— Ils t'ont appris à devenir sunnite. Ça n'a rien à voir.

— La deuxième chose qu'ils m'ont apprise, poursuivit Nasir, c'est comment tuer un homme. Et la troisième chose…

Il s'accroupit devant Idris.

— La troisième chose qu'ils m'ont apprise, quand je suis devenu officier, c'est comment infliger la douleur. Comment garder un homme en vie pendant des semaines tout en le torturant. Distinguer ce qui fait mal de ce qui tue. Je suis certain que tu es très fort, Idris, et que ta foi est inébranlable. Mais j'obtiendrai ce que je veux.

L'église San Marco, le quartier vénitien,
26 mai 1276 après J.-C.

La congrégation se mit à chanter et les voix s'unirent tandis que le prêtre fermait son bréviaire et que le chœur entonnait le dernier hymne du service des vêpres. Besina berçait son bébé dans ses bras et lui murmura des paroles apaisantes comme le chant le réveillait et qu'il se mettait à crier. À côté d'elle, Andreas enlaça Catarina qui réprimait un bâillement. Quand le chant fut terminé et que les fidèles à l'arrière commencèrent à sortir, Andreas se pencha vers Elwen.

— Tiens, dit-il en lui tendant une petite bourse, pour la quête. J'emmène les filles dehors.

Elwen s'empara de la bourse et attendit que les gens assis à ses côtés soient partis pour se diriger vers la nef où le prêtre discutait avec quelques membres de la congrégation. L'un de ses acolytes tenait un réceptacle en bois avec un trou pratiqué sur le dessus. Il hochait doucement la tête à l'adresse des âmes charitables qui venaient déposer quelques pièces à l'intérieur, afin d'aider les pauvres. Elwen saisit les trois pièces en or dans sa main, notant la générosité d'Andreas. Les yeux de l'acolyte s'agrandirent quand elle les glissa à l'intérieur.

— Merci, fit-il, touché.

— C'est de la part de mon maître, Andreas di Paolo.

— Nous le louerons dans nos prières.

Elwen se dirigea vers une sortie latérale où il y avait moins de monde. Elle fut ralentie par un groupe de gens tandis que la congrégation achevait de sortir dans le ciel ambré du début de soirée. Quelqu'un l'attrapa par le bras. Il portait la cagoule de sa cape noire rabattue sur sa tête, le visage dans l'ombre.

— Qu'est-ce que tu fais ici ? souffla-t-elle.

— Il fallait que je te voie.

Il paraissait tendu.

— Qu'y a-t-il ? Qu'est-ce qui s'est passé ? C'est Everard ?

Will réalisa que, pour Elwen, le prêtre était toujours mourant. Il ne l'avait pas revue depuis leur rencontre au marché, quinze jours plus tôt.

— Everard va bien. Il avait menti sur sa santé.

Il secoua la tête avec impatience devant son froncement de sourcils interrogatif.

— Je t'expliquerai une autre fois. Ça n'a plus d'importance. Écoute, Elwen, je vais m'absenter d'Acre.

Elwen le fixa un long moment, puis elle dégagea son bras d'un mouvement sec.

— Non, Will, ça n'est pas possible. Tu ne peux pas venir ici comme ça, m'annoncer que tu pars et t'attendre que je sourie en te disant au revoir sans même que tu m'expliques où tu vas, pourquoi, et combien de temps.

— Je ne le sais pas.

— Tu ne sais pas où tu vas ? demanda-t-elle d'une voix hargneuse.

— Combien de temps. Je ne sais pas combien de temps. Peut-être quelques semaines, peut-être plus longtemps.

— Non, répéta-t-elle, plus fort.

Un acolyte lui jeta un regard de reproche et vint dans leur direction.

— Tu ne vas pas continuer à agir ainsi !

— Elwen !

Will soupira tandis qu'elle se dirigeait vers la porte. Il essaya de l'attraper mais elle s'était déjà éloignée. Se frayant un chemin parmi les traînards, Will la suivit dans l'air épais et descendit les quelques marches menant dans la rue.

— Elwen !

Elle se retourna vers lui et il s'arrêta net en voyant la colère dans ses yeux verts.

— Je ne peux plus faire ça, Will. Je n'en peux plus.

Les badauds les observaient avec curiosité.

— Elwen.

Tous deux pivotèrent et aperçurent Andreas qui se tenait là avec sa famille. Catarina fit un signe de la main à Will, qui évita le regard austère du marchand vénitien.

— Andreas, fit Elwen d'une voix hésitante.

— Nous nous retrouverons à la maison, lui dit Andreas en prenant sa femme par le bras.

Surprise, Besina leva des yeux perplexes vers son mari.

Elwen les regarda partir, le rouge aux joues. Sa colère semblait s'atténuer, ses épaules s'étaient affaissées.

— Pourquoi est-ce que tu me fais ça ? dit-elle d'une voix lasse en regardant Will.

En voyant à quel point elle semblait blessée, Will ne désira plus rien que la serrer dans ses bras jusqu'à ce que sa douleur disparaisse. Mais il se refusa à s'abandonner de la sorte. Il devait être de marbre. Il en avait fait le serment à l'Anima Templi, il finirait le travail commencé par son père. Il ne pouvait pas leur tourner le dos ; pas en sachant ce qu'il y avait en jeu. C'était lui qui avait découvert la vérité à propos de la Pierre. C'est lui qui empêcherait le vol.

— Je ne voulais pas partir sans t'avertir. Je ne voulais pas que tu te demandes où je suis. Mais j'ai aussi besoin que tu saches que je ne peux pas t'en dire plus.

— Et j'ai besoin que tu saches que je ne peux plus l'accepter.

Elwen prit une profonde inspiration avant de prononcer, avec une lenteur terrible, les mots fatals :

— Je te quitte, Will.

Will demeura immobile, hébété, à la regarder partir.

Puis ses pieds se mirent en mouvement et il courut pour la rejoindre, sans se soucier de sa cape qui s'était ouverte et dévoilait le blanc de son surcot.

— C'est pour toi que je le fais !

Elle continuait de marcher, mais il l'agrippa et l'obligea à lui faire face.

— C'est pour que nous puissions avoir un avenir que je fais tout ça. Si je ne le fais pas, plaida-t-il en baissant la voix, personne ne s'en occupera. Acre est en danger, Elwen, en grand danger. Il faut que j'y aille pour notre bien à tous.

Elwen le scruta, cherchant dans son visage le mensonge, mais elle n'y trouva que l'intensité de la vérité.

— Quel danger ? De quoi parles-tu ? demanda-t-elle. Et pourquoi personne d'autre ne pourrait-il s'en occuper ? Tu dois me donner une bonne raison de rester, Will. Tu ne fais que m'effrayer pour l'instant. Parle-moi.

Elle le regardait, avec gravité. Will lui rendit un regard désespéré, puis il contracta sa mâchoire et l'attira dans une ruelle tout près.

— Tu ne peux parler de ça à personne. Je ne plaisante pas. Si tu parlais, tu pourrais tout compromettre.

— Je te donne ma parole.

Elwen garda le silence tandis que Will lui expliquait que des hommes, et parmi eux se trouvait sans doute le grand maître, avaient prévu de voler la Pierre noire de la Ka'ba, et que la réussite de ce plan les plongerait tous dans la guerre la plus sanglante qu'ils eussent jamais connue. Il lui raconta comment il avait tout découvert, à l'aide d'Everard, et sans mentionner ni l'Anima Templi, ni Kalawun, évoqua son contact haut placé dans l'armée égyptienne, qu'il devait absolument prévenir.

Quand il eut terminé, le visage d'Elwen était grave, inquiet.

— Tu pars pour Le Caire ? murmura-t-elle. Seul ?

— Je pars ce soir. Il faut arrêter ces gens. On ne peut pas les laisser faire ça. Ce sera la fin de tout s'ils accomplissent leur méfait.

À l'inverse, Elwen fut stupéfaite de constater qu'elle nourrissait un soudain espoir. Si les Mamelouks venaient sur Acre, les chrétiens n'auraient aucune chance. Ils seraient tous forcés de retourner à l'ouest, et les chevaliers et Will n'auraient plus rien à combattre. Ce serait terminé. Tout serait terminé. Mais elle repoussa cet espoir idiot, sachant que ça ne se passerait pas comme ça.

Les chrétiens n'abandonneraient pas Acre ; ils défendraient la ville bec et ongles, jusqu'à leur dernier souffle. Ils mourraient par centaines.

— Je ne veux pas que tu y ailles, marmonna-t-elle.

Will la prit dans ses bras. Elle résista une seconde, crispée, puis elle se laissa porter. Elle releva la tête et ses lèvres trouvèrent les siennes. Ils s'embrassèrent tendrement d'abord, puis plus fougueusement. Leurs bouches étaient collées l'une à l'autre, et Elwen repoussa sa cagoule pour passer sa main sur sa nuque, là où ses boucles noires étaient trempées de sueur. Elle se frotta à lui, enfonçant ses ongles dans sa peau, et elle entendit un râle animal sortir du fond de sa gorge. La soulevant, Will la plaqua contre le mur de l'allée. Sa cape noire glissa de ses épaules et s'étala à ses pieds tandis qu'elle enroulait ses jambes autour de sa taille, ses jupons relevés. Elle le serrait fort.

— Est-ce que tu m'aimes ? lui susurra-t-elle d'une voix farouche.

— Oui, souffla-t-il en ôtant sa coiffe pour libérer ses cheveux.

Tandis que les cloches de San Marco commençaient à sonner, ils s'aimèrent avec désespoir dans cette ruelle où les rats filaient entre les tas de détritus et l'obscurité tomba sur eux comme un voile.

La citadelle, Le Caire, 26 mai 1276 après J.-C.

— Où est-elle ? *Où ?*

Kalawun repoussa les gardes qui l'avaient escorté jusqu'au palais du harem et courut à travers le couloir, repoussant avec violence les domestiques se trouvant sur son passage. Voyant une poignée de gens attroupés à l'extérieur d'une chambre dont la porte était ouverte, il y fit irruption. Les femmes de Baybars, Nizam et Fatima, se trouvaient près d'un lit avec un des médecins